La reliure traditionnelle 1993

ESSAI

SUR

L'ÉTAT DE LA LITTÉRATURE

A MARSEILLE,

DEPUIS LE 17me SIÈCLE JUSQU'A NOS JOURS;

PAR

GASTON DE FLOTTE.

> Res ardua vetustis novitatem dare,
> novis auctoritatem, obsoletis nitorem,
> obscuris lucem, fastiditis gratiam,
> dubiis fidem.
>
> PLINE L'ANCIEN. — *Préf. de l'Hist. nat.*

Première Livraison.

A PARIS,

CHEZ AUDIN, LIBRAIRE, QUAI DES AUGUSTINS, N° 25.

1836.

AVIS.

Nous nous hâtons de publier la première livraison, en la terminant à la fin du 17me siècle, formant la première partie de l'ouvrage, sans attendre l'impression de plus de 100 pages, afin de satisfaire plus tôt l'impatience de Messieurs les Souscripteurs; mais nous ne devons pas leur laisser ignorer que la première partie est la plus courte des trois qui composent cet Essai littéraire, et que la troisième, consacrée au 19me siècle, est la plus étendue.

CONDITIONS DE LA SOUSCRIPTION.

L'ouvrage paraîtra en entier dans le courant de 1836, en trois livraisons, au prix de 1 f. 50 c. l'une. On ne paie rien d'avance : Messieurs les Souscripteurs acquitteront le prix de chaque livraison en la recevant.

Immédiatement après la distribution de la troisième et dernière livraison, le prix du volume sera porté à 6 francs.

On souscrit chez Achard, Imprimeur - Éditeur, Marché des Capucins, n° 4, et chez tous les Libraires de Marseille et des principales villes de France.

Marseille.
Imprimerie
d'Achard.

ESSAI

SUR

L'ÉTAT DE LA LITTÉRATURE

A MARSEILLE,

DEPUIS LE 17me SIÈCLE JUSQU'A NOS JOURS;

PAR

GASTON DE FLOTTE.

> Res ardua vetustis novitatem dare,
> novis auctoritatem, obsoletis nitorem,
> obscuris lucem, fastiditis gratiam,
> dubiis fidem.
>
> PLINE L'ANCIEN.—*Préf. de l'Hist. nat.*

A PARIS,

CHEZ AUDIN, LIBRAIRE, QUAI DES AUGUSTINS, No 25.

—

1836.

MARSEILLE. — IMPRIMERIE D'ACHARD,
Marché des Capucins, n° 4.

PRÉFACE.

Paul Jove, évêque de Nocera, possédait, sur l'emplacement de l'ancienne maison de Pline, une *villa* délicieuse, au centre de laquelle était un cabinet d'étude tapissé de portraits d'hommes célèbres, depuis Virgile et Tacite, jusqu'à ses contemporains Bibiena, L'Arioste, Machiavel, etc. Il avait écrit une notice au bas de chaque figure, et, malgré son style pompeux, trop oratoire, et hérissé de barbarismes, ce médailler est encore un des plus précieux monuments de la renaissance des lettres.

L'ouvrage que nous publions ressemble assez au cabinet du savant prélat, seulement sa plume était vénale : « Il avouoit assez franchement, « dit Bayle d'après Cardan et Bodin, qu'il « louoit ou blâmoit selon qu'on avoit eu soin, « ou qu'on avoit négligé d'acquérir ses bonnes « grâces. »

Dans une longue galerie de portraits, en tête de chacun desquels nous avons gravé ce vers :

Nec Tros aut Tyrius nullo discrimine habebo,

bien des erreurs sans doute ont été commises, mais elles sont toutes de bonne foi, et nous n'affirmons rien. Si nous n'avons pas toujours fait précéder ou suivre nos assertions de ces mots : « il me semble ; — je ne sais ; — il n'est pas impos- « sible ; — je crois ; — il se pourrait ; » c'est afin de ne pas ressembler au Marphurius de Molière ou au Trouillogan de François Rabelais.

Les personnages les moins connus sont ceux dont nous avons parlé avec le plus de détails ; cela entrait dans notre sujet et dans notre plan.

Nous avons eu rarement recours aux formules d'admiration, d'abord parce qu'elles sont toutes épuisées depuis long-temps, ensuite parce qu'un point d'exclamation ne prouve rien, puis enfin parce qu'il nous est difficile d'admirer quelque chose, à nous qui avons vu Napoléon, et qui voyons encore Chateaubriand.

Nous offrons à Marseille un livre qui l'inté- resse, et nous attendons son jugement avec la soumission d'un fils. — Qu'elle ait pour nous l'indulgence d'une mère !

ESSAI

L'ÉTAT DE LA LITTÉRATURE

A MARSEILLE,

DEPUIS LE 17me SIÈCLE JUSQU'A NOS JOURS.

———————⟶◦◖◗◦⟵———————

Marseille, appelée par Cicéron l'*Athènes des Gaules*,
par Pline *la maîtresse des études*, qui, seule parmi les
villes de provinces, avait donné une édition d'Homère,
et avait vu se presser dans ses lycées la plus brillante
jeunesse de Rome, avide d'y puiser le goût des lettres,
et cette fleur de langage, ce doux atticisme transmis par
l'Ionie; Marseille continua sa glorieuse illustration, et
la soutint long-temps encore dans tout son éclat, lorsque le christianisme, civilisant le monde, l'eut doté
de lumières nouvelles.

I

Alors, aux arguties de la science, brillante peut-être, mais vaine, des rhéteurs et des philosophes, succéda la voix puissante des orateurs et des écrivains sacrés; au lieu d'Ératosthène, de L. Plotius, que le sévère Quintilien appelait *insignis*, et dont Cicéron regrettait de n'avoir pu suivre les leçons; au lieu de Favorin, qui s'étonnait lui-même de ce que, né gaulois, il fût initié à toute l'harmonie de la langue grecque, Marseille offrit au monde régénéré les noms de Paulin, de St Hilaire, l'ami de St Augustin, de Musée, l'auteur du *Lectionnaire*, de Victorin, poëte génésiaque, de Salvien, le Jérémie du 5ᵐᵉ siècle, le maître des évêques, Salvien, que le dernier père de l'église, Bossuet, nomme le savant prêtre de Marseille.

Puis vint un jour qui fut le dernier de la *ville éternelle*; le colosse chancelle, tombe, et ensevelit sous ses débris lois, sciences, monuments; par une étrange réaction, l'univers est à Rome; les Barbares déchirent et se partagent l'Empire; à chacun sa proie, à chacun son lambeau, mais nul ne fouille les décombres pour en retirer le flambeau des arts éteint pour long-temps.

Et Marseille est comme frappée de stupeur; dans une époque où tout se décide par les armes, où les trônes tombent et se relèvent, épouvantant le monde du fracas de leur chute, ou l'étonnant par la rapidité de leurs victoires; dans des jours où l'art, cette révélation divine, serait incompris, Marseille se voile la face, et proteste par son silence.

Mais tout-à-coup elle est réveillée aux mille chants joyeux de ses enfants. Quand les peuples dorment encore du sommeil de l'indifférence, quand les belles leçons de Rome et de la Grèce sont oubliées ou méconnues; au dixième siècle enfin, Marseille se crée une littérature à elle. Barral des Beaux, dont le nom lui sera toujours glorieux et cher, attire à sa cour chevaliers, troubadours, jongleurs, damoiseaux; la vicomtesse, sa femme, leur inspire sirventes, fabliaux, bergeries, lais d'amour. Bertrand du Puget, Foulques, depuis évêque de Toulouse, Paulet surtout qui rejeta la poésie érotique pour la satire politique, rendent successivement à leur ville natale une partie de son ancien éclat (1).

Puis la nuit encore; Marseille est réunie à la France; la langue d'*oïl* lui est imposée, il lui est défendu de parler celle que lui firent ses troubadours, et qui n'était pas à dédaigner pourtant, car Dante hésita s'il écrirait sa magnifique trilogie en latin, en italien ou en provençal; le latin était usé et corrompu, l'italien était à faire, le provençal était bien doux, bien harmonieux; l'amour de la patrie l'emporta. *Il gran padre Alighieri*, comme l'appelle Alfieri, fut forcé de créer sa langue pour buriner ses étonnants chefs-d'œuvre dans la mémoire des hommes.

(1) Il faut consulter, pour connaître l'histoire des Trouvères et des Troubadours, les savants ouvrages de Le Grand-d'Aussy, de l'abbé Millot, et de notre compatriote Raynouard.

1 *

De quoi s'en est-il fallu que le provençal ne devînt la langue de bien des peuples?

Le nom de Marseille littéraire ne se prononce plus que vers la fin du seizième siècle.

PREMIÈRE PARTIE.

—

XVIIme SIÈCLE.

C'est à Casaulx et à Louis d'Aix, si fameux dans notre histoire, que Marseille doit l'établissement de l'imprimerie dont jouissaient déjà Lyon, Aix, Avignon ; et c'est alors que nous rencontrons pour la première fois un nom qui doit nous être cher, et qui depuis nous fut si glorieux : Pierre Mascaron demanda la permission aux deux célèbres consuls d'imprimer les œuvres de la Bellaudière, de Grasse, qui avait laissé ses poésies en héritage à Pierre Paul. Ce livre parut donc en deux volumes in-4°, l'an 1595, revu par Paul, auquel les deux *vertuouz et generouz seignours Lovis d'Aix et Charles de Casavlx* donnèrent argent et protection. Dans un sonnet de remercîment que leur adresse l'éditeur, le mot *imprimerie* est écrit en majuscules, ce qui prouve l'importance attachée à cette grande innovation (1).

A la mort de Louis et de Casaulx, qui arriva bientôt après, Mascaron se retira à Salon, chez son ami Nos-

(1) Vivo, vivo à jamais aquçou couble paiyé
Que son causo qu'aven cyssi l'IMPRIMARIÉ !

tradamus, revint dans la suite à Marseille, et y eut un fils, Pierre-Antoine, qui ajouta à l'illustration de son père, et devait nous donner Jules Mascaron.

Déjà, en 1578, Honoré Rambaud avait fait imprimer à Lyon un singulier traité d'orthographe, intitulé : *La déclaration des abus que l'on commet en écrivant, et le moyen de les éviter et représenter naïvement, ce que jamais homme n'a fait.* Et pour cela, ce précurseur de M. Marle, non content de réduire les mots à leur plus simple prononciation, veut ajouter à l'alphabet cinquante-deux lettres *neutres*, remède pire que le mal; il veut « qu'un seul coup de langue suffise pour « prononcer chaque lettre, et un seul coup de plume « pour la former. »

Quelque absurdes que soient en général les innovations de Rambaud, il s'en trouve çà et là de très-judicieuses dont bien des grammairiens et des philologues, entre autres Condillac, se sont emparés, sans souffler mot. — Ce livre est curieux; il montre les efforts que faisait notre langue pour se débarrasser de ses langes, et atteindre à cette admirable pureté des Pascal, des Racine, des Bossuet, des Voltaire. Les premiers bégaiements de l'enfance intéressent et captivent le philosophe.

Il était donné à un Marseillais de prouver que la grammaire est une véritable et haute science, et que l'alphabet est une branche de la philosophie. — Chacun nomme Dumarsais.

1625. — Le premier nom qui se présente à nous au 17me siècle, et dans l'ordre des temps, est aussi un des noms les plus célèbres de notre histoire littéraire.

D'URFÉ. — Honoré d'Urfé, comte de Chateauneuf, marquis de Valromery, gentilhomme ordinaire de la chambre du roi, capitaine de cinquante hommes d'armes de ses ordonnances, naquit à Marseille, le 11 février 1567, d'une famille illustre déjà, et originaire d'Allemagne.

Avant de parler du grand ouvrage qui fit une révolution dans son siècle, nous entrerons dans quelques détails sur l'auteur.

D'Urfé prétendait descendre de la maison de Saxe, et ses prétentions étaient fondées, si nous en croyons un des plus savants hommes qui aient jamais écrit, Huet, évêque d'Avranches. Il croit que le nom de d'Urfé est une corruption de *Wolf* qui en allemand signifie *loup ;* les descendants de ce Wolf se nommèrent *Guelfes* en Italie et *Ulfes* en France. Paillard d'Urfé est appelé dans Chartier et dans Monstrelet, Ulfé et Ulphé : il vivait au 9me siècle.

Trois cents ans après, Henri d'Urfé, surnommé *le lion orgueilleux*, chassé d'Italie et d'Allemagne par Frédéric Barberousse, se retira en France, dans le Forez, et y bâtit le château de d'Urfé qu'on voit encore aujourd'hui.

Ulphe IV changea, en 1106, les armes de Saxe en

celles de d'Urfé qui sont de vair au chef de gueules.

On trouve, en 1356, à la bataille de Poitiers, un d'Urfé parmi ces héroïques gentilhommes qui entouraient le roi Jean.

Pierre d'Urfé, souvent cité par Comines, joua un rôle important dans les querelles entre Louis XI et Charles-le-Téméraire. « Un coup, dit le chroniqueur, « me trouvay présent que le seigneur d'Urfé disoit ces « paroles au Duc de Bourgongne, luy priant faire dili- « gence, et mettre sus son armée; et ledict Duc m'ap- « pela à une fenestre, et me dist: Voilà le seigneur « d'Urfé qui me presse faire mon armée la plus grosse « que je puis, et me dist que nous ferons le grand bien « du royaulme, vous semble il que si i'y entre avec la « compagnie que i'y méneray que i'y fasse guère de bien? « — Je luy respondis en riant, qu'il me sembloit que « non, et il me dist ces mots: J'ayme mieux le bien du « royaulme de France que monseigneur d'Urfé ne « pense; car, pour un roy qu'il y a, i'y en vouldrois six! »

François d'Urfé fut ami de Bayard, et son compagnon d'armes.

Voilà une généalogie à laquelle Mme de Créquy elle-même a difficilement trouvé à redire.

Enfin, Honoré d'Urfé naquit, sous le règne de Charles IX, de Jacques d'Urfé et de Renée de Savoie; il eut six sœurs et cinq frères dont l'un, Jacques, se remaria à 100 ans, eut un fils, et mourut à 116 ans.

La jeunesse d'Honoré fut frappée d'un de ses malheurs d'amour qui font les grands écrivains ; toute sa vie est consignée dans *L'Astrée.* — *René*, c'est Chateaubriand.

Il aimait Diane de Chevillac, de Chateaumorand, qu'aimaient trois autres de ses frères ; le père d'Urfé l'accorda à l'aîné qui vécut avec elle comme avec une sœur pendant vingt-deux ans, et finit par se faire prêtre et chanoine de Lyon. Honoré, qui avait été envoyé à Malte, mais n'avait point fait de vœux, revint dans le Forez, et trouva le mariage rompu ; Diane épousa celui que l'absence et le temps n'avaient pu effacer de son souvenir. Il fallut des dispenses aux deux frères : à l'un pour entrer dans les ordres quoique marié, à l'autre pour épouser sa belle-sœur ; Urbain VIII disait que les d'Urfé auraient besoin pour eux seuls d'une chancellerie pontificale et d'un pape tout entier.

Cette union si désirée ne fut point heureuse ; d'Urfé, dit Patru, avait toujours quelques nouvelles galanteries en tête. Diane, de son côté, ne trouvant plus en lui cette adoration, ce culte qu'il lui avait voués, ne put modérer les transports de sa jalousie ; d'Urfé fatigué se retira en Piémont, près de Turin, et là, composa son *Astrée.* D'autres ont prétendu que ce mariage avait été fait par intérêt, Honoré craignant de laisser sortir de sa maison les grands biens que Diane avait apportés. Diane, du reste, avait plus de trente ans lors de son second mariage. On ne peut concilier les sentiments que d'Urfé montra dans son roman, dit Huet, avec l'éloignement dans lequel il vivait séparé d'Astrée, (car Astrée c'est Diane) qu'en disant qu'il était toujours amoureux de l'idée qu'il conservait de l'Astrée du temps passé, si différente de l'Astrée d'alors.

Diane n'était rien moins qu'une héroïne de roman ; elle était belle, mais si esclave de sa beauté qu'elle était toujours enfermée ou masquée, toujours en garde contre le soleil ou le vent. Elle survécut long-temps à son mari, et fut toujours brouillée avec sa nombreuse famille.

D'Urfé, pour en finir avec les détails biographiques, n'était point aimé de Henri IV, parce qu'il l'était trop de cette aimable Marguerite qui répondait par de nombreuses infidélités aux infidélités de son époux, seigneur et roi. On sait qu'exilée au château d'Usson, en Auvergne, elle en fit un délicieux séjour, et s'en empara en se faisant aimer du gouverneur Canillac, *par la seule vue de l'ivoire de son bras*, dit un vieux chroniqueur. Pendant cette retraite, qui dura jusqu'en 1599, époque de son divorce, d'Urfé fut pris, conduit au château, et aimé. Cet épisode de sa vie est renfermé dans l'histoire de Galatée.

D'Urfé mourut en 1625, âgé de 58 ans, et sans avoir terminé son grand ouvrage.

Lorsque d'Urfé commença d'écrire, la France, si long-temps déchirée par les factions, était calme et heureuse ; la paix de Vervins, si humiliante pour l'Espagne, avait cimenté notre bonheur ; la ligue s'était consumée dans les tourments d'une rage impuissante ; l'édit de Nantes avait contenté Catholiques et Protestants ; les lois, si long-temps méconnues, reprenaient leur empire ; le commerce florissait ; les champs offraient partout la preuve que l'agriculture était honorée des soins d'un ministre qui l'appelait une des mamelles de l'État. Les lettres devenaient déjà une de nos gloires : Amyot, par l'admirable simplicité de son style ; Montaigne, par sa philosophie naïve et forte, mais un peu égoïste ; Ronsard, par son beau génie, méconnu pendant deux siècles, mais enfin réhabilité de nos jours ; Brantôme, par son langage cynique, mais plein de grâce et d'enjouement ; Malherbe, par sa poésie belle de pureté, mais sans enthousiasme, avaient préparé et préparaient encore les merveilles littéraires du règne de Louis XIV, ce majestueux épisode de l'histoire moderne ; mais il fallait que la littérature passât par Voiture et le bel-esprit pour arriver à Pascal et à Bossuet, comme il lui a fallu passer par Dorat, Pezai et Moncrif pour arriver à Chateaubriand. — Riche et paisible au dedans, respectée au dehors, notre France jouissait d'autant mieux de sa prospérité, que les premières années de Henri IV avaient été les plus malheureuses de la monarchie, sans en excepter les règnes de Jean et de Charles VI.

C'est alors que d'Urfé, heureux de ces loisirs que nous avait faits un grand roi, rêva un roman doux et paisible, dans lequel devaient paraître, sous des noms de bergers, ses plus célèbres contemporains ; il recula son siècle jusqu'au 5ᵐᵉ siècle, la France fut toute dans le Forez, la Seine devint le Lignon.

Nous n'avons pas le génie pastoral ; Fontenelle, malgré tout son esprit, et peut-être à cause de son esprit ; Florian, avec son style aussi doux que son nom, n'ont pu nous faire goûter ce genre aimé des Anciens et des Allemands ; si d'Urfé n'y a point réussi, c'est que nous n'égalerons jamais Théocrite, Longus, ni Gessner.

Quoi qu'il en soit, *L'Astrée*, qui souleva son siècle, et dont à peine nous connaissons le nom, doit être lue, moins comme une pastorale que comme œuvre d'art, comme un monument d'une littérature qui n'est plus, et qui ne peut plus être. Quand on voit Henri III, Créquy, Bassompierre, la belle reine Marguerite, Gabrielle, Condé, Bellegarde, se presser à la fois dans mille scènes ingénieuses, avec tous leurs amours et leur galanterie ; quand d'Urfé nous apparaît lui-même sous la figure de Céladon et de Silvandre, son frère aîné sous celle de Philandre, la dame de Chateaumorand sous celles d'Astrée et de Diane, alors ce livre est une page spirituelle et animée de l'histoire de cette époque, le roman disparaît ; nous assistons aux amours de la cour de Henri IV.

Cette lecture peut être fatigante, il est vrai ; dix volumes, c'est beaucoup. Tous les romans depuis furent en dix volumes : *Clélie*, *Cyrus*, *Polexandre*, se seraient crus indignes du nom de héros s'ils eussent parcouru un moins long espace. Nos romans aujourd'hui sont en deux ou quatre volumes, c'est bon signe, nous sommes en progrès. *Candide* et *René*, ces chefs-d'œuvre si différents entre eux, ces deux grandes personnifications de deux siècles, ne forment pas même un volume ; mais Voltaire et Chateaubriand n'ont pas le génie des Scudéry et du sieur de Gomberville.

Celui qui lira *L'Astrée* sera rebuté souvent par la longueur des détails, par ces éternelles conversations, disputes, théories, questions alambiquées sur l'amour ; (cette métaphysique n'est plus de notre goût, mais l'auteur peignait son siècle) par cette foule de *concetti* empruntés aux Italiens, qui sont si fatigants dans Pétrarque, et que Le Tasse se fit pardonner à force de génie.

Juvenel de Carlencas, dans ses *Essais sur l'Histoire des Belles-Lettres*, ouvrage oublié et qui ne mérite pas de l'être, appelle *L'Astrée*, un poëme en prose. « Malgré quelques défauts, ajoute-t-il, c'est un ouvrage admirable ; mais plus les peintures en sont belles, plus elles sont dangereuses. » L'évêque d'Avranches, au contraire, dit que ce roman est un des plus honnêtes et des plus modestes ; il corrobore son opinion de celle de l'évêque de Belley, Camus, auteur lui-même de plus de deux cents volumes, et de romans pieux tels que : *Dorothée, Dalphnide, Hyacinthe, Carpie, Alcine, Spiridion, Alexis*, genre singulier dont l'idée lui fut suggérée par saint François de Sales.

L'Astrée fut le premier roman assujetti aux règles

la révolution qu'il opéra fut immense ; la poésie et la peinture s'inspirèrent à ses pages ; Scudéry en tira, ainsi que du *Polexandre*, qui ne le vaut pas, sa tragi-comédie du *Trompeur puni*, ou *l'Histoire Septentrionale* (1) ; Corneille, notre grand Corneille, daigna rimer les subtilités du berger Silvandre :

> Si , comme dit Silvandre, une âme en se formant,
> Ou descendant du Ciel, prend d'une autre l'aimant,
> La sienne a pris la vôtre.....
>
> (*Suite du Menteur.*)

Lingendes, évêque de Mâcon, dont, au dire de Voltaire qui se trompe, Fléchier pilla son bel exorde ; Lingendes disait que les trois livres qu'il aimait le mieux étaient la Bible, Érasme, et *L'Astrée* : singulière association qui prouve la variété des goûts du savant prédicateur.

Ce nom de Lingendes, qui était de Sarlat, me rap-

---

(1) Déjà, en 1629, il y avait puisé le sujet de sa première pièce, *Ligdamon et Lidias*, ou *la Ressemblance*. Dans sa préface, il réclamait l'indulgence pour ce coup d'essai. « Je suis, « disait-il , un homme au poil et à la plume. — J'ai passé plus « d'années parmi les armes que d'heures dans mon cabinet, et « beaucoup plus usé de mèches en arquebuses qu'en chandelles ; « de sorte que je sais mieux ranger les soldats que les paroles, et « mieux quarrer les bataillons que les périodes..... »

Scudéry avait alors 28 ans. — Il enchérit, dans sa pièce, sur les pointes et les subtilités de d'Urfé. Un berger demande à Sylvie pourquoi elle refuse le cœur de Ligdamon ; voici la réponse :

> Qu'il garde ce beau don, pour moi je le renvoie ;

pelle un souvenir déjà ancien, et qui se rattache à la patrie de ce bon évêque.

Dans un séjour que je fis au fond du Quercy, en 1827, je courais de châteaux en châteaux; après avoir salué les vieilles tourelles lézardées et vertes de lierre, de Montaigne et de Fénélon, je m'arrêtai quelques jours dans un vaste et antique château, voisin de celui du philosophe périgourdin. J'y arrivai le soir, fatigué de dix lieues de chasse, et me couchai sans jeter même un coup d'œil dans ma chambre. Je ne pus dormir; le vent faisait crier les portes et les fenêtres mal fermées; je voulus lire, et rallumai ma lampe, mais, à la première clarté, je vis avec une sorte d'effroi, des géans se déta-cher des murs et venir me saluer tour-à-tour; ce qui me rassura, c'est qu'il y avait des femmes, des femmes dans un ancien et grâcieux costume; les unes étaient en manteau grec, à peine retenu par une agraffe, et lais-

> Je ne veux point passer pour un oiseau de proie
> Qui se nourrit de cœurs, et ce n'est mon dessein
> De ressembler un monstre ayant deux cœurs au sein.

Toute la pièce est dans ce goût-là. — Scudéry se nommait le maître de Corneille!

L'*Astrée* a fait faire à notre La Fontaine un bien mauvais opéra, mis en musique par Colasse. D'Urfé était un de ses auteurs de prédilection; il disait, dans une charmante ballade:

> Non que monsieur d'Urfé n'ai fait une œuvre exquise;
> Étant petit garçon je lisois son roman,
> Et je le lis encore ayant la barbe grise.

sant les bras et le sein découverts ; d'autres , en corset
rouge , lacé par devant, toujours le sein et les bras nus ;
les hommes , hauts de sept pieds , portaient l'habit de
cour de Louis XIII; la casaque, la fraise ample à larges
canons , les cheveux tombant sur les épaules, narguant
ainsi l'ordonnance de François Ier ; les manchettes jusqu'au coude , les chausses sur les talons , le chapeau et
les oreilles tout bigarrés de rubans incarnadins ,

> Et ces souliers mignons de rubans revêtus
> Qui vous font ressembler à des pigeons pattus.

> (MOLIÈRE.)

Et la lueur douteuse et vacillante de ma lampe donnait à tout cela une mobilité confuse qui me glaçait de
peur. Je repris courage en voyant à chacun une hou-
lette ornée de fleurs ; c'était une arme que je craignais
peu. Puis on formait des danses , on s'agenouillait devant des bergères , on ramenait les troupeaux errants çà
et là ; on s'inclinait devant un druide , beau vieillard à
longue barbe d'argent, à costume d'astrologue , et toujours on s'avançait vers moi , puis on se retirait, puis le
vent faisait craquer les arbres. Enfin, je rappelai ma
raison , j'analysai mes sensations, je détaillai chaque
partie du fantastique tableau , et je compris que ma
vaste chambre était , depuis deux siècles, revêtue d'une
tapisserie de cuir, représentant des scènes de *L'Astrée* ;
le vent, s'engouffrant dans les déchirures , faisait mou-

voir, incliner, retirer tour-à-tour la toile à peine retenue à la muraille par un reste d'énorme cadre ver-
moulu.

Je passai une nuit délicieuse dans le Forez, sur les
rives du Lignon, avec des bergers et des bergères du
cinquième siècle, habillés à la grecque ou à la mode du
temps de Louis XIII. Mon imagination alla plus loin,
et peu à peu tout le 17me siècle posa devant moi. — Ce
fut une belle nuit.

Tallemant des Réaux, dont les curieux manuscrits
viennent d'être publiés par les soins de M. Monmerqué,
nous raconte un fait qui prouve combien, quarante
ans après son apparition, *L'Astrée* occupait encore les
esprits : « Dans la société du cardinal de Retz, on se
« divertissoit à s'écrire des questions sur *L'Astrée*, et
« qui ne répondoit pas bien payoit pour chaque faute
« une paire de gants de frangipane. On envoyoit sur un
« papier deux ou trois questions à une personne, par
« exemple, à quelle main étoit Bonlieu, au sortir du
« port de la Bouteresse, et autres questions, soit pour
« l'histoire, soit pour la géographie, pour prouver qu'on
« savoit bien son *Astrée*. Il y eut tant de paires de
« gants perdues de part et d'autres que quand on vint
« à compter, car on marquoit soigneusement, il se trou-
« voit qu'on ne se devoit quasi rien. D'Ecquevilly prit
« un autre parti. Il alla lire *L'Astrée* chez d'Urfé lui-
« même, et, à mesure qu'il avoit lu, il se faisoit mener
« dans les lieux où chaque aventure étoit arrivée. »

Et je crois, en effet, que toute mnémotechnie serait inhabile à retenir la topographie de l'*Astrée*, le nom de tous les personnages, une partie des événemens qui se pressent en foule dans ces pages singulières. Elles renferment en outre une grande érudition, mais plus sage que la folle érudition du curé de Meudon, moins affectée, moins coquette que celle de Montaigne. Huet, qui savait tant, disait qu'elle ne pouvait déplaire qu'à ceux dont la barbarie du siècle avait corrompu l'esprit et le goût.

Il est inutile de mentionner tous les auteurs distingués qui ont loué *L'Astrée*; Huet, saint François de Salles, Camus, Madame de Sévigné, Bayle, Patru, l'ami de Boileau, et que son bon goût fit surnommer le *Quintilien français;* ce sont là d'assez beaux noms. Voici quelques vers de Fontenelle qui, du reste, trouvait les bergers de d'Urfé des *sophistes trop pointilleux*, reproche singulier de la part de l'auteur des *Pastorales* si subtiles, si *pointilleuses*, si éloignées de l'admirable simplicité de Théocrite et de Moschus.

Quand je lis d'Amadis les faits inimitables,
Tant de châteaux forcés, de géants pourfendus,
De chevaliers occis, d'enchanteurs confondus,
Je n'ai point de regret que ce soit là des fables.
Mais quand je lis l'Astrée où, dans un doux repos,
L'amour occupe seul de plus charmants héros,
 Où l'amour seul de leurs destins décide,
Où la sagesse même a l'air si peu rigide
Qu'on trouve de l'amour un zélé partisan

Jusque dans Adamas, le souverain Druide,
Dieux! que je suis fâché que ce soit un roman!

J'irois vous habiter, agréable contrée
  Où je croirois que les esprits
  Et de Céladon et d'Astrée
Iroient encore errants, des mêmes feux épris;
Où le charme secret que produit leur présence
  Feroit sentir à tous les cœurs
  Le mépris des vaines grandeurs
  Et les plaisirs de l'innocence!

O rives du Lignon! ô plaines du Forez!
 Lieux consacrés aux amours les plus tendres,
Montbrisson, Marcilli, noms toujours pleins d'attraits
Que n'êtes-vous peuplés d'Hylas et de Sylvandres!
Mais pour nous consoler de ne les trouver pas,
  Ces Sylvandres et ces Hylas,
Remplissons nos esprits de ces douces chimères,
Faisons-nous des bergers propres à nous charmer,
Et puisque dans les champs nous voudrions aimer,
  Faisons-nous aussi des bergères.

La Harpe, qui du reste avoue ne les avoir pas lus, affecte de confondre dans son mépris *L'Astrée* avec *L'A-
riane*, *La Clélie* et *Le Cyrus*. Cela est injuste. *L'Astrée*
a subi le sort commun aux bons livres; elle eut des imi-
tateurs de ses défauts et point de ses beautés; vous ne
trouverez pas dans les énormes romans de Gomberville,
de Desmarets, de la Calprenède, de Mlle de Scudéry,
un style aussi purement soutenu, des scènes aussi ingénieuses que dans celui de d'Urfé. Nulle part surtout

vous ne trouverez ce rôle *d'Hylas* qui est un chef-
d'œuvre en son genre, et qui rappelait aux contemporains le caractère enjoué, inconstant, des Bellegarde,
des Créquy, des Givry, célèbres par le nombre et la légèreté de leurs amours.

D'Urfé est mort sans avoir terminé son ouvrage; il
n'en a écrit que les quatre premières parties; la cinquième est de son secrétaire Balthazard Baro, dauphi-
nois, de l'Académie française, et auteur de dix pièces
de théâtre, entre autres de *Parthénie*, qui renferme de
beaux vers (1). D'Urfé lui laissa la quatrième partie inédite, et des mémoires pour la dernière, que composa
Baro, d'après l'ordre de la princesse de Piémont.

(1) Dans *Parthénie*, Alexandre devient amoureux de la reine
de Perse, qui lui répond ainsi :

> Sire, ce qu'aujourd'hui tu recherches de moi
> Est digne d'un tyran, mais indigne de toi ;
> Que ces lâches beautés devant toi prostituent
> Leurs infâmes appas qui charment, mais qui tuent,
> Qu'elles accordent tout de crainte de périr,
> Elles savent flatter, et moi je sais mourir.
> Use plus sagement des faveurs de Bellone ;
> Naguère je portois le sceptre et la couronne,
> Et bien que désormais ces marques de grandeur
> Ne soient plus dans ma main, elles sont dans mon cœur ;
> C'est là que, méprisant les coups de la fortune
> Et le fâcheux succès d'une guerre importune,
> Malgré ma servitude et malgré tes projets,
> Ma vertu trouve encore un sceptre et des sujets.

Cela est beau, cela est fier, et vaut mieux que des tragédies
entières de Scudéry.

La première avait paru en 1610 , dédiée à Henri IV, qui l'accueillit , bien qu'il n'aimât guère l'auteur; nous avons vu pourquoi ; la deuxième parut en 1620 ; la troisième en 1625 , et la quatrième en 1627, après la mort de d'Urfé: l'ouvrage ne fut imprimé au complet qu'en 1631.

Corbinelli, si connu par les lettres de Mme de Sévigné, publia , en 1681 , des *Extraits de tous les beaux endroits des ouvrages des plus célèbres auteurs du temps, tirés de Balzac, Voiture, Costar, d'Urfé, Gomberville, Molière, Scudéry, Bergerac, etc......* Il y avait soixante ans que *L'Astrée* avait paru , et elle inspirait encore le même enthousiasme.

Vers le milieu du dernier siècle, l'abbé Souchai, chanoine de Rhodez, et homme savant du reste, ne craignit pas de retoucher à cet ouvrage; il en publia une édition en dix volumes in-12 , avec ce singulier titre : *L'Astrée de M. d'Urfé , pastorale allégorique , où, sans toucher ni au fonds ni aux épisodes, on s'est contenté de corriger le langage , et d'abréger les conversations,* 1733. — Le bon abbé ignorait sans doute que ce langage vieux et naïf est justement ce qui donne du prix à un ouvrage de la fin du 16me siècle ; c'est là que les amateurs de la littérature passée , que les philologues iront épier les premiers bégaiements de la langue française ; il fallait leur laisser ce livre intact. Allez donc retoucher le style d'Amyot ou de Montaigne ! *L'Astrée* ne peut plaire aujourd'hui aux simples lecteurs sous quelque forme qu'on la présente, et Souchai en a fait un livre illisible pour tout le monde, lui qui a su se faire lire quand il a travaillé sur son propre fonds (1).

Nous nous sommes trop étendus peut-être sur l'ouvrage de notre compatriote; mais, après lui, la matière sera moins riche, et nous marcherons plus vite. Nous n'avons rien cité parce qu'il est difficile d'extraire quelque chose d'un livre dont le style n'est pas le premier mérite, et qu'il faut juger d'ensemble. C'est une répétition continue des mêmes mots : « Beaux yeux. — Aimable bergère. — Amour éternelle. » Et des phrases semblables à celles-ci : « Ah! Philis, une des lois d'amour est que qui peut s'imaginer de pouvoir quelquefois n'aimer pas, n'aime déjà plus. — Il y a longtemps, dit Ligdamon, que ni le froid ni le chaud extrêmes ne peuvent se faire sentir à moi. Je brûle au dedans de trop de feux, et la cruauté de Silvie me glace tellement que je suis insensible à tout le reste. O que Ligdamon est heureux, répondit Silvie, en penchant dédaigneusement la tête de son côté, de ne sentir ni le froid ni le chaud ! »

(1) L'abbé Souchai sut embellir la science des grâces du style ; il a laissé une édition des *Œuvres de Pélisson*, des *Remarques sur la traduction de l'historien Josephe par d'Andilly*, une édition de *Boileau* et d'*Ausone*, et de curieuses *Recherches sur la vie, le caractère et les ouvrages de Mécène*. C'était un de ces ecclésiastiques du temps passé qui vouaient leur vie à l'étude, et auxquels nous devons tout ce que nous pouvons savoir.

Et ailleurs : « Si je n'avois éprouvé qu'il est impossi-
« ble de vous voir et de ne vous aimer pas, je n'aurois
« jamais cru qu'un mortel pût aspirer jusqu'à vous ;
« mais persuadé que le Ciel est trop juste pour nous
« commander des choses impossibles, je n'ai pas hésité
« à penser qu'il vouloit que vous fussiez aimée, puis-
« qu'il permettoit que l'on vous vît. S'il est de l'équité
« de rendre à chacun ce qui lui appartient, agréez,
« trop aimable bergère, que je vous donne mon cœur. »
— A quoi la trop aimable bergère répond : « C'est une
« maxime tenue pour certaine parmi les bergers de cette
« contrée que les dieux rient des serments des amants. »
Et la conversation dure long-temps sur ce même ton.

« FILANDRE A DIANE :

« Qu'un berger en vous voyant, court une dangereuse
« fortune ! S'il vous aime, il est perdu sans ressource ;
« s'il ne vous aime point, il est sans jugement. De ces
« deux erreurs, j'ai choisi celle qui étoit le plus suivant
« mon goût, et dont aussi bien je ne pouvois me défen-
« dre. Ne vous irritez donc pas, belle Diane, si, vous
« ayant vue, je sens que je vous aime, puisque on ne
« peut vous voir sans vous aimer. Que dis-je ? Il n'est
« plus en mon pouvoir de faire autrement. Il faut, tant
« que je vivrai, que je vous sois aussi véritablement ac-
« quis que vous ne pouvez être ce que vous êtes, sans
« être la plus belle de toutes les bergères. »

Les vers dont est sillonné l'ouvrage sont souvent fort curieux :

> Je souffre en vous aimant
> Le plus cruel tourment ;
> Ma passion égale
> Votre beauté fatale ;
> Bergère, mes amours,
> Souffrirai-je toujours ?

> Elle m'aime, dit-elle, et pourtant l'inhumaine
> Insulte à ma douleur, se moque de ma peine,
> Ne veut lire les maux qu'elle me fait souffrir,
> Ni prendre les écrits qu'amour lui fait offrir.

C'est Arimant qui, voyant que Chriséide refuse un billet de sa main, vient chanter sous sa fenêtre ce quatrain dont l'idée était trop peu saillante pour la rimer.

> Bien que mon amour soit extrême,
> Je puis dissimuler que j'aime ;
> Mais pour feindre d'autres ardeurs....
> S'il le faut, ou mourir, je meurs.

> J'ose espérer dans mes malheurs
> Que le ciel touché de nos pleurs
> Aura pitié de mon supplice,
> Et qu'enfin le temps et l'amour,
> Pour ne se rendre pas auteurs d'une injustice,
> M'accorderont bientôt la mort ou mon retour.

Cependant permettent les Dieux
Que les traits qui sont dans tes yeux
Mettent les cœurs en esclavage ;
Mes rivaux me plairont alors,
Pourvu que tes désirs soient à mon avantage,
Et que ton amour croisse aussi bien que ton corps !

Un Américain a eu la patience d'employer trois années, à huit heures de travail par jour, à compter exac-
tement le nombre de versets, de mots et de lettres con-
tenus dans la Bible (1). Je voudrais que quelqu'un cal-
culât combien de fois les mots *aimer* et *amour* se trouvent dans *L'Astrée* ; le nombre serait effrayant.

A ceux qui voudront lire cet immense roman qui inspira tant d'enthousiasme à la jeunesse de J.-J. Rousseau,
nous recommandons le livre 7me de la 1re partie ; l'histoire de Tircis et de Laonice est pleine de grâce et de sensibilité. Au 3me livre de la même partie, se lit la description de *la fontaine de la vérité d'amour* qui ne laisse pas
d'être ingénieuse ; sa propriété est de découvrir les plus
secrètes pensées des amants : « Celui qui y regarde voit
« sa maîtresse ; s'il en est aimé, il se voit auprès d'elle ;
« si elle en aime un autre, c'est cet autre qu'il y voit. »

(1) Il a trouvé qu'elle contenait 31,173 versets, 773,692 mots,
3,566,480 lettres ; le nom de Jéhova y est répété 6,855 fois ; la
particule *et* s'y lit 46,247 fois ; le chapitre qui forme le milieu
de la Bible est le 117me psaume.

Ce calcul peut être rigoureusement vrai, mais qui sera tenté
de le vérifier ?

Le Druide, *qui était un grand magicien*, explique cela ainsi: « Sachez que cette eau représente les esprits, com-« me les autres eaux représentent les corps. Or, l'esprit, « lorsqu'il aime, se transforme en l'objet aimé, et c'est « pour cela que, lorsque vous vous présentez, l'eau « reçoit la figure de votre esprit, et non pas celle « de votre corps. »

Quant aux autres ouvrages de d'Urfé, nous nous contenterons de les mentionner, aussi bien ils dorment dans un profond oubli d'où ils ne méritent pas qu'on les retire.

En 1611, un an après l'apparition du commencement de *L'Astrée*, d'Urfé publia un poëme, la *Sirène*, et l'on a vu que la poésie n'était pas son premier talent. *La Sirène* chante le départ, l'absence et le retour de *Sirène*, c'est-à-dire de l'auteur lui-même; divisée en trois parties, elle est toute en stances de six vers, ce qui ajoute encore à sa monotonie.

La Silvanire est aussi un poëme, mais en vers blancs, genre absurde que Voltaire lui-même n'a pas dédaigné d'essayer, très-inutilement, et tout en s'en moquant : « Les vers blancs, dit-il, n'ont été inventés que par la « paresse et l'impuissance de faire des vers rimés, com-« me le célèbre Pope me l'a avoué vingt fois. »

(*Lettre à l'Académie française*, 1778.)

Ailleurs il dit encore, en vers assez mal rimés :

Cher Horace, plains-moi de te parler en rimes ;
La rime est nécessaire à nos jargons nouveaux,
Enfans demi-polis des Normands et des Goths ;
Elle flatte l'oreille. . . . .

(*Épître à Horace*, 1771.)

En effet, c'est enlever à notre poésie son premier, j'allais dire son seul charme, qui est dans l'harmonie.

Un manuscrit latin, précieux pour nous, et que possède notre Bibliothèque (1), mentionne un ouvrage de la fin du 16me siècle auquel d'Urfé avait coopéré ; pendant qu'il étudiait au collége de Tournon, les jésuites publièrent sous son nom : *La triomphante entrée de madame Magdeleine de la Rochefoucault, épouse de messire Just-Loys de Tournon, le dimanche 24 avril 1583, avec les inscriptions en vers, faicts et récités tant en latin qu'en françois par aulcuns escholiers y nommés* (2).

Né en 1567, d'Urfé n'avait alors que 16 ans.

Un de ses frères, Anne d'Urfé, comte de Lyon, mort en 1621, à l'âge de 66 ans, fit paraître en 1608

(1) *Athæneum Massiliense*, par Zacharie Artaud, père de l'Oratoire. — La publication de ce manuscrit, qui date du milieu du 18me siècle, serait d'un grand intérêt pour Marseille. — J'en dois la communication à l'obligeance de M. Jauffret.

(2) Dùm Turnonii studiis vacaret, Jesuitæ, sub ejus nomine, librum vulgaverunt inscriptum : *La triomphante entrée. . . . .*

(*Athæneum Massiliense*.)

des sonnets et *des hymnes* détestables, même pour l'é-
poque. C'était un homme de lettres, dit un biographe,
qui avait autant de vertu que d'esprit.

LA CEPPÈDE. — La transition est brusque d'Honoré d'Urfé à Jean de La Ceppède, très-inconnu par
trois volumes de poëmes ascétiques. Ses *Imitations des*
psaumes de David, et surtout ses *Théorèmes spiri-*
tuels sur la vie et la mort de Jésus-Christ, et sur les
autres mystères de la religion, sont tout ce que l'esprit humain peut enfanter de plus niais et de plus hé-
téroclite. Premier président de la Cour des comptes,
La Ceppède nous donna des vers de magistrat, dont il
faut toujours se méfier. Les discours en prose à la tête
de chaque psaume, les notes lourdes mais savantes,
qui accompagnent les *Théorèmes*, voilà tout ce qu'il est
possible de lire de ce singulier auteur. Malherbe, qui,
malgré sa gravité, était fort malin, adressa à La
Ceppède des vers qui sont, au choix du lecteur, éloge
ou épigramme :

> Muses, vous promettez en vain
> Au front de ce grand écrivain
> Et du laurier et du lierre ;
> Ses ouvrages trop précieux
> Pour les couronnes de la terre
> L'assurent de celles des cieux.

Puis il disait, dans un sonnet à Marie de Médicis,
(1612) :

J'estime La Ceppède, et l'honore, et l'admire
Comme un des ornements des premiers de nos jours.

. . . .

. . . .

L'esprit du Tout-Puissant, qui ses grâces inspire
A celui qui sans feinte en attend le secours,
Pour élever notre âme aux célestes amours
Sur un si beau sujet l'a fait si bien écrire.

La Ceppède était protégé de Marie, ce qui explique
ces vers de Malherbe, de Malherbe si sévère en fait de
poésie ; comment eût-il pu louer franchement un homme qui s'était rendu coupable de vers tels que ceux-ci :

J'ai chanté le combat, la mort, la sépulture
Du Christ qu'on a comblé de torts injurieux ;
Je chante sa descente aux antres stygieux
Pour tirer nos aïeux de leur noire closture.

Je chante, esmerveillé, comme sans ouverture
De la tombe, il en sort vivant, victorieux ;
Je chante son triomphe et l'effort glorieux
Dont il guinda là-haut l'une et l'autre nature.

Clair esprit, dont ma Muse a clairement appris
Sa douleur, ses tourments, sa honte et ses mépris,
Faites qu'or de sa gloire elle soit étoffée ;

Sus, Vierge, il faut tarir le torrent de vos pleurs ;
Je veux, si vous m'aidez, élever un trophée,
Et guirlander mon chef de mille et mille fleurs.

Si quelque chose est vieux au monde, c'est bien le
romantisme.

MASCARON. — Pierre-Antoine Mascaron, fils de celui qui dota Marseille d'une imprimerie, et père de l'orateur, était un avocat distingué au Parlement de Provence ; il voulut joindre la gloire du littérateur à celle du jurisconsulte, et y réussit. Ses ouvrages sont nombreux. Il débuta par : *La Mort et les véritables paroles de Sénèque*, dédié à Richelieu. — *Marseille aux pieds du Roi*, puis *La Relation de tout ce qui s'est passé au voyage des galères de France en* 1638, suivirent de près les *deux discours* ; mais l'ouvrage qui assura sa réputation fut : *Rome délivrée, ou la Retraite de Coriolan, avec son apologie*, dédiée à Mazarin.

Cette espèce de roman historique, genre bâtard qui ne date pas d'aujourd'hui, est écrit avec toute la pureté, toute l'élégance possibles à cette époque. Le commandant de Notre-Dame-de-la-Garde, ce Scudéry, qui se croyait le maître de Corneille, et soutenait ses prétentions de son épée, recommanda Mascaron à ses amis de la capitale, et Scudéry alors était une puissance.

Voici quelques vers de son *Invitation aux poëtes de la Cour, en faveur de monsieur Mascaron :*

Arbitres de la Gloire et de la Renommée,
Vous, qui, par vos écrits dont la cour est charmée,
Pouvez éterniser un renom précieux
Et porter un mortel jusqu'au plus haut des cieux ;
Vous, qui seuls dispensez et l'éclat et la gloire,
Vous, qui seuls couronnez après une victoire,
Vous, juges souverains de la prose et des vers,
Vous, de qui le grand nom a rempli l'univers,

Vous, qui, malgré le temps , les siècles et les lustres,
Êtes les défenseurs de personnes illustres ;
De grâce, en ma faveur, soyez l'aigle aujourd'hui
Qui porte Mascaron aux cieux dignes de lui.
Prêtez à mon ami vos plumes immortelles,
Soyez de sa vertu les trompettes fidèles....
Pour moi, sur un rocher, éloigné des humains ,
Je le suivrai des yeux , et je battrai des mains!

Notre compatriote ne pouvait avoir un plus puissant protecteur que celui qui disait, dans une préface pour les œuvres de Théophile : « Personne parmi les morts et « parmi les vivants n'est comparable à Théophile.—Et « s'il y a parmi ces derniers quelqu'un qui croit que j'of- « fense sa gloire imaginaire , pour lui montrer que je le « crains aussi peu que je l'estime , je veux qu'il sache « que je m'appelle *de Scudéry*.» Et une autre fois, dans une lettre à la louange d'un de ses amis, il commençait ainsi : « Si je me connois en vers, et je pense m'y con- « noître..... » Et il finissait par ces mots : « C'est mon « ami, je le soutiens, je le maintiens, et je le signe : *de* « *Scudéry*. »

Rome délivrée eut un tel retentissement, que Balzac , dit-on, en fut jaloux. Bois-Robert, ce spirituel abbé, bouffon du cardinal de Richelieu ; le poëte Maynard , qui en fut le panégyriste outré, puis l'éhonté détracteur ; Ménage, le docte représentant de cette singulière littérature qui précéda immédiatement celle du grand siècle ; tous ceux enfin qui marchaient à la tête de l'époque, applaudirent au Marseillais.

Maynard lui adressa un sonnet :

Marseille, où les destins ont commencé tes jours,
Fait son panégyrique alors qu'elle te vante :
Son antique splendeur renaît dans tes discours,
Et ta plume lui rend le titre de savante.

Jules, dont la prudence eut tant d'admirateurs
Et qui donne à Louis des succès si prospères,
Connoîtra que tu sors de ces grands orateurs
Qui furent écoutés et suivis de ses pères.

On te voit, Mascaron, régner en souverain
Sur tous ceux dont le cœur n'est pas d'un triple airain,
Et tu dois cet empire à ta haute éloquence.

Prends soin de la vertu, sois toujours son appui,
Si tu flattois le crime et combattois pour lui,
Ton secours le rendroit plus fort que l'innocence.

Ce sonnet est si mauvais qu'il vaut bien à lui seul
tout *un long poëme*.

En même temps, Bois-Robert écrivait à Mascaron
ces lignes rimées, qu'il donnait pour des vers, mais qui
prouvent l'effet produit par *Coriolan :*

Tu mérites les témoignages
Des Sarrasins et des Ménages,
Des Chapelains et des Conrarts,
Des Scudérys et des Maynards,
Des Sillons, et d'autres encore
Que tu sais que la Cour adore...

. . . .

J'ai cru que ce n'était qu'ici
Que l'on pouvait écrire ainsi,
Que la Cour seule était capable
De cette grâce inimitable
Et des charmes qui m'ont surpris
Dans tes admirables écrits ;
Mais enfin tu me désabuses
Et me fais bien voir que les Muses
Ont droit, comme filles des Dieux,
De se faire aimer en tous lieux.
Dedans les tiennes je découvre
Toute la pureté du Louvre,
Et j'y vois d'un autre côté
Tant de force et de majesté,
Que je crains que la Cour n'envie
Le lieu qui t'a donné la vie.
Ce n'est la Cour ni la Provence
Qui t'ont donné tant d'éloquence ;
Mascaron, ce trésor exquis
Est plus infus qu'il n'est acquis.

Pierre-Antoine Mascaron avait à peine quarante ans lorsqu'il dit adieu à la gloire, aux rêves d'un brillant avenir, aux enchantements de la vie littéraire ; mais son nom ne doit point être oublié, car il a laissé de bons ouvrages, et surtout Jules Mascaron.

— Il mourut en 1649.

D'AIX. — Nous dirons peu de chose de François d'Aix, neveu du célèbre consul de ce nom : « Les Pro- « vençaux, dit Tallemant, sont grands rimeurs ; pour « se venger, ils font des chansons. » Or, d'Aix était provençal, il aimait une femme dont il eut à se plaindre, et puis à se venger, et, de sa douleur, naquirent odes, sonnets, chansons, élégies, stances et satires ; vers d'avocats, informes rapsodies qui ressemblent à tant d'autres. Il écrivit même deux poëmes assez étendus : *Le Jugement de Jupiter sur le différent d'amour et de folie*, et *Les Infortunes de Pyrame et de Thisbé.*

Louis d'Aix, le consul, ignorait sans doute qu'en laissant l'imprimerie s'établir à Marseille, il rendrait un cruel service à son neveu.

Les vers latins de François d'Aix sont à la hauteur de ses vers français. Vers la fin de sa vie, soit qu'un ami l'eût éclairé, (s'il est possible toutefois d'éclairer un poëte) soit que les années eussent tari ce qu'il appelait sa verve, il chercha de s'élever jusqu'à la prose, et ses efforts furent plus heureux. En écrivant son in-quarto des *Statuts municipaux et coutumes anciennes de la ville de Marseille*, il pouvait mettre à profit ses études de jurisprudence ; là, l'imagination n'était pour rien, il rentrait dans sa spécialité d'homme de loi, et il fit un livre qui, malgré bien des imperfections, mérite, non pas d'être lu, mais d'être consulté. Le moindre défaut des notes qui accompagnent les *Statuts*, est d'embrouiller merveilleusement ce qu'elles veulent éclaircir ; elles prouvent cependant beaucoup d'érudition. — Mort en 1659.

Hâtons-nous, après avoir passé par Jean de La Ceppède et François d'Aix, d'arriver à l'une de nos grandes et véritables gloires.

D'HOZIER. — Pierre d'Hozier, seigneur de la Garde, chevalier de l'Ordre de St.-Michel, conseiller d'État, juge d'armes de la noblesse de France, gentilhomme de la maison du Roi, l'un de ses maîtres d'hôtel, et gentilhomme à la suite de Gaston, duc d'Orléans, naquit en 1592. Il était fils d'Étienne d'Hozier, capitaine de la ville de Salon (1), poëte français et provençal, compilateur savant d'anciennes chartres; son cousin, Nostradamus, avoue qu'il lui doit beaucoup pour ses recherches sur l'histoire de Provence. Il mourut en 1611.

Son fils Pierre hérita de ses goûts pour les longues et doctes élucubrations, et les transmit lui-même à ses enfans. Très-jeune encore, il vint à Paris, et entra dans les chevau-légers de M. de Créquy qui cherchait alors à débrouiller l'histoire de sa maison. D'Hozier l'aida dans ce travail, se fit ainsi connaître, et le bruit des camps n'étant point compatible avec le silence et le repos nécessaires à ce genre d'études, il se retira, et s'y livra dès-lors entièrement.

Sa réputation devint bientôt une gloire lorsqu'il eût donné un tableau généalogique des grandes maisons de France.

Cette *docte sottise*, comme l'appelle un de nos poëtes, est trop méprisée; il n'y a plus de noblesse, mais elle vivra toujours dans les temps passés, elle a fourni d'as-

(1) Voltaire le fait avocat, mais il se trompe.

3 ⋆

sez belles pages à notre histoire. Quelle prodigieuse
science que celle des PP. Anselme, Ange, Simplicien,
des du Fourny, des Chérin, qui ont rattaché au tronc
ces rameaux de l'arbre généalogique, et les ont fait servir de jalons à nos vieilles et belles chroniques ! Un
homme, que certes on n'accusera pas *d'aristocratie*, ne
tire-t-il pas vanité de son savoir héraldique ? « Moi,
dit-il, à M. de Dreux-Brézé :

« Moi, qui dans le blason, cette docte sottise,
Ai porté tant de fois ma plume et mon burin,
Moi, qui, seul avec toi, dans la France barbare,
Puis encore expliquer par le *chef* et la *barre*
Les logogriphes de Chérin ;

« Car je suis descendu, par mes nobles aïeules,
D'un doge de Venise ayant un *champ* de *gueules*
Fascé d'or et d'azur avec un *chef* pareil ;
Un mien Barthélemy, mort à Constantinople,
Portait sur son écu *terrassé* de *sinople*
Un aigle *affrontant* le soleil. »

Quoiqu'il en soit, ces *logogriphes* sont l'histoire, et
d'Hozier fut un grand historien. Justesse, précision,
netteté d'esprit, mémoire si étonnante qu'elle en paraît
fabuleuse, il avait tout ce qui est nécessaire à son art,
et Perrot d'Ablancourt, pédantesque traducteur de
l'antiquité, mais homme si savant, disait qu'il fallait
que d'Hozier eût assisté à tous les mariages et à tous les
baptêmes de l'univers. En effet, noms, prénoms, sur-
noms, armes de chaque famille, il savait tout, et ja-

mais sa mémoire ne lui fit défaut ; *c'était l'homme du monde*, dit Tallemant-des-Réaux, *le plus né aux généalogies*; le même chroniqueur lui a consacré une *historiette* : « Pour l'éprouver un jour, le Pailléur, comme « il dînoit chez la maréchale de Thémines : — Or çà, « me diriez-vous bien là race d'un monsieur de la « Forest? — Est-ce, dit-il, la Forest de Montgommèry, « la Forest ceci, la Forest cela ? Il y en a tant en Nor- « mandie, tant en Picardie. — Il lui en dit trente. — « Non, c'est vers Dreux. — Ah! c'est donc la Forest- « Fay ? — Oui, mais c'est un hobereau de 5oo livres « de rentes. — Cela est vrai, mais il est de bonne « maison ; il vient d'un chevalier, il a tant de sœurs, « etc.... — Des familles de Paris il en sait tout autant. « Une sœur de la maréchale survint, il faut, lui dit-il, « que vous vous nommiez Jeanne, et votre fils Henri. « (Ce ne sont pas les noms, je les ai oubliés). Et il lui « dit qui elle avoit épousé, et combien son mari avoit de « frères et de sœurs.

« Le feu Roi (Louis XIII), qui étoit malin, quand « il voyoit le carrosse de quelque nouveau venu, il appe- « loit d'Hozier : Connois-tu ces armes-là ? — Non, sire. « — Mauvais signe pour cette noblesse, disoit le Roi. « — St-Germain Beaupré avoit des fleurs de lys d'argent « sans nombre ; il a voulu que cela ait été des fleurs d'or. « D'Hozier disoit : Ce sont des fleurs de lys d'argent doré. « Il pria Bois-Robert de changer un endroit d'une épî- « tre où il y a, en parlant de ceux de Normandie :

«Et les plus apparents
«Payoient d'Hozier pour être mes parents.

« Il voulait qu'on mît *prioient*, mais *payoient* est tout
« autrement joli, et est dans la vérité, car d'Hozier,
« se fait bien payer. »

Il faut remarquer que, de tous ses contemporains,
Tallemant est le seul qui attaque l'intégrité de d'Hozier; mais Tallemant qui, comme depuis le ridicule
Poinsinet, *allait écouter aux portes*, Tallemant,
l'homme le plus méchamment *commère* de son siècle,
dit du mal de tout et de tous, de Henri IV, de Sully,
de St Vincent-de-Paul, de son propre père, de son frère
et de lui-même. Ses *historiettes* sont un tissu de mé-
chancetés, aussi sont-elles charmantes.

Monsieur de Voltaire, qui rejeta le nom de son père,
indigne d'un poëte, monsieur de Voltaire, gentilhomme
ordinaire de la chambre du roi, chambellan du roi de
Prusse, chevalier de son aigle rouge, et qui avait fait
peindre ses armoiries sur deux litres blanches en 48
places, à l'extérieur et à l'intérieur de *son* église de
Ferney, sans préjudice au pourtour de son colombier
féodal, ainsi qu'à la barrière de son audience, monsieur
de Voltaire, seigneur de Ferney, Tournay, et autres
lieux, etc...., dit que d'Hozier ne fut récompensé de
Louis XIV que parce que ses travaux étaient nécessaires à la vanité humaine. Il est vrai qu'il n'eut pas à
se plaindre de la libéralité de la Cour. Louis XIII le
créa en 1620 un des cent gentilshommes de sa maison,

en 1628 le décora de l'ordre de St-Michel, en 1629 lui donna une pension de douze cents livres, en 1641 le fit juge d'armes de France, en 1642, l'un de ses maîtres-d'hôtel, et Louis XIV, en 1654, le nomma conseiller d'État. — Corneille mourut dans la misère !

Lorsque, en 1631, le médecin Renaudot jeta les premières pages de ce livre immense, terrible, incessant, qui, deux siècles plus tard, devait engloutir tous les autres et gouverner l'Europe, lorsqu'il fonda le *Journal* qui, mieux que la *Grammaire*,

Régente jusqu'aux rois,
Et les fait, la main haute, obéir à ses lois.

(MOLIÈRE.)

d'Hozier fut de moitié dans cette grande innovation ; il communiquait les nouvelles à son ami, l'aidait dans la rédaction, et de leur intimité naquit la *Gazette de France.*

Outre ses nombreux ouvrages de généalogie, d'Hozier a laissé une *Histoire de Bretagne*, in-folio, qui s'arrête en 1488. — Je n'ai pu me la procurer, mais je l'ai vu citée souvent avec éloge.

La postérité de ce grand historien hérita ses goûts et son génie. Son fils, Charles-René, juge d'armes de la noblesse de France à Paris, donna en 1673 le *Nobiliaire de Champagne* et écrivit par ordre de Louis XIV plusieurs ouvrages héraldiques ; il mourut en 1732.

Le neveu de celui-ci, Louis-Pierre, lui succéda dans

sa charge, donna ses soins à l'*Armorial*, ou *Registre de la noblesse de France*, et mourut en 1767, âgé de 82 ans.

Il laissa à son fils, d'Hozier de Sérigny, le soin de terminer cet ouvrage immense ; mais tourmenté par les prétentions de certains Nobles, abreuvé de dégoûts, il renonça à ce travail. — Mme de Créquy prétend qu'il n'avait pas la réputation d'être aussi inflexible que Chérin.

Pendant deux siècles, le nom des d'Hozier brilla dans le domaine des sciences.

— Pierre d'Hozier mourut en 1660.

D'AUTHIER DE SISGAUD. — Il est encore aujourd'hui à Marseille une famille qui compte, avec un juste orgueil, dans son histoire, un pape et un saint.

Christophe d'Authier de Sisgaud, évêque de Beth-léem, était parent de Clément X (Émile Altieri), pontife sage, vertueux, ami de la paix, qui a obtenu les éloges de Voltaire même, mais qui se laissa trop aller au *népotisme*, que l'évêque de Bethléem devait combattre de toutes les forces de sa logique.

Ce prélat, qui, depuis 400 ans, tirait son origine d'un landgrave d'Allemagne, naquit en 1609, et pendant près de soixante ans rappela, par ses vertus et ses lumières, celles de la primitive église. Le P. Nicolas Borély a écrit son histoire, et en la dégageant des miracles dont il a environné l'image belle et sereine de ce saint évêque, et dont celui-ci n'est nullement responsable, cette histoire, dis-je, sera le tableau de toutes les vertus du prêtre.

Le bon biographe nous dit que lors du baptême de Christophe, une petite lumière entoura son corps, et qu'à peine sut-il parler, on lui entendit prononcer ces mots : *Sacrement de l'autel*, sans qu'on pût connaître qui les lui avait appris. C'est ainsi que les Suétones d'Ignace de Loyola, Engelgrave entre autres, nous révèlent que lorsque ce grand fondateur vint au monde, ses parents cherchaient le nom qu'ils lui donneraient et que l'enfant, à peine âgé d'une heure, s'écria d'une voix forte : « Ignace de Loyola est mon nom ! Faites-en « l'anagramme et vous trouverez : *O ignis à Deo il-* « *lectus.* »

« D'Authier, nous dit Borély, avec une grande naï- « veté de style, n'avoit encore que six ans, lorsque Mme « sa mère mourut au grand déplaisir de sa famille ; son « père, ajoute-t-il, ne pouvoit l'aimer plus qu'il faisoit, « ni avoir pour lui plus de tendresse. » Quoi qu'il en soit des récits du pieux légendaire, le jeune d'Authier fit de rapides progrès dans les sciences qu'il devait faire servir à la défense de la Foi. Il obtint de précoces succès dans la chaire, et à vingt-trois ans il avait institué la *congré-gation des Prêtres du St.-Sacrement.* Missionnaire en Dauphiné, en Provence, évêque de Bethléem en 1651, ambassadeur à Rome pour les églises de Portugal, choisi par le clergé de France, toujours et partout, il

se fit admirer par la simplicité de ses mœurs, par l'étendue et la variété de ses connaissances.

En 1654, il écrivit son livre de *l'amour de Dieu*, qui,
à part l'incorrection du style, non encore formé par la
littérature du grand siècle qui commençait, semble
annoncer Fénélon; même douceur de pensées, même
effusion d'âme et de cœur.

Son ouvrage sur le *Népotisme* attaquait un des plus
déplorables abus de l'Église, et dont Clément X devait,
quelques années après, donner le malheureux exemple.
On sait que ce doux pontife se laissa gouverner par son
neveu, le cardinal Patron, au point que le peuple disait :
« Nous avons deux papes, l'un de nom, l'autre de fait. »

Il y avait du courage alors à fronder cet amour des
ecclésiastiques et des bénéficiers pour l'élévation de
leurs familles, à leur montrer, par la doctrine et les
saints canons, quelle profanation c'était de disposer
ainsi des biens de l'Église, qu'il appelle le *patrimoine
des pauvres*. Il n'ignorait pas qu'il soulèverait bien des
clameurs, il les méprisait et prêchait d'exemple : « C'est
« assez, disait-il, que ceux dont vous me parlez soient
« mes neveux pour ne pas accorder ce que vous de-
« mandez. » Cependant comme il reconnut que ceux-ci
étaient les plus dignes, il écouta leurs prières, avertis-
sant qu'il les protégeait, non comme *neveux*, mais
comme *enfants communs de l'Église*. Il rejeta souvent
tout à fait les demandes de ses parents.

D'Authier mourut en 1667, âgé de 58 ans ; dépouillée du style niais et des récits de son biographe ; son histoire, nous l'avons dit, est celle d'un bon prêtre, d'un écrivain distingué, d'un prédicateur habile et d'un saint fondateur.

BALTHAZARD DE VIAS. — Voici un nom souvent répété au 17ᵐᵉ siècle, et complètement oublié du nôtre ; ce n'est point le talent qui a manqué à Balthazard de Vias, mais il n'a fait que des vers latins, et quelques beaux que soient nos vers latins, dit Voltaire, les laquais de Cicéron ne les comprendraient pas. De Vias a composé un grand nombre de poëmes qui ne sont pas plus lus aujourd'hui que ceux des Rapin, des Vanière, des Polignac. Nos doctes liront de Thou et Descartes, mais quand ils voudront se distraire de leurs graves études, c'est à Virgile et à Horace qu'ils s'adresseront. Il n'en était point ainsi au 17ᵐᵉ siècle, et le poëte latin pouvait à toute force trouver quelques lecteurs.

Balthazard eut surtout des amis ; maître des requêtes de Catherine de Médicis, il fut intimément lié avec Gassendi, ce redoutable rival de Descartes, avec Peiresc dont le même Gassendi a écrit la vie, avec Jean Barclai, ce courageux et habile ennemi des Jésuites, avec Urbain VIII, versé dans la poésie latine, docte helléniste, et surnommé *l'abeille attique.* Ce sont là de nobles et brillantes amitiés ; eh bien ! rien n'a pu sauver de Vias de l'oubli.

Il débuta à 18 ans par les *Henriceæ*, poëmes à la

louange de Henri IV, et cela au moment où Casaulx exerçait à Marseille son despotisme large et libéral, mais qu'il était dangereux de heurter.

Il dut surtout sa réputation à ses GRACES, *Charitum libri tres*, composés chacun de 50 à 60 idylles; le style en est pur et facile, trop mythologique peut-être mais plein de fraîcheur. Un morceau remarquable est la 3ᵉ idylle du 1ᵉʳ livre : *A Charitibus petit poëta novos ignes et à Musis perpetuam suæ charitati juventutem.* Parfois il revêt de vers élégants une pensée assez puérile; telle est la 5oᵉ idylle du 3ᵉ livre : *Dentium dolor amore atrocior;* c'est un parallèle, assez court du reste, entre les maux de dents, et ceux que cause l'amour. « Le « premier, dit-il, est plus cruel, mais la dent arrachée, « tout cesse, tandis que les yeux d'Aglaé font un mal qui « n'a point de remède. » De ces deux cents idylles il y en a vingt-cinq qu'on lirait encore, si on lisait du latin.

Ses *Sylvæ regiæ* sont douze poëmes publiés en 1623 à la louange de Louis XIII, chacun avec un titre différent : *Le saint Chréme et les lys; le triomphe de la Foi, Irène, Galathée, l'hymen de Louis et d'Anne, Némésis, Daphnis, Uranie ou l'éternité de l'empire français,* etc. Tout cela est l'*icon Ludovici,* car Vias était un grand panégyriste; il a fait l'apologie de *L'Astrée,* l'éloge de Urbain VIII qui le consultait sur ses ouvrages destinés au public, et plus adroit que Gilblas auprès de l'archevêque de Grenade, de Vias sut conserver toujours les bonnes grâces du souverain pontife.

Il obtint de son siècle les hommages les plus flatteurs. Charles du Perrier, ami de Malherbe qui lui adressa ces stances fameuses sur la mort de sa fille, appelle de Vias le *prince des poëtes provençaux*, et ce du Perrier avait été nommé lui-même, et fort singulièrement, par Ménage, le *prince des poëtes latins*. Le P. Guesnay, qui a compulsé les annales de Marseille, donne à Vias le nom de *perle des poëtes, poëtarum gemma*. « Il sur-« passe, dit-il, tous les autres dans l'art poétique. — *In « arte poëtica inter omnes excellat.* »

Et tout cela n'a pu faire vivre Balthazard de Vias ; il eut deux grands torts, d'écrire en latin et d'être un infati-gable panégyriste. Député aux États-généraux en 1614, conseiller d'État, consul à Alger, dans toutes les phases brillantes de sa vie, il fut fidèle à son premier culte, à la poésie latine, et à la rage de louer tout le monde.

Grand amateur de médailles, il avait formé un cabinet d'antiques qui, dit Ruffi, furent dissipées après sa mort, arrivée en 1668.

MARCHETTI. — A la même époque, lorsque la littérature méridionale n'était guères représentée que par des médiocrités, un savant prêtre de Marseille, François Marchetti, compulsait de vieilles chroniques, et se livrant à des travaux plus solides que brillants, *expliquait* les usages et coutumes de ses compatriotes. Biographe élégant, il avait écrit la vie de Gault, un de nos évêques, connu par son zèle, dit l'abbé Racine, pour le rachat des captifs, le soulagement des pauvres et la conversion des galériens, et la vie de Galaup de Chasteuil, solitaire du Mont Liban, célèbre par ses vertus et son goût pour les langues orientales.

Nous n'avons qu'un volume de l'*Explication des usages et coustumes des Marseillois ;* le second existe manuscrit à Marseille, m'a-t-on dit, et sa découverte serait d'un grand prix. Cet ouvrage, plein d'érudition, mais d'une érudition qui n'est pas toujours adaptée au sujet, est composé de 22 dialogues entre Polihore, *ou celuy qui est curieux de voir le monde, et de sçavoir ce qui se passe dans les grandes villes,* et Philopatris, *ou celuy qui aime sa patrie.* Philopatris, pressé par son ami, consent, après bien des excuses, à le contenter. *Cette résolution réjouit infiniment Polihore, de qui Philopatris tâche de sanctifier la curiosité.*

Polihore déclare « qu'il veut faire comme Ulysse, « lequel ne s'engagea dans ses voyages que pour aller « chercher dans les pays estrangers, de quoy entretenir « plus agréablement sa Pénélope. » Mais Philopatris lui répond « qu'il doit se proposer une fin plus noble et « plus digne, et estudier nos coustumes, non pour con- « tenter seulement la curiosité de ses proches et de ses « amis, mais pour estudier les peuples et leurs loix. »

Et dans de longues et fort intéressantes conversations, Philopatris explique pourquoi *les religieux de St Victor ont accoustumé de faire peindre leurs crucifix avec des caleçons,* pourquoi *les petits enfants portent des*

évangiles pendus au cou dans de petites bourses de soie,
pourquoi *on distribue*, *dans les solemnités des saints*,
des gâteaux appelés touerquos, pourquoi *le jour de
St-Cannat, les enfants portent des cannes par la ville*,
etc., etc. Tout cela semble minutieux, mais rien ne doit
échapper au regard du vrai philosophe, et comme le
style est simple, quoique souvent trop naïf, comme les
objets sont classés avec ordre et méthode, comme l'on
trouve dans ce livre de curieuses révélations de l'antiquité, *l'Explication* est un monument pour notre
ville, et peut intéresser même les Étrangers. Il serait
impossible d'écrire une histoire complète de Marseille,
sans consulter Marchetti. Parfois il s'élève à de hautes
considérations politiques qu'on est étonné de trouver
sous la plume d'un simple et modeste prêtre; sa vaste
érudition ne l'a point empêché, comme il arrive souvent,
aux Dacier par exemple, de penser par lui-même.

Marchetti a laissé d'autres ouvrages moins dignes
de ses talents, tels qu'un *discours sur le négoce des
gentilshommes marseillois*, un traité ascétique sur la
messe, et une fort mauvaise ode au grand Bossuet.
Marchetti n'était nullement poëte.

Mort en 1688.

RUFFI. — Tandis qu'un prêtre de Marseille évo-
quait, avec une piété filiale, les vieux souvenirs de sa
patrie, un magistrat les recueillait aussi et les réunissait
en corps d'histoire.

Antoine de Ruffi s'était fait connaître déjà par un trait de haute probité. Conseiller en la sénéchaussée de sa ville natale, il n'avait point examiné avec assez d'attention la cause d'une personne qui perdit son procès ; tourmenté de l'idée que sa négligence avait pu léser les intérêts du plaideur, il chargea un père de l'Oratoire de lui remettre la somme d'argent perdue dans le procès (1).

Ruffi fut en 1654 nommé conseiller d'État.

Son *Histoire de la ville de Marseille* obtint, lors de son apparition, en 1643, un grand succès. D'Hozier, Peiresc, Naudé, auteur de tant de doctes livres de controverses et de recherches biographiques, Le Laboureur, si connu par ses commentaires historiques, et plus tard Jules Mascaron, ainsi que Peyssonel, notre illustre compatriote, ont rendu hommage aux talents de Ruffi. Son ouvrage pourtant laisse beaucoup à désirer, même sous le rapport de l'exactitude, surtout

---

(1) On cite un trait assez semblable du trop fameux Desbarreaux :

« Il mit au feu l'unique procès qui lui fut distribué ; car, comme « il vit qu'il y avoit tant de griffonnage à déchiffrer, il prit tous « les sacs, et les brûla l'un après l'autre. Les parties étant venues « pour savoir s'il les expédieroit bientôt : — Cela est fait, leur « dit-il ; ne pouvant lire votre procès, je l'ai brûlé. — Ah ! nous « sommes ruinées ! dirent-elles. — Ne vous affligez pas tant ; il ne « s'agissoit que de 100 écus, les voilà, et je crois en être quitte « à bon marché. — Depuis il n'en voulut plus ouïr parler, et di- « soit plaisamment que le roi alloit plus souvent au palais que « lui. »

(TALLEMANT-DES-RÉAUX.)

dans la partie de l'histoire ancienne, et cela est inexcusable, car l'auteur ne comptant pour rien l'agrément du style qu'il négligeait entièrement, devait comprendre que son livre devait racheter ce défaut par la vérité des faits, par la profondeur des recherches et la sagacité de l'historien. C'est toutefois un recueil de matériaux indispensable à quiconque veut refaire ce travail. Il était donné à un écrivain de nos jours de traiter ce sujet avec toute la raison moderne, et de réaliser ce que nous avions droit d'exiger de celui qui se livrerait à ces mêmes études (1).

RUFFI Fils. — L'histoire de Ruffi s'arrête en 1638; son fils, Louis-Antoine, la continua jusqu'en 1696, revit l'ouvrage de son père, et n'en corrigea ni le style ni les erreurs. La partie la mieux faite est celle des médailles, des monuments, des inscriptions; là, il était plus facile d'être exact, et le talent d'écrire n'y entrait pour rien.

« L'*Histoire des Comtes de Provence* est meilleure « que celle de Marseille, dit M. Augustin Fabre; elle « jette quelque lumière sur un des sujets les plus obs- « curs. » Ajoutons qu'elle offre bien moins d'intérêt que celle des ducs de Bourgogne et de Bretagne, habilement écrites par deux historiens de nos jours.

Ruffi est encore l'auteur d'une vie du très-obscur

stin Fabre.

4

Gaspard de Simiane, seigneur de la Coste. Son *Histoire
des Généraux des galères*, ne présente rien de digne
d'attention, bien qu'un biographe l'appelle curieuse.

Peut-être en traitant avec quelque sévérité les laborieuses études de notre compatriote, ne nous sommes-
nous pas assez transportés au temps où il écrivait; habitués à trouver aujourd'hui, dans l'histoire, du style,
de la philosophie, habitués à l'histoire telle que nous
l'ont faite Thierry et Chateaubriand, nous rétrogra-
dons avec peine à celle des Baluze et des Maimbourg.
— Honorons pourtant la mémoire de Ruffi, tant pour
ses vertus que pour ses recherches sur les temps obscurs
de notre antique cité. Malgré ses devoirs de magistrat,
qu'il remplissait avec honneur et dignité, il a trouvé
le moyen d'élever à sa patrie un monument, irrégulier
sans doute, mais qui ne périra pas. Les historiens futurs
de Marseille en perpétueront le souvenir, obligés qu'ils
seront de puiser toujours à ses matériaux rassemblés
par les deux Ruffi, avec une patience de bénédictins.

Ici nous regrettons que notre plan se borne à mentionner seulement les écrivains qui ont joué un rôle
dans la littérature marseillaise; nous ne pouvons parler
de Puget, Puget, notre gloire, Puget, notre grand
poëte! car si le mot sacré de poésie, trop prodigué
maintenant, enferme l'idée de tout ce qu'il est donné
à la puissance de l'homme de créer, quel poëte que ce
Puget qui *sentait le marbre trembler sous sa main!*

Il écrivait lui aussi des poëmes, de beaux poëmes sur la pierre et sur le marbre.

Pierre Puget qui arracha des éloges à Bernini lui-même, appelé en France et pensionné par Colbert, Puget que Louis XIV avait coutume d'appeler l'*inimitable*, créa une école, et laissa plusieurs élèves qui ne sont pas sans mérite. — Son fils, Clérion de Tretz, de Dieu, Vérier, de Faudran, honorèrent la Provence, et furent un témoignage des belles leçons qu'ils avaient reçues d'un grand homme (1).

MASCARON. — Tout est dit depuis long-temps sur Jules Mascaron; de grandes voix se sont élevées qui l'ont mis au rang de nos premiers orateurs; mentionner encore ses titres à la gloire serait un lieu commun, établir un parallèle entre lui et ses rivaux, serait trop académique; il ne nous reste qu'à mettre sous les yeux les jugements de nos plus célèbres critiques.

« Mascaron, dit Thomas, fut dans l'oraison funèbre « ce que Rotrou fut sur le théâtre. Rotrou annonça « Corneille, et Mascaron Bossuet. » J'ignore comment Rotrou a pu annoncer Corneille; *Le Cid* parut onze ans avant *Venceslas*, si singulièrement retouché par

(1) Voyez dans l'*Histoire de Marseille*, par M. Augustin Fabre, (pages 311 — 318) avec quel enthousiasme cet écrivain rend hommage au génie de Puget.

Marmontel (1). L'un parut en 1636 et l'autre en 1647. *Venceslas* renferme une belle scène imitée *du Cid*, c'est lorsque Cassandre se défend, devant le roi, d'épouser Ladislas, et laisse croire pourtant qu'elle finira par se rendre. — Rotrou fut un des plus habiles disciples de Corneille ; les pièces qu'il a fait représenter avant celles de ce grand homme, sont bien inférieures aux pièces qu'il composa depuis.

D'un autre côté, Bossuet ayant commencé à prêcher vers 1643, Mascaron, né en 1634, eût été à neuf ans au moins le précurseur du dernier père de l'église. C'est ainsi que la manie des parallèles conduit souvent à d'étonnantes erreurs. Du reste, Thomas, qui à force d'études et de travail, avait presque du génie, a écrit une belle page sur Mascaron, et lui rend plus de justice que La Harpe qui l'appelle un *très-mauvais modèle*.

(1) Marmontel, l'auteur de *Denis-le-Tyran*, d'*Aristomène*, de *Cléopâtre*, a osé toucher à *Venceslas*, ce beau monument de notre grande époque théâtrale. — Gailhava n'a-t-il pas refait Molière ?

Je possède un ouvrage singulier qui montre que le génie ne peut se garder des attaques de la médiocrité. C'est un beau volume in-8°, intitulé : *Six tragédies de Corneille, retouchées pour le théâtre*, et, dans la préface, le *retoucheur* s'appelle le *restaurateur de Corneille*. Et quelles sont les pièces auxquelles il fait subir le supplice de ses profanations ? *La Mort de Pompée, Rodogune, Sertorius, Les Horaces, Nicomède, Polyeucte !*

J'ai vu quelque part le nom de ce nouveau Procuste ; je suis assez heureux pour l'avoir complètement oublié.

« Son esprit, dit celui-ci, est comme une fumée téné-
« breuse qui ne monte dans les airs que pour les obscur-
« cir.—Mascaron, ajoute-t-il, ne doit sa place parmi nos
« orateurs qu'à sa dernière oraison funèbre, celle de
« Turenne.» Il oublie ces traits à la Bossuet qui frappent
le lecteur dans les oraisons funèbres d'Anne d'Autriche
et d'Henriette d'Angleterre, et *ces choses*, comme dit
Thomas, *senties avec esprit et rendues avec finesse*.

Les contemporains de Mascaron ont été moins sévères. Tanneguy Lefèvre, le père de Mme Dacier, ce savant
professeur consulté par tous les écrivains de son temps,
assista aux débuts du jeune marseillais, et en rendit compte à son ami Boherel : « Rien de plus éloquent que ce
« jeune orateur; tout son extérieur répond au ministère
« qu'il exerce, ses discours sont écrits avec élégance ;
« l'expression en est propre, le récit clair, les ornements
« de bon goût. Il instruit, il plaît, il touche. La fleur de
« notre jeunesse (catholique et protestante) s'y porte en
« foule. Je me fais gloire d'y assister sans le moindre dé-
« guisement (Tanneguy, se trouvant sans ressource par
« la mort de Richelieu, s'était fait huguenot); non pas
« comme quelques-uns des nôtres qui, affligés de ses
« succès, n'y vont que la tête cachée sous le manteau.
« Malheur aux prédicateurs qui viendront après lui. *Væ*
« *iterùm atque iterùm illis prædicatoribus qui post*
« *Mascaronum venient!* » Il y a loin de ce jugement
d'un fils de Calvin à celui de La Harpe qui ne trouve
dans les quatre premières oraisons funèbres « qu'une

« décomposition laborieuse d'idées follement alambi-
« quées, un amas d'hyperboles gigantesques qui sem-
« blent monter les unes sur les autres, une recherche
« bizarre de rapprochements forcés, de spéculations
« fantastiques, de comparaisons fausses, de phrases
« boursoufflées, enfin un fatigant mélange de méta-
« physique, de mysticité et d'enflure. »

La Harpe, qui, avec grande connaissance de cause, a
consacré nos titres à la gloire des lettres, n'est point infaillible pourtant, et ses jugements, presque toujours
dictés par le goût et la raison, ont quelquefois besoin
d'être revisés ; son style est ordinairement si correct et
si clair que j'ignore comment il a pu parler de *spécula-*
tions fantastiques ; on ne comprend guère quelle a été
sa pensée, et cela est rare chez cet habile critique.

Certes, Louis XIV, homme d'un sens droit et d'un
goût pur, Louis XIV, habitué à la langue que s'était
faite Bossuet, et à l'harmonieuse richesse de Fléchier
et de Massillon, n'eût pas appelé, puis retenu à sa Cour,
un prédicateur tel que le peint La Harpe. Mascaron
prêcha devant le roi quatorze avents ou carêmes, et fut
payé par quelques-uns de ces mots dont Louis-le-Grand
savait si bien encourager et récompenser le génie. Lorsque, à la fin du carême de 1667, Mascaron vint prendre
congé du roi : « C'est moi, lui dit le monarque, qui
« vous dois des compliments. Vos sermons m'ont charmé.
« Vous avez fait la chose la plus difficile, qui est de
« contenter une Cour délicate. »

Éloge difficile à obtenir, en effet, car cette Cour était alors formée des Montausier, des Condé, des La Roche-foucault, des Luynes, des Montmorenci, des Souvré, des Saint-Aignan, et des dames de Rohan, de Che-vreuse, de Sévigné et de Grignan (deux noms insépa-rables quand il s'agit de goût, d'esprit et de grâce), de La Fayette, de Duras, de Beauvilliers, de Luxem-bourg, etc......, enfin de tout ce que la France ren-fermait de grand et de beau.

En 1669, le courageux Mascaron tonna du haut de la chaire sur les pompeux adultères de Louis ; il rappela la mission de Nathan annonçant à David la punition de son crime ; le souverain imposa silence à la meute des courtisans irrités : « Le prédicateur a fait son devoir, « dit-il, faisons le nôtre..... ; » et il le remercia de l'intérêt qu'il prenait de son salut, le priant d'obtenir de Dieu la victoire de ses passions.

En 1670, chargé de faire en deux jours l'éloge funè-bre d'Henriette, on fit observer au roi que le temps pourrait manquer : « Oh ! c'est le père Mascaron ! Il « saura bien s'en tirer. »

L'année suivante, nommé au siége de Tulles, il fit ses adieux, dans un sermon, et Louis-XIV lui dit : « Vous « nous aviez touchés jusqu'à présent pour Dieu ; hier « vous nous touchâtes pour vous-même. »

Enfin, en 1694, à l'âge de soixante ans, il reparut à la Cour pour la dernière fois, obtint de brillants ap-plaudissements, comme aux jours de sa jeunesse, et le

roi lui dit : « Il n'y a que votre éloquence qui ne vieillit
« point. »

Nous nous sommes plus au souvenir de deux noms
qui nous inspirent admiration et respect.

Mascaron était aussi connu par ses vertus que par
son génie ; il se fit chérir dans ses deux diocèses. Nous
devons aux doctes recherches de M. Monmerqué une
lettre de ce grand prélat à M.ᵉˡˡᵉ de Scudéry, dans laquelle
il décrit, avec toute la naïveté de la joie, l'espèce de
triomphe qui l'attendait à son arrivée à Tulles. « L'a-
« mitié des peuples, toute grossière qu'elle est, a par sa
« sincérité un charme qui se fait sentir, et qui console
« de la perte des choses qui ont plus d'éclat, à la vérité,
« mais moins de solidité. Je ne mets point dans ce rang,
« mademoiselle, cette bonne et généreuse amitié dont
« vous m'honorez depuis long-temps. . . . .
« . . . .

« Je ne manquerai pas de faire copier les sermons
« que vous désirez. Je souhaite qu'ils puissent vous
« plaire ; votre approbation me donnera une joie moins
« tumultueuse, à la vérité, mais plus solide que celle
« de toute la Cour, et votre sentiment réglera celui que
« j'en dois avoir (1). »

En 1678, Mascaron fut appelé à l'évêché d'Agen,
ville calviniste, que son éloquence et l'exemple de ses

(1) Lettre autographe du 23 mai 1673. (Cabinet de M. Monmerqué.)

vertus surtout, ramenèrent à la vérité; de 30,000 Protestants qu'il y avait trouvés, il n'en laissa à sa mort
que 2,000. Depuis 1695, où il avait ouvert par un discours l'assemblée du clergé, à St-Germain, jusqu'à la
fin de sa vie, il ne quitta plus son diocèse qu'il éclaira
de ses lumières, édifia de ses vertus, et qu'il dota d'un
hôpital; sa conduite fut une grande leçon pour tant
d'évêques qui, au mépris du concile de Trente et de
leurs devoirs, ne résidaient point, et donnaient à la
Cour et à l'ambition les moments qu'ils devaient con-
sacrer à leurs ouailles, qui à peine les connaissaient de
nom.

Son testament, écrit quinze jours avant sa mort, est
un chef-d'œuvre de simplicité et de charité évangéliques.
« Je déclare, dit-il, que je n'ai point fait de grandes ré-
« serves d'argent, et que l'on ne doit pas être surpris si
« l'on n'en trouve pas beaucoup dans mes cassettes. Par
« la grâce de mon Dieu, je n'ai jamais eu l'inclination
« de thésauriser, et je continuerai de l'employer de même
« jusqu'à la fin de ma vie pour la gloire de Dieu, le se-
« cours des pauvres, et l'acquit de mes obligations. S'il
« me reste de l'argent lorsque je mourrai, j'aurai soin
« de le déclarer. »

Il y a là du Fénélon et du François de Salles.

Mascaron, comme tous les hommes d'imagination,
aimait les romans; il écrivait, en 1672, à Mlle de Scudéry : « L'occupation de mon automne est la lecture de
« *Cyrus*, de *Clélie* et d'*Ibrahim*..... J'y trouve tant

« de choses propres pour réformer le monde, que je ne
« fais point difficulté d'avouer que dans les sermons que
« je prépare pour la Cour, vous serez très-souvent à
« côté de St Augustin et de St Bernard......... (1). »

Cette amitié, cette admiration pour Mlle de Scudéry,
il la partageait avec Fléchier, comme ils partagent la
gloire d'avoir *chanté* Turenne.

Le plus beau titre de gloire de Mascaron, vous le
savez, est cette oraison funèbre de Turenne; il avait
un redoutable concurrent, mais il gagna de primauté,
et c'est beaucoup; le chef-d'œuvre de Fléchier ne fit
point oublier le sien, et c'est plus encore. « M. de Tulles,
« dit Mme de Sévigné dans son style naïvement énergi-
« que, a surpassé tout ce qu'on espérait de lui; c'est
« une action pour l'immortalité !

(Lettre du 6 novembre 1675.)

« On ne parle que de cette admirable oraison funèbre
« de M. de Tulles, il n'y a qu'un cri d'admiration sur
« cette action; son texte était : *Domine, probasti me,*
« *et cognovisti me.* Et cela fut traité divinement.

(Lettre du 10 novembre 1675.)

« On dit que l'abbé Fléchier veut la surpasser, mais
« je l'en défie. »

(Lettre du 1er janvier 1676.)

(1) Lettre autographe du cabinet de M. Monmerqué.

Fléchier accepte le défi ; il s'empare de ce magnifique
texte qu'il avait tremblé de voir choisi par son rival (1),
il crée son chef-d'œuvre, et Mme de Sévigné se rétracte :
« Mme de Lavardin nous fit lire l'oraison funèbre de
« Fléchier, et je demande mille et mille pardons à
« M. de Tulles, mais il me parut que celle-ci étoit au-
« dessus de la sienne ; je la trouve plus également belle
« partout ; je l'écoute avec étonnement, ne croyant pas
« qu'il fût possible de dire les mêmes choses d'une ma-
« nière toute nouvelle. »

(Lettre du 28 mars 1676.)

Cela n'a point empêché Voltaire de dire : « Mme de
« Sévigné manque absolument de goût..... Elle égale
« l'oraison funèbre de Turenne prononcée par Masca-
« ron, au grand chef-d'œuvre de Fléchier..... (2). »

On n'attend pas de nous que nous établissions un
nouveau et toujours inutile parallèle entre les deux
chefs-d'œuvre ; La Harpe, Thomas, d'Alembert, dans
ses éloges, l'abbé Maury, Dussault, Villemain surtout,
dans son bel *Essai sur l'oraison funèbre*, n'ont rien
laissé à désirer sur ce sujet, et les ouvrages de ces écrivains sont entre les mains de tout le monde.

---

(1) Fléchier était présent au discours de Mascaron ; il fut in-
quiet et pâle tant que ce dernier ne rompit pas le silence, mais
dès les premiers mots du texte : « Il peut dire maintenant tout ce
« qu'il veut, s'écria-t-il ; je ne le crains plus ! »

(2) Siècle de Louis XIV. — Catalogue des écrivains. — Article
Sévigné.

Jules Mascaron continua et surpassa les talents de son père et de son aïeul ; il fit beaucoup pour la gloire des lettres et de sa patrie ; il mérita un nom parmi nos plus grands orateurs et nos plus saints prélats.

Mort en 1703.

BONNECORSE. — Voici une célébrité d'un autre genre ; voici un homme qui doit à Boileau l'immortalité du ridicule : il nous reste à examiner comment il a mérité le mépris que deversait au hasard sur ses contemporains le très-partial *Législateur du Parnasse*. Nous ne disons pas avec Voltaire :

> Boileau, correct auteur de quelques bons écrits,
> Zoïle de Quinault, et flatteur de Louis ;

ni avec Marmontel :

> Que ne peut point une étude constante !
> Sans feu, sans verve et sans fécondité,
> Boileau copie, on diroit qu'il invente ;
> Comme un miroir il a tout répété ;

ni avec ce fou de Mercier que *Boileau, qui faisoit le dictateur au Parnasse, étoit privé d'invention, de génie, de force, de grâce et de sentiment, et n'étoit qu'un versificateur exact et froid.* Nous ne partageons point les idées des Chabanon et des Cubières ; non, mais nourris de la lecture de Bossuet, de Corneille, de

Molière, de Racine, de tant de grands hommes qui nous ont légué une foule de chefs-d'œuvre, et qui surtout écrivaient avec conscience, fermant l'oreille aux admirateurs comme aux détracteurs du chantre de l'*Art poétique* et du *Lutrin*, nous le déclarons franchement, nous n'aimons pas Boileau; nous sommes révoltés de sa mauvaise foi, et puisque le nom d'une de ses victimes, de Bonnecorse, se rencontre sous notre plume, nous allons, non pas réhabiliter la mémoire de ce triste écrivain, mais prouver que Boileau n'avait nullement le droit de le juger, car il ne l'avait pas lu.

Balthazard de Bonnecorse, consul de France au Grand-Caire, se délassait de ses graves fonctions par le culte de la poésie, exemple si fréquent d'une vocation méconnue. Prêt à partir pour l'Égypte, il envoya à son ami Scudéry un ouvrage intitulé : *La Montre d'amour*, mêlé de prose et de vers, et que celui-ci fit imprimer, en 1666, pendant l'absence de l'auteur. Ce livre, composé de quatorze madrigaux plus ou moins heureux qui accompagnent l'envoi d'une montre, et prescrivent l'emploi de chaque heure de la journée, ce livre eut un succès immense, et ne le méritait pas. Quelques traits d'esprit ne suffisent point pour faire pardonner une foule de concetti à la Benserade, de fadeurs, de galanteries usées, et tout cela écrit dans un style assez pur, mais lourd et prétentieux à la fois. Il y en eut quatre éditions à Paris ; il fut imprimé à Bordeaux ; à Grenoble ; en Hollande ; et Bonnecorse, qui

avait triché la gloire, jouissait paisiblement de sa renommée, lorsque, quelques années après, il lut avec
effroi, dans la 9ᵐᵉ épître de Boileau :

> *Montre*, miroir d'amour, amitiés, amourettes,
> Dont le titre souvent est l'unique soutien,
> Et qui, parlant beaucoup, ne disent jamais rien ;

Et dans le combat des chanoines, la *Montre* était
encore nommée :

> Chacun s'arme au hasard du livre qu'il rencontre,
> L'un tient l'Édit d'amour, l'autre en saisit la *Montre*.

Que fit Bonnecorse? Frappé dans ce qu'il avait de
plus cher, dans sa célébrité littéraire qu'il croyait bien
acquise, il voulut se venger ; mais comment? Il publia
à Marseille un poëme en dix chants, le *Lutrigot*, parodie du *Lutrin*, cette brillante parodie de Virgile.
Mais hélas! le *Lutrigot* ne valait rien, il était bien au-
dessous de la *Montre d'amour*, qui du moins avait le
grand mérite de la brièveté. Bonnecorse avait hésité de
se mesurer avec son redoutable adversaire ; il avait demandé des explications, comme nous le verrons dans
une de ses lettres, et comme nous l'apprend Brossette.
Ce savant ami de Despréaux, lui écrit de Lyon, le 6
mars 1700 : « Il y a quelque temps que j'eus occasion
« de voir en cette ville M. de Bonnecorse, de Marseille.
« Je lui parlai de son *Lutrigot*, et il ne put me dire que

« de fort mauvaises raisons pour justifier la conduite
« qu'il a tenue à votre égard. Il me dit, entre autres
« choses, qu'étant à Paris, il pria M. Bernier, qu'il m'a
« cité comme votre ami, et qui a fait l'abrégé de Gas-
« sendi, d'apprendre de vous-même quel sujet vous
« avoit obligé de mettre dans vos satires la *Montre*,
« qui est un ouvrage de Bonnecorse; et que, suivant
« le rapport que lui fit M. Bernier, vous aviez répondu
« pour toute raison, que vous aviez été bien modéré de
« ne dire de la *Montre* que ce que vous en aviez dit.
« Bonnecorse me parut être encore plus sensible à la
« fierté de cette réponse, qui étoit en effet plus piquante
« que ce que vous en aviez dit dans cet ouvrage. »

Or, savez-vous ce que répond le *Législateur* à cette
longue phrase de Brossette? « Je ne me souviens point
« d'avoir jamais parlé de M. de Bonnecorse à M. Ber-
« nier, et je ne connoissois point le nom de Bonnecorse
« quand j'ai parlé de la *Montre*, dans mon épître à
« M. de Seignelai. JE PUIS DIRE MÊME QUE JE NE CONNOIS-
« SOIS POINT LA MONTRE D'AMOUR, que j'avois seulement
« entrevue chez M. Barbin, et dont le titre m'avait paru
« très-frivole, aussi bien que de quantité d'autres ou-
« vrages de galanterie moderne, dont je ne lis jamais
« que le premier feuillet. »

(*Lettre du 1er avril* 1700.)

Ainsi donc, voilà le grave Boileau, le judicieux Boileau, Boileau le précepteur de son siècle, le voilà con-

vaincu de mensonge par sa propre bouche, le voilà s'é-
rigeant en censeur de livres qu'il n'a pas lus; et au lieu
de reconnaître par son silence l'immense tort d'avoir
jugé sans entendre, il met partout le nom de sa victime; il remplace, en 1694, ce vers de la 7ᵐᵉ satire,
composée en 1663 :

Bardin, Mauroi, Boursault, Colletet, Titreville,

par celui-ci :

Bonnecorse, Pradon, Colletet, Titreville.

Ainsi, selon ses haines ou ses amitiés du moment,
parfois même selon l'exigeance du mètre ou de la rime,
chaque édition des satires paraissait avec des variantes
de noms propres. La 9ᵐᵉ satire disait d'abord :

Que vous ont fait Perrin, Bardin, Pradon, Boursault,
Colletet, Pelletier, Titreville, Quinault?

mais Boursault et Boileau s'étant rapatriés aux eaux de
Bourbon, Hesnault, homme d'un grand talent, rima
depuis à Quinault, plus richement, il est vrai, et vingt
ans après sa mort.

On lisait dans la seconde satire :

Si je pense parler d'un galant de notre âge,
Ma plume, pour rimer, rencontrera Ménage.

on lut depuis :

> Si je veux d'un galant dépeindre la figure,
> Ma plume, pour rimer, trouve l'abbé de Pure.

Dans la première satire, St-Sorlin remplaça Ste-Beuve. On sait par Brossette que, dans la satire du repas, Boileau ne pouvant trouver d'hémistiche pour finir le second de ces vers :

> Si l'on n'est plus au large, assis en un festin,
> Qu'aux sermons de Cassagne...........

le malin Furetière s'écria : « Que ne mettez-vous là « l'abbé Cotin? » Et le vers fut terminé :

> .... ou de l'abbé Cotin.

Dans cette épigramme :

> A quoi bon tant d'efforts, de larmes et de cris,
> Cotin, pour faire ôter ton nom de mes ouvrages?
> Si tu veux du public éviter les outrages,
> Fais effacer ton nom de tes propres écrits;

Cotin avait pris la place occupée d'abord par Quinault que le public, je vous jure, n'accablait pas d'*outrages*.

Il serait trop long de mentionner toutes ces partiales variantes; elles abondent, et ce même homme s'écriait dans une épître au Roi :

> Boileau, qui, dans ses vers pleins de sincérité,
> Jadis à tout son siècle a dit la vérité!

Il y a une loyauté naturelle dont les gens de lettres ne doivent se départir jamais; Boileau s'en écarta souvent; Voltaire, ce puissant génie, l'a presque toujours méconnue, et dans des causes plus graves que la critique fausse ou vraie de tel ou tel écrivain. Cette loyauté consiste à ne point juger un confrère sans profonde connaissance de cause. Aujourd'hui la *camaraderie* a remplacé cette rage de dénigrement dont Perrault et Despréaux, Voltaire et Fréron, Laharpe et Lalande, donnaient, malgré tous leurs talents, le dangereux exemple. Aujourd'hui l'on juge aussi bien des livres sans les lire, mais c'est pour les louer; l'art y perd beaucoup sans doute, gagnait-il autrefois à ces déplorables guerres de plume? De nos jours au moins les écrivains conservent leur dignité, et donnent le spectacle d'une confraternité noble et sans jalousie; Voltaire serait mal venu avec son *Écossaise* ou sa *Guerre de Genève*.

Bonnecorse ne put se venger par de mauvais vers d'un homme qui en faisait de bons; de tout cela il n'est resté que l'aveu de Boileau, un méchant poëme en dix chants, et une épigramme si peu spirituelle qu'on n'y reconnaît point l'auteur des satires; elle n'a d'un peu remarquable que le tour assez vif des deux premiers vers :

> Venez Pradon et Bonnécorse,
> Grands écrivains de même force,
> De vos vers recevoir le prix;
> Venez prendre dans mes écrits

La place que vos noms demandent;
Linière et Perrin vous attendent.

Et il écrivait cependant à Brossette « qu'il n'avoit « aucun *mal-talent* contre M. de Bonnecorse. » (*Lettre du 1ᵉʳ avril* 1700.)

Nous terminerons ce que nous avons à dire de Bonnecorse par une lettre explicative de ses démêlés avec Boileau; elle est adressée à un seigneur de la cour, et je crois qu'elle n'a jamais été imprimée; elle se trouve dans le curieux manuscrit du P. Artaud, que j'ai cité déjà; elle confirme ce que l'*Athœneum* dit de Bonnecorse: « Ce poëte fut un homme ouvert et simple, d'un « esprit agréable, de mœurs ingénues. — Il ne put fuir « les malheurs attachés à l'empire des lettres. — Il écri- « vit plusieurs ouvrages, tant en français qu'en latin, « car il était très-versé dans ces deux langues (1). »

Voici cette lettre pleine de dignité:

« Rien n'est plus obligeant, Monsieur, que la lettre « que vous m'avez fait l'honneur de m'écrire; il faut « sans doute que vous soyez le plus généreux des hom- « mes pour prendre le parti d'un inconnu dont l'absence « ne lui permet pas de se défendre. Je mets cette faveur

(1) Fuit hic poeta homo apertus et simplex, grato animo, ac moribus ingenuis. — Litterati imperii pestes effugere non potuit. — Multa scripsit tùm gallico, tùm latino sermone, cùm esset utriùsque linguæ peritissimus.

(*Athœneum Massiliense.*)

5 *

« au nombre de mes bonnes fortunes, et je vous en rends
« les très-humbles grâces que je vous dois. Je me crois
« heureux d'avoir trouvé un illustre défenseur sans l'a-
« voir mérité, et je ne désespère pas que vous ne me jus-
« tifiiez auprès des personnes de mérite, surtout quand
« vous prendrez ma défense, et qu'elles sauront le juste
« sujet que j'ai eu d'écrire contre M. Despréaux. Mais
« puisque vous trouvez à propos que je vous informe de
« tout, je vous dirai en peu de mots que je fis autrefois
« un petit ouvrage, intitulé : *La Montre d'amour*, que
« j'envoyai à M. de Scudéry, dont j'étois connu dans ce
« temps-là.

« Je partis de Marseille pour aller exercer la charge
« de consul de la nation françoise au Grand-Caire. Ce fut
« pendant mon absence que M. de Scudéry fit imprimer
« la *Montre* à Paris. Le succès de ce petit ouvrage fut
« plus heureux que je ne devois l'espérer ; on en a fait
« quatre éditions à Paris, outre celles de Bordeaux, de
« Grenoble et de Hollande. Dix-huit ans après, M. Des-
« préaux s'avise de parler de la *Montre*, dans son épître
« à M. le marquis de Seignelai ; je crois que c'est la 9ᵐᵉ ;
« voici les vers : ....
« Il parle aussi de la *Montre*, dans le 5ᵐᵉ chant de son
« *Lutrin*, lorsque les chanoines donnent un combat à
« coups de livres : ....
« Vous voyez par ces deux endroits des ouvrages de
« M. Despréaux que j'ai droit de me plaindre de sa Muse.
« J'en parlai, étant à Paris, à un de ses amis ; c'étoit

« M. Bernier, qui a fait l'abrégé de Gassendi. Il voulut
« apprendre de M. Despréaux lui-même quel sujet l'a-
« voit obligé de parler de la *Montre* en termes si inju-
« rieux ; il lui répondit qu'il m'avoit fait grâce de n'avoir
« dit de la *Montre* que ce qu'il en avoit dit.

« Voilà, monsieur, ce qui m'a obligé d'écrire contre
« M. Despréaux que je n'ai jamais vu, que je ne con-
« noissois que par ses satires. J'avois toujours regardé
« ses ouvrages du bon endroit, et je tâchois, dans toutes
« les occasions, d'excuser les libertés qu'il se donnoit,
« autant qu'il étoit en mon pouvoir de le faire. Mais
« lorsque je vis qu'il m'attaquoit de gaieté de cœur, je
« donnai au public le *Lutrigot*, qu'on imprima à Mar-
« seille, et dont j'envoyai le premier exemplaire à M. le
« maréchal de Vivonne. J'ai encore la lettre qu'il me fit
« l'honneur de m'écrire, où il ne parle pas trop avanta-
« geusement de M. Despréaux. Les personnes de mérite
« dont vous m'avez parlé doivent donc, s'il leur plaît,
« considérer que je ne suis point l'agresseur, que je ne
« fais que repousser les railleries par d'autres railleries.
« Je n'attaque, dans le *Lutrigot*, que la vanité d'un au-
« teur qui se croit au-dessus de tous les autres, et si je
« le fais passer pour un ignorant et un visionnaire, je
« ne fais en cela qu'imiter son *Lutrin*, où il traite des
« personnes d'un caractère sacré avec une liberté et une
« violence extraordinaires.

« On dira peut-être que M. Despréaux ne m'a point
« nommé en parlant de la *Montre*. Je ne le nomme point,

« aussi dans le *Lutrigot*; c'est un nom inventé, et je ne
« crois pas qu'on doive condamner mon procédé. Je ne
« vous parle point du nouveau *Lutrigot* qu'on a im-
« primé à Lyon; le libraire est un malhonnête homme,
« il a donné à ce livre un titre à sa fantaisie; il a fait
« lui-même une préface ridicule, où il fait parler l'au-
« teur en ignorant. On trouve dans ce livre mille et mille
« fautes d'impression. Il ne doit avoir d'autre titre que
« celui de *Discours critique*, et le poëme celui de *Lu-*
« *trigot, poëme héroï-comique.*

« Mais j'appréhende de vous fatiguer, etc., etc.... »

Dans cette lettre, écrite du reste d'un style noble et
pur, Bonnecorse avoue qu'il a voulu faire passer Despréaux pour un *ignorant* et un *visionnaire*; mais Despréaux avait la tête et le cœur trop froids pour être un
visionnaire, et il n'était rien moins qu'un ignorant.
L'auteur du *Lutrigot* l'accuse encore d'avoir *attaqué,*
avec une liberté et une violence extraordinaires, des
personnes revêtues d'un caractère sacré; ceci est plus
grave, et n'est pas moins faux. Ses plaisanteries sont
pleines de sel, mais toujours marquées au coin du bon
goût, et ne tombent jamais sur les mœurs et la probité
de ses héros; allez donc reprocher au pieux Manzoni
d'avoir peint, avec tant de gaieté, dans son chef-d'œuvre, un curé égoïste et poltron! Les chanoines chantés
par Boileau furent moins sévères; ils l'enterrèrent dans
l'église basse de la Sainte-Chapelle, sous la place même
qu'avait occupée le *Lutrin.*

L'abbé Papon termine ainsi, avec la rectitude accoutumée de son jugement, l'article consacré à Bonne-corse : « Avec l'esprit, les sentiments d'honneur et de « probité qu'il avoit, il auroit pu s'attirer une considé-« ration qui auroit fait le bonheur de sa vie; mais il se « procura des chagrins pour avoir couru après une « gloire qu'on achète fort cher, lors même qu'on la « mérite. »

Mort en 1706.

MALAVAL. — Le nom de Malaval eut du retentissement au 17me siècle, et s'il est oublié de nos jours, ce n'est point faute de talent; mais cet écrivain consacra sa plume aux choses du moment, ses livres tombèrent avec les circonstances.

Né en 1627, mort en 1719, François Malaval remplit sa longue vie de disputes théologiques qui le firent censurer à Rome, et ne purent le faire vivre dans la mémoire des hommes. Aveugle dès l'âge de neuf mois, ce malheur, disent ses biographes, lui facilita le recueillement nécessaire pour les études ascétiques. Les doctrines mystiques et dangereuses de l'espagnol Molinos, né la même année que Malaval, faisaient grand bruit, et, combattues par l'austère raison de Port-Royal, elles se représentaient sans cesse sous de nouvelles formes; Rome même n'était point assez puissante pour imposer silence à de misérables casuistes. L'âme tendre de Fénélon se plaisait à ces molles doctrines dont il rejetait, lui, les infâmes corollaires, et il ne fallut rien moins que les foudres de Pascal et de Bossuet pour les écraser de tout le poids de la dialectique, de l'éloquence et de l'indignation. Malaval, nourri des coupables extravagances des Sanchez, des Sa, des Henriquez, des Escobar, des Lugo, des Suarez, etc..... ; porté par sa nature et par son malheur aux rêveries dangereuses du mysticisme, Malaval ne sut point d'abord reconnaître le poison caché sous le style fleuri des écrivains de la société. Il se mit dans leurs rangs par sa *Pratique facile pour élever l'âme à la contemplation.* Il n'alla pas si loin que l'odieux Molinos ; il n'adopta point les infâmes principes de ce sectaire, mais ne laissa pas de parler *du silence de l'âme, de l'anéantissement des puissances, de la quiétude de l'esprit, des nôces spirituelles, de l'existence transformée en l'Être divin,* galimatias double et triple qui n'eût été que ridicule si, par les abominables maximes qu'il révèle avec toute la franchise d'un impudent cynisme, il n'avait été favorable aux passions les plus ignobles, aux vices les plus honteux. « Ce seroit grand pitié, disait le grand de Harlay, « si ce n'étoit si grand dommage ! »

Ce fut en 1676, un an après la publication de la *Guide spirituelle* de Molinos, que Malaval se fit connaître par la *Pratique facile ;* il arriva trop tard pour être marqué au front dans l'immortel chef-d'œuvre de Pascal ; mais il était de bonne foi ; « ses erreurs, dit « Papon, n'étoient que des surprises que l'imagina-

« tion avoit faites à son cœur. » Du reste, comparé à ceux de tant d'autres Jésuites, son livre serait encore un code de saine morale. Lorsque, en 1688, Innocent XI, ce grand pontife d'une vertu si haute et même si acerbe, eut condamné la *Pratique facile*, Malaval se soumit, se rétracta, et combattit même Molinos, et les abominables livres de ses disciples. Ses erreurs et son repentir précédèrent les erreurs et le repentir de Fénélon.

Depuis, Malaval consacra ses études à des ouvrages beaucoup plus solides ; il écrivit la vie de Philippe Benizzi, cinquième général des Servites, au 13ᵐᵉ siècle, canonisé, en 1671, par le vertueux Clément X (Altieri), et le héros d'un singulier poëme du P. Germain Sardou. — *Ses poésies spirituelles lui méritent*, comme disait Malherbe de La Ceppède, *plutôt les couronnes des Cieux que celles de la terre.* — Un autre de ses ouvrages prouve combien le christianisme repousse ces superstitions populaires qu'ont partagées maints esprits forts, témoin le grand Frédéric. Le *Discours contre la superstition des jours heureux et malheureux* est un livre excellent, plein de choses, de logique, de foi et de vérité.

Malaval a fait aussi un *Traité sur l'obligation de sanctifier le dimanche*, et des vies de saints. Ruffi nous apprend qu'il a publié plusieurs livres de doctrine et de piété sans y attacher son nom, et qu'il existe de lui plusieurs manuscrits précieux.

Malaval fut aimé de ceux qui le connurent ; il compta parmi ses protecteurs, et cela seul ferait son éloge, le savant et vertueux Jean Bona, général des Feuillants, puis cardinal en 1669, et désigné par les gens de bien pour succéder à Clément IX, ce qui donna lieu à cette mauvaise pointe : *Papa Bona sarebbe un solecismo ;* homme trop digne de la tiare pour l'obtenir.

François Malaval mourut en 1719, âgé de 92 ans.

Ici se termine notre histoire littéraire du 17me siècle ; elle commence à d'Urfé et finit à Mascaron ; celle de la France entière commence à Pascal et à Corneille et finit à Bossuet. Entre d'Urfé et Mascaron il y a bien des lacunes, et nous ne trouvons que d'Hozier qui vienne empêcher la prescription contre notre gloire ; mais si notre plan nous eût permis de sortir d'un sujet tout littéraire, nous aurions opposé au reste de la France la grande et belle figure de Puget qui, repoussé par le fier Louvois, vint mourir dans sa ville natale. Cet homme, rejeté par le ministre de Louis XIV, est celui qui a enrichi de ses chefs-d'œuvre Marseille, Versailles et l'Italie. Michel-Ange au moins vécut

honoré, aimé, protégé par ces grands souverains,
François Ier, Charles-Quint, Léon X, Clément VII,
Paul III, qui firent tant pour les arts, et pour qui les
arts à leur tour ont tant fait.

Nous aurions parlé de ces doctes religieux qui con-
sacraient au culte de l'antiquité, aux études des mathématiques, de toutes les sciences, les moments que
leur laissait la prière; hommes de paix et de solitude,
auxquels on doit tant, et qu'on affecte d'oublier en
s'emparant de leurs travaux. — Nous aurions mentionné Plumier, ce minime martyr de la science, dont
les recherches mathématiques troublèrent l'esprit, et
qui alors s'adonna à la botanique, étude plus douce qui
fit sa gloire; le fameux voyageur Vincent-le-Blanc qui,
de quatorze à soixante-dix-huit ans, parcourut les Indes, la Perse, le Pérou, toute l'Afrique, et écrivit ses
voyages; le P. Bonfa, jésuite, astronome distingué;
et le P. Feuillée, minime, ami de Plumier, grand astronome, nommé mathématicien de Louis XIV, loué
par Cassini, voyageur intrépide, habile écrivain, et
qui voulut mourir à Marseille qui lui devait tant.

Et nous aurions vu alors que peu de villes ont donné
à la mère-patrie autant d'hommes distingués que la
nôtre, qu'elle n'a jamais démérité du riche héritage
que lui légua la Grèce, et que son soleil fut toujours
un soleil inspirateur.

Nous allons passer au 18me siècle; après la science,
la philosophie; en approchant de nos jours, nous les

trouverons réunies ; nous verrons la littérature se débarrasser des entraves de l'Académie et de Boileau , et compromettre enfin son existence par ses propres excès.

L'établissement de l'Académie, au 17me siècle , fut un mal ; elle arrêta l'élan du génie, se déclara hautement la législatrice des lettres , et quand elle traîna Corneille à sa barre, elle n'avait, pour le juger, que des écrivains insipides , sans goût , sans science ; et fit tout ce qu'il était possible de faire pour arrêter l'essor de ce siècle prodigieux dont n'approchent pas ceux d'Auguste et de Périclès. Le seul Racine excepté , aucun des grands auteurs de cette époque ne se soumit à ses arrêts ; Corneille , Molière , La Fontaine , déclinèrent sa compétence, restèrent sourds à ses cris, et furent sublimes. Hostile aux bons écrivains, du moins, il est vrai, elle retenait ceux à qui la nature avait refusé le feu sacré ; mais à quoi bon ? Ils meurent eux-mêmes de leur belle mort, tandis que si vous coupez les ailes au génie, elles ne reviennent pas. L'Académie fut un mal, et si quelque chose étonne, c'est que son ombre existe encore de nos jours.

Nous ne sommes pas de ceux qui professent un mépris si bête pour cette immortelle époque. Honneur à ce 17me siècle qui , malgré l'Académie et les d'Aubignac , nous dota de cette majestueuse littérature qui , par la voix de ses sublimes représentants , rendit notre langue populaire dans le monde civilisé ! Honneur à ces puissants génies, qui , voués au culte de l'antiquité ,

nous retracèrent ces formes nobles et pures dès écrivains de Rome et de la Grèce! On a reproché à Racine
d'avoir transporté Versailles à Athènes, d'avoir habillé
ses héros à la française; préférez-vous le théâtre de nos
jours? L'éloquente, l'admirable simplicité de ce grand
homme ne vaut-elle pas ces phrases frénétiques, hur-
lant dans des scènes qui ne ressemblent ni aux anciens,
ni aux modernes, ni à l'histoire, ni à la nature, ni à
rien? On invoque Shakespeare, et on ne comprend pas
Shakespeare; on parle de moyen-âge, et on ignore ce
que c'est que le moyen-âge; on réhabilite ce que la littérature a de plus immonde, et on insulte à ce qu'elle a
de plus pur. Un homme s'est rencontré de nos jours, un
admirable poëte sans doute, qui se croit né pour le
drame, et qui se méconnaît; un homme qui nous a
donné l'ode avec toute sa pompe, tout son enthousiasme,
toute sa splendeur; eh bien! cet homme s'est écrié: « Je
« ne signerais pas *Mérope!* » Il est vrai qu'il a signé
Marion de Lorme, Le Roi s'amuse, Marie Tudor!
« Puisque nous ne la pouvons aveindre, disait Montai-
« gne en parlant de la gloire, vengeons-nous-en à en
« médire. »

Soyons justes; quelques écrivains ont découvert des
routes nouvelles, montré du génie, mais on ne parle ici
que du *servum pecus*, habile à copier les défauts du
maître, inhabile à imiter ses beautés. Si nous avions
plusieurs Chateaubriand, peut-être aurions-nous le
droit de lutter avec le colosse du 17ᵐᵉ siècle; mais Cha-

teaubriand marche seul ; nous n'avons pas conquis les
éperons ; les pages d'autrefois s'exerçaient long-temps
dans le préau avant d'entrer en chevaliers dans la lice
du tournoi ; nous en sommes encore à nos premières
armes. Jusque là taisons-nous ; car que sommes-nous
en face du magnifique monument élevé par le grand
siècle ? Nous ressemblons à ces voyageurs d'Orient qui
veulent mesurer des yeux les pyramides d'Égypte ; ils
se retirent effrayés de leur masse imposante et sublime !

FIN DE LA PREMIÈRE PARTIE.

DEUXIÈME PARTIE.

—

XVIIIme SIÈCLE.

———◆———

Le 18me siècle, le siècle de Voltaire, fut tout littéraire ; comme le bruit des conquêtes, les prodiges d'un
beau règne, ne le réveillaient point chaque jour en sur-
saut, il eut tout le temps de donner à sa pensée, souvent
frivole, cette liberté d'essor dont elle n'abusa que trop ;
s'il n'hérita point la gloire entière de celui qui l'avait
précédé, du moins il ne dégénéra pas. Il confia à Montesquieu, à Voltaire, à Buffon, à Rousseau, la mission
de continuer l'ouvrage de la merveilleuse époque, de
protester à la fois contre les exclusifs *laudatores tem-
poris acti*, et contre ceux qui, par de tristes épigrammes et des livres plus tristes encore, croyaient ébran-
ler la grandeur des écrivains de Louis XIV.

Établissement d'une Académie a Marseille, 1726.
— Marseille suivit et seconda ce mouvement littéraire ;
dès les premiers jours du nouveau siècle elle voulut
avoir son Académie ; elle se rappelait la splendeur de
son antique Lycée, lorsque les Romains envoyaient leurs

enfants s'instruire aux leçons de ses habiles rhéteurs, lorsque des navigateurs et des géographes s'élançaient de son sein, à la recherche des contrées qui avaient échapé même au génie des Phéniciens. Déjà, vers 1716, quelques hommes de lettres se réunissaient entre eux, et se plaisaient à causer arts, sciences, poésie, qui inspirent tant d'amour à ceux qui les cultivent. Lorsque la peste vint briser, dans nos murs, les liens les plus sacrés du foyer, lorsqu'il n'y eut plus parmi nous de familles, d'amis ou de parents, ces mêmes hommes trouvèrent dans l'étude une distraction aux misères publiques. L'abbé de Porrade, homme d'esprit et de goût, les réunit dans une maison de campagne que le fléau respecta ; là, ils offrirent l'exemple unique d'une petite société vouée au culte des lettres, s'occupant de poésie, de critique, d'histoire, pendant que des monceaux de cadavres encombraient les rues et les champs ; plus heureux qu'Archimède, qui, tout entier à la solution d'un problème pendant le sac de Syracuse, ne se doutait de rien, et fut tué par un soldat.

Lorsque les prières d'un saint prélat eurent chassé le monstre loin de Marseille, cette assemblée ne fut point dissoute ; elle tint des séances dans la ville, et ce fut un honneur de s'en faire recevoir ; Chalamond de la Visclède le désira et l'obtint un des premiers. Voici les noms de quelques-uns des membres qui la composaient alors :

Félix Carry, homme d'un grand savoir, auteur de

Dissertations sur la ville de Marseille et d'une *Histoire des Rois de Thrace et du Bosphore par les médailles.* Ce docte antiquaire ayant découvert une médaille que Mytilène avait fait frapper en l'honneur de Lesbonax, la fit connaître en 1744 par une dissertation pleine de curieux renseignements sur ce philosophe dont les ouvrages sont perdus, mais qui, disciple de l'austère Timocrate, fut un des ornements de sa patrie. — Mort en 1754.

Olivier Dulard, dont nous examinerons les titres littéraires.

Charles Peyssonel, d'abord jurisconsulte, puis consul à Smyrne, très-versé dans l'étude de l'antiquité, et à qui l'académie des inscriptions ouvrit ses portes. Son ouvrage capital est une *Dissertation sur les rois du Bosphore.* Dans un moment de mauvaise humeur sans doute, Voltaire écrivit à Damilaville : « Je viens d'être bien attrapé par un livre que j'avais « fait venir en hâte de Paris. L'annonce me fesait « espérer que je connaîtrais tous les peuples qui ont « habité les bords du Danube et du Pont-Euxin, et « que j'entendrais fort bien l'ancienne langue slavone. « L'auteur, M. Peyssonel, qui a été consul en Tur- « quie, promettait beaucoup et n'a rien tenu....... « Je ne le lirai de ma vie. » Voltaire demandait l'impossible, et Peyssonel tenait tout ce qu'il avait promis, mais il n'avait pas promis *d'inventer* l'histoire perdue d'un peuple obscur. — Peyssonel a écrit un

6

grand nombre de savants mémoires adressés à l'Institut. — Mort en 1757.

Nous citerons encore Bertrand, médecin, auteur d'une lettre à Deidier, de Montpellier, sur *le mouvement des muscles.* Sa *relation historique de la peste de Marseille*, a été consultée et suivie par tous les historiens.

Puis viennent des noms obscurs : Robineau, commissaire des guerres, Aymar, le Fournier, Guerin, Vacon; mais on leur doit la fondation de notre Académie; ils ont droit à notre reconnaissance. L'insipide Conrart n'est-il pas regardé comme le père de l'Académie française qui se rassembla chez lui de 1629 à 1634? Quels furent les premiers membres de cette société naissante? Godeau, auteur du mauvais poëme de la Magdeleine; Desmarets de St.-Sorlin qui fit de pitoyables tragédies et *Clovis*, poëte ridicule et ridicule prosateur que n'a point épargné Boileau; Bois-Robert; l'immortel Chapelain; le sieur de Gomberville; Colletet plat écrivain dont le satirique a eu tort de ne pas respecter la misère (1); Malleville qui fit un sonnet, et

(1) Tandis que Colletet, crotté jusqu'à l'échine,
S'en va chercher son pain de cuisine en cuisine,
Savant en ce métier si cher aux beaux esprits,
Dont Montmaur autrefois fit leçon dans Paris.

Un commentateur prétend qu'il est juste d'observer que Colletet n'existait plus lorsque Boileau publia cette première satire.

tant d'autres; voilà ceux qui ont précédé au fauteuil académique, Racine, Bossuet, Fénélon, La Bruyère, Montesquieu, Voltaire, Buffon, Chateaubriand!

Vers 1726, l'assemblée commença à s'organiser; elle nomma un directeur, et La Visclède, secrétaire-perpétuel; mais il fallait des lettres-patentes; Villars, le dernier français du grand siècle, comme Philopœmen fut le dernier des grecs; Villars, le héros de Denain, était alors gouverneur de Provence. Il prit la société sous sa protection, et lui fit recevoir du roi le titre d'académie des belles-lettres. Le médecin Bertrand en célébra l'inauguration par un fort singulier discours *sur l'utilité des académies démontrée par le mécanisme du corps humain.* Trois députés, dont l'un était La Visclède, furent envoyés à l'académie française qui s'affilia celle de Marseille, et le malin Fontenelle fut chargé de répondre au discours de remercîment.

En 1731, Villars la dota de 300 livres pour prix d'un concours que le lauréat recevrait le jour de Saint-Louis.

M. Augustin Fabre nous apprend, dans une note de son excellente histoire de Marseille, que la compagnie

Le commentateur se trompe; dans le catalogue de ses ouvrages, que rédigea Boileau lui-même, la première satire est de l'an 1658, et Colletet mourut en 1659, sans laisser de quoi se faire enterrer. Un ami de Colletet, car il en avait malgré sa pauvreté, obtint de Boileau que ce nom fût remplacé par celui de Péletier; plus tard, la première leçon fut rétablie.

n'avait d'abord point de lieu fixe pour ses assemblées; elle se réunissait tantôt chez un de ses membres, tantôt chez un autre ; puis M. de Belsunce l'accueillit dans son palais épiscopal, et les séances publiques se tenaient souvent à l'Hôtel-de-ville; elle obtint enfin un local spécial, rue St-Jaume; en 1781, le roi mit l'Observatoire à sa disposition; elle y tint ses assemblées jusqu'à la révolution.

L'académie de Marseille ne fut pas une des plus inutiles académies de province; des noms célèbres, tels que Chamfort et La Harpe, briguèrent ses suffrages; si elle fit peu de chose, c'est qu'une académie ne fait jamais rien. Voltaire, en 1746, l'année même de sa tardive admission à l'académie française, sollicita la faveur d'être reçu membre associé de celle de Marseille; il obtint cette faveur, et s'en vengea bientôt après par ce mot si connu : « C'est une fille sage qui ne fait point « parler d'elle. » Ce fut la première académie de province où ce grand nom fut inscrit.

Nous avons cru devoir, en nous occupant des travaux de nos écrivains, nous asservir à la date de leur mort; nous allons examiner les titres littéraires des auteurs morts avant 1789. La chronologie est le fil d'Ariane sans lequel l'historien doit se perdre dans le dédale des événements.

OLIVIER. — Claude-Mathieu Olivier, avocat au parlement d'Aix, peut être regardé comme le vrai fondateur de notre académie; très-jeune encore (il était né en 1701) il s'était fait connaître déjà par son éloquence et son amour pour l'étude et les plaisirs, lorsque, protégé par Villars qui aimait ses talents et l'enjouement de son caractère, il jeta les bases de cette société.

Il en soutint l'éclat naissant par ses ouvrages, écrits avec précipitation, mais qui tous offrent des pages pleines de grâces et de chaleur. *L'Histoire de Philippe de Macédoine* est au nombre de nos bons livres historiques; écrite sans art, elle est remarquable par une grande franchise de style, des aperçus ingénieux, une profonde connaissance des mœurs et coutumes grecques, et surtout par de hautes considérations politiques. Ses trop longues digressions sont un défaut de l'époque; nous n'avions alors qu'un seul chef-d'œuvre historique, un simple, mais admirable *Discours sur l'Histoire Universelle.* Voltaire, Robertson, Gibbon, Chateaubriand, n'avaient pas encore rendu l'école moderne rivale des Tite-Live et des Tacite.

Et puis, Olivier, fatigué de travaux et de plaisirs, fut atteint d'une maladie de cerveau; il languit quelques années et mourut sans avoir mis la dernière main à son ouvrage de prédilection, abandonnant à la sévérité de la critique,

Tant de travaux heureux qu'espérait l'avenir,
Tant d'écrits imparfaits, d'esquisses animées

Qu'en sublimes tableaux le tems eût transformées,.

(MILLEVOYE.)

Il n'avait que 35 ans, et une belle carrière de gloire
se fût ouverte devant lui, si l'étude eût été sa seule
passion. « Excessif en tout, dit un biographe, après
« avoir employé quinze jours à étudier le *Code* et le
« *Digeste*, ou à se remplir des beautés de Démosthène,
« d'Homère, de Cicéron, de Bossuet, il en abandon-
« nait quinze autres, souvent un mois entier, à une
« vie désoccupée et frivole. » Quelque dissipée pourtant que fût la jeunesse de cet enfant du Midi, ses études étaient graves ; il vivait dans un siècle où, avant d'é-
crire, on avait la conscience et le bon esprit de lire. Ses
lectures furent immenses, ses recherches profondes. Il
est difficile de concilier ses goûts futiles, sa sympathie
pour

> Le tems de l'aimable régence,
> Tems fortuné marqué par la licence,
> Où la Folie, agitant son grelot,
> D'un pied léger parcourt toute la France,
> Où l'on fait tout, excepté pénitence,

(VOLTAIRE.)

avec les doctes élucubrations auxquelles il dut se livrer
pour composer *l'Histoire de Philippe*, *les Mémoires
sur les secours donnés aux Romains par les Marseillais pendant la 2ᵉ guerre punique.* Sur les mêmes *se-*

cours donnés durant la guerre des *Gaulois*; car tels sont les principaux ouvrages d'Olivier ; joignez à cela les travaux que réclamait le Barreau dont il était l'ornement, les longs moments que lui dérobaient le monde et ses folles joies, et l'on comprendra comment il mourut jeune et presque insensé.

Sa mémoire était prodigieuse ; lorsque l'académie commença à tenir des séances régulières, ses soins furent donnés à rassembler des matériaux pour une histoire de Marseille ; Olivier se chargea d'écrire le nom des auteurs qui, depuis vingt siècles, avaient dit quelque chose de cette ville, tant sous les rapports civils que sous les rapports ecclésiastiques. Ce long catalogue s'égara, et lorsque Carry vint en avertir Olivier, Olivier était atteint déjà de la maladie qui le conduisit au tombeau ; aux mots d'histoire et de Marseille, il se réveilla comme d'un songe, répondit qu'il possédait le double de cette notice ; elle était toute dans sa tête ; il la rédigea telle qu'il l'avait donnée d'abord et retomba dans son affaissement. — Gentil-Bernard fut moins heureux.

Mort en 1736.

PELLEGRIN. — Un écrivain fécond s'il en fut jamais, c'est l'abbé Simon Pellegrin : poésies mondaines et spirituelles, cantiques religieux et opéras, traduction d'*Horace* et des *psaumes*, *Imitation de Jésus-Christ* et *Arlequin rival de Bacchus*, enfin, le plus singulier mé-

lange du profane et du sacré, voilà ce qui a fait dire à
Voltaire, (nous allons partout trouver ce nom dans
l'esquisse littéraire d'un siècle dont il fut l'admirable
et déplorable représentant) voilà ce qui lui a fait dire :

Nous ressemblons assez à l'abbé Pellegrin,
Le matin catholique et le soir idolâtre,
Déjeunant de l'autel et soupant du théâtre.

Ces deux derniers vers gravés dans le souvenir de
tout le monde, sont d'un homme qui n'est connu de
personne, du très-obscur Rémi ; son fameux distique a
vécu plus long-temps que son nom.

Pellegrin, jeune encore, était entré dans l'ordre religieux des Servites, peut-être comme La Motte se ré-
fugia à la Trappe, par suite d'une déception de gloire
littéraire ; mais comme La Motte, il ne put se faire
à une vie si antipathique à ses goûts ; il s'embarqua, fit
quelques courses en qualité d'aumônier, et, à son dernier retour, vers 1703, à l'âge de quarante ans, il se
fit connaître par une *Épître au Roi sur le glorieux
succès de ses armes.* C'était l'époque pourtant où *les
armes* de Louis XIV n'avaient guère plus que la
gloire des grandes défaites soutenues avec magnani-
mité. — Cette pièce remporta le prix à l'académie, et,
par une bizarre destinée de Pellegrin, une ode qu'il
envoya en même temps sur le même sujet, balança
long-temps les suffrages. Il n'en fallait pas davantage
pour se faire un nom, à cette époque où le vieux

St-Aulaire conquérait l'immortalité par un madrigal.

Il devint le protégé de Mme de Maintenon qui le fit entrer dans l'ordre de Cluny, mais ne le tira pas de la misère. L'abbé Pellegrin fut bientôt fameux par ses vers et par sa pauvreté; homme simple, modeste et droit, il se trouva en butte aux traits du ridicule; le monde tolère les vices du riche, il ne pardonne pas les vertus du pauvre. Le comédien Le Grand, si célèbre par l'excès de sa vanité, osa jouer Pellegrin dans une mauvaise pièce intitulée *La Nouveauté*; il le livra à la risée publique sous le nom de M. de la Rimaille, et sous ses propres habits. « C'était, s'écrie La Harpe, « une indécence scandaleuse et un attentat à l'existence « morale des citoyens.... C'est au soulagement de ses « parents encore plus indigents que lui, que Pellegrin « consacrait le profit de ses pièces qui réussirent sou- « vent sur plus d'un théâtre. C'était un homme plein « de candeur, de bonté et de probité, et ces titres à « l'estime publique, en tout temps respectables, ne « sauraient être trop rappelés du nôtre. »

En proie au besoin, vivant à peine du produit de ses ouvrages et des prix qu'il remportait à l'académie, Pellegrin ouvrit une manufacture de vers; madrigaux, couplets, épithalames, compliments pour toutes les fêtes et à l'usage de tous les âges et de tous les sexes, il vendit tout au plus offrant, et selon la longueur du vers; espèce d'écrivain public, pressé qu'il était par l'exigence de ses pratiques, par le peu de temps qu'on

lui donnait pour fabriquer sa marchandise, il fut
séduit en outre par sa merveilleuse facilité à faire de
mauvais vers; le débit n'eut qu'un temps; après le premier engouement, on s'aperçut que cela ne valait rien,
et ne pouvait rien valoir; les chalands se retirèrent peu
à peu, la boutique fut abandonnée, et le fabricant retomba dans la misère. Il écrivit pour le théâtre.

L'illustre et vertueux de Noailles, archevêque de
Paris, avertit Pellegrin de choisir entre la messe et
l'opéra; l'abbé opta pour le dernier; il fut interdit. Déjà
les censures religieuses commençaient à devenir une
sorte de gloire pour celui qui les subissait; elles valu-
rent des protections à Pellegrin qui obtint une pension
sur le *Mercure*, dont il rédigea l'article *Spectacles*.

Sa passion pour le théâtre ne put le distraire des compositions sacrées; sa tête bizarre conciliait parfaitement
ce qu'il y a de plus inconciliable, et le but de ses travaux excusait, à ses yeux, tout ce qu'ils pouvaient avoir
de répréhensible; bon et généreux, il se privait du nécessaire pour venir en aide à sa famille, et ses efforts
furent quelquefois payés d'un grand succès. Son opéra
de *Jephté*, première pièce lyrique tirée de l'Histoire
Sainte, fut reçu avec enthousiasme, mais un ordre supérieur en suspendit les représentations. On déplora
ainsi le sort de cet ouvrage dans le prologue des *Déses-
pérés*, opéra du célèbre Le Sage :

> C'est celui du pauvre Jephté
> Si digne d'être regretté;

Hélas! à la mort on le livre
Quand il ne demandait qu'à vivre!
Tout Paris dit d'un ton plaintif:
Fallait-il l'enterrer tout vif?

L'épigramme n'a rien de fort saillant, et surtout elle
est injuste: « Parmi cette foule si vaine et si étourdie
« de nos versificateurs du jour, dit La Harpe dont il
« faut presque toujours citer l'autorité, il est douteux
« qu'il y en ait un qui fût en état de faire *Jephté*. Le
« sujet n'était pas sans difficultés; elles sont vaincues
« avec beaucoup d'art; la pièce est très-sagement con-
« duite, et l'une des plus touchantes qu'on ait applau-
« dies à l'opéra. Le succès en fut très-grand, et se sou-
« tint à toutes les reprises. Une pompe religieuse et
« nouvelle sur ce théâtre dut contribuer à l'effet du dra-
« me; le style ne manque ni de vérité ni de sentiment;
« il y a même de temps en temps de la noblesse, et par-
« mi un assez grand nombre de vers faibles, il y a des
« beautés réelles. » Puis La Harpe cite comme preuve
du talent du poëte, le monologue de *Jephté* au 5e acte:

Seigneur, un tendre père à tes ordres soumis
    Fut prêt à t'immoler son fils.
Tu vois même tendresse et même obéissance;
    Ah! que ne puis-je me flatter
    D'obtenir la même clémence
    Que pour lui tu fis éclater!
J'ai fait dresser l'autel, et j'attends la victime;
Mon cœur frémit du sang que tu vas recevoir;

Mon sacrifice est un devoir ;
Mais, hélas! mon serment n'en est pas moins un crime!

Pellegrin a composé un nombre immense de pièces de théâtre, opéras, tragédies, comédies ; les mentionner toutes serait trop long. On se rappelle encore le *Nouveau-Monde* qui lui valut, de son vivant, cette épitaphe qui fait honneur à son caractère :

Poëte, prêtre, provençal,
Avec une plume féconde
N'avoir ni dit ni fait de mal,
Tel fut l'auteur du Nouveau-Monde.

Il pouvait, en effet, s'écrier avec Crébillon :

Aucun fiel n'a jamais empoisonné ma plume!

Sa tragédie de *Pélopée*, jouée sous le nom de son frère le chevalier, est avec *Jephté* et le *Nouveau-Monde* le plus beau fleuron de sa couronne dramatique. « On « ne doit pas oublier, dit Palissot, d'ordinaire peu in- « dulgent, qu'il a fait la tragédie de *Pélopée*, ouvrage « qui ferait beaucoup d'honneur à ceux de nos moder- « nes qui affichent le plus de prétentions ; l'opéra de « *Jephté*, supérieur à cette tragédie, et la comédie du « *Nouveau Monde*. »

On a souvent attribué à Pellegrin les œuvres de Mademoiselle Barbier, mais les tragédies d'*Arie et Pétus*, de *Cornelie*, de *Thomyris* sont au-dessous du talent de l'abbé ; ces pièces sont faibles, languissantes, sans style, sans imagination aucune ; c'est tout au plus si Pellegrin aida de quelques conseils la muse d'Orléans ; quant à la *Mort de César*, la seule dont on ait conservé un léger souvenir à cause de quelques beautés de détail, elle avait été faite de moitié avec Fontenelle.

Nous ne parlerons pas de la *Mort d'Ulysse*, de *Médée et Jason*, d'*Arlequin à la guinguette*, du *Divorce de l'Amour et de la Raison*, de *Polydore*, etc., etc., tristes preuves d'une déplorable fécondité.

Pellegrin, parfois heureusement inspiré dans ses œuvres de théâtre, ne le fut jamais dans ses autres poésies. Sa traduction des odes d'Horace est au-dessous du médiocre ; les notes sont bien faites, elles ne sont pas inférieures à celles de Jean Bond et de Sanadon, et le discours sur le poëte latin est ce qui est sorti de mieux de sa plume. Cette traduction lui attira une des plus jolies épigrammes de La Monnoye :

> On devrait, soit dit entre nous,
> A deux divinités offrir tes deux Horaces ;
> Le latin à Vénus, la déesse des Grâces,
> Et le français à son époux.

A la suite, sont imprimées six odes à la louange de St-François de Sales ; cinq sur sa canonisation, une sur sa *Philothée*. Cette dernière pièce est encore une traduction ; le latin est du P. La Fosse, prêtre lazariste ; on y lit :

À qui te comparer, si je veux te décrire ;
Reine, tu parais à mes yeux
Cet arbre du Levant, arbre prodigieux
Qui suffit pour tout un navire ;
Oui, l'on en tire en même temps
La poupe, la proue et les bancs,
L'un et l'autre flanc, la carène ;
J'y vois le grand mât, le timon,
La voile du mât de misène
Avec celle de l'artimon.

Ajouterai-je encor les haubans, les cordages,
La poix qui réunit les ais
Et par qui le vaisseau ne redoute jamais
L'effort du vent et des orages ?
Par un prodige si nouveau
L'armement de tout un vaisseau
Se rassemble en toi, Philothée ;
C'est en vain que des vents du Nord,
Tu trouves la mer agitée,
Quand tu veux tu rentres au port.

Ce n'est point là le style de *Jephté*. Puis viennent des
odes au roi, au duc de Bourgogne, à Toulon, à M. de
La Motte qui avait approuvé l'ouvrage. Les vers adressés à La Motte, si l'on passe sur l'exagération de la
louange, caractérisent assez bien cet écrivain philosophe.

Porte jusqu'au ciel ton Horace,
Rome, nous ne t'envions rien,
Le nôtre n'a pas moins de grâce
Qu'en avait autrefois le tien.

Sévère dans le choix des rimes,
Judicieux dans les maximes,
Ne plaçant rien hors de saison ;
Fidèle à la philosophie
Sans que jamais il sacrifie
L'enthousiasme à la raison.

Jetons un coup d'œil sur les poésies sacrées de Pellegrin ; quelques citations pourront égayer une matière assez aride par elle-même ; les vers détestables ont leur mérite ; il n'y a que la médiocrité qui soit éminemment insipide.

Les Psaumes de David et les Cantiques de l'Ancien et Nouveau Testaments mis en vers françois sur les plus beaux airs des meilleurs autheurs.

Dans la dédicace, l'auteur établit une espèce de parallèle entre Louis-le-Grand et David ; comme de juste, Louis-le-Grand l'emporte sur le Roi-Prophète, car il vivait encore, et David était mort depuis deux mille sept cents ans.

Dans la préface, le bon abbé s'excuse d'avoir mis de saints cantiques sur des airs profanes ; mais il a cru remplir un devoir. « Je serois aussi coupable que le mauvais « serviteur de l'Évangile qui enfouit le *talent* que « son maître luy avoit mis entre les mains, si je ne met- « tois à profit *celuy* que Dieu m'a donné pour la poésie. » C'est la première fois que Pellegrin se laisse aller à l'orgueil, ce n'est pas la seule qu'il se permet un calembourg.

Voyons maintenant comment *il met à profit ce talent pour la poésie.*

Jamais le *Super flumina Babylonis*, cette magnifique inspiration de l'Esprit Saint et de l'amour de la patrie, n'a pu être traduit ; Malfilatre même, avec tout son beau talent sitôt brisé par la faim et la mort, y a échoué ; Pellegrin le traite à peu près comme Scarron a traité Virgile. — Air de M. Lambert.

Sion, seul objet de mes *(bis)* larmes,
Nous poussons vers toi nos soupirs ;
L'Euphrate étale en vain ses plus charmants plaisirs, *(bis)*
Nous n'y *(bis)* trouvons qu'alarmes.

Sur ces bords riants tout nous *(bis)* gêne,
Nous y gémissons étendus,
Et sur ces saules verts nous suspendons nos luths, *(bis)*
Nous les *(bis)* voyons à peine.

C'est en vain que ceux qui nous *(bis)* gardent
Se font un plaisir d'écouter ;
De toutes parts, hélas! loin de pouvoir chanter, *(bis)*
Nos yeux *(bis)* en pleurs regardent.

Chantez, disent-ils d'un air *(bis)* tendre,
Comme dans Sion vous chantiez :
Vos maîtres aujourd'hui sont assis à vos pieds *(bis)*
Et vous *(bis)* devez vous rendre.

Que faut-il alors qu'on *(bis)* réponde?
Quoi! chanter devant nos tyrans !
Dans un climat barbare avons-nous d'autres chants *(bis)*
Qu'une *(bis)* douleur profonde?

. . . .
. . . .

> Heureux le vainqueur qui (*bis*) s'apprête
> A frapper tes murs florissants !
> Il doit contre ces murs balancer tes enfants (*bis*),
> Et leur briser (*bis*) la tête !

N'était la platitude du rythme, dépourvu de toute harmonie, et qui déconcerte l'oreille, cette dernière strophe rappelle assez bien le cri de rage de l'exilé : *Beatus qui tenebit et allidet parvulos tuos ad petram !*

L'*Exurgat Deus* est un des plus admirables morceaux lyriques qui aient jamais frappé l'oreille de l'homme, aussi Voltaire l'appelle-t-il une *chanson de corps-de-garde ;* ce n'était point le génie qui manquait à Voltaire pour comprendre toute la beauté de cette poésie, il lui manquait mieux que cela. Le pauvre Pellegrin, avec la meilleure foi du monde, rivalise avec le grand parodiste de l'Écriture, lorsqu'il traduit les 23ᵉ et 24ᵉ versets de ce sublime psaume : *Dixit Dominus : et Basan convertam, convertam in profundum maris. — Ut intingatur pes tuus in sanguine : lingua canum tuorum ex inimicis, ab ipso.*

> Vous allez voir leur sang coupable
> Couler au gré de mes souhaits ;
> Ce sang impur teindra le sable
> Que votre pied foulera désormais ;

Par un arrêt irrévocable
Vos propres chiens le boiront désormais.

On connaît l'*imitation* faite par Voltaire, qui ne se
lassait pas de la chanter :

Ayez soin, mes chers amis,
De prendre tous les petits
Encore à la mamelle;
Vous écraserez leur cervelle
Contre le mur de l'infidèle,
Et les chiens s'engraisseront
De ce sang qu'ils lècheront.

Ici le prêtre et l'impie sont rivaux. Il est difficile de
trouver là le texte sacré. Heureux encore celui qui a
péché de bonne foi !

Rien n'égale l'*In exitu Israel*, traduit par Pellegrin :

Sur l'air : *D'un beau pêcheur, la pêche malheureuse.*

La mer superbe interrompit sa course
Au seul aspect de ce Maître des Cieux,
Et le Jourdain remonta vers sa source
Pour se soustraire à l'éclat de ses yeux.

Les plus hauts monts soudain en tressaillirent
Et des béliers ils imitaient les sauts ;
En même tems les collines bondirent
Comme feraient les plus tendres agneaux.

Monts orgueilleux, lorsque vous tressaillîtes
Ce tremblement vous marquait votre effroi,
Et vous aussi, collines qui bondîtes,
Vous nous montriez à respecter sa loi.

. . . .
. . . .
Les faux Dieux. . . . .

Sont-ils moins sourds pour avoir des oreilles?
C'est perdre temps que de les implorer;
Pourquoi vient-on nous vanter leurs merveilles?
Ils ont un nez et ne sauraient flairer!

Voltaire ou Scarron n'eussent pas fait mieux.

Et c'est ainsi que l'abbé Pellegrin a cru traduire, de la même plume qui enfantait une foule d'opéras-comiques, les 150 psaumes, les cantiques de Moÿse, de Débora, d'Isaïe, des trois princes hébreux, de Marie, de Siméon, de St Ambroise, de St Augustin; c'est ainsi qu'il a mis en chansons les Proverbes et les Paraboles de Salomon, et l'Imitation de Jésus-Christ; et tout cela *sur les plus beaux vaudevilles.*

Il se fit surtout une grande réputation par ses Noëls qui devinrent populaires; Voltaire a dit, dans un de ses beaux discours sur l'homme :

Leur voix fausse et rustique
Gaiment de Pellegrin détonne un vieux cantique.

Et, en effet, ces *vieux cantiques* étaient chantés dans les couvents, dans les églises, dans les campagnes.

Mme du Deffant ayant demandé à son vieil ami de Ferney des noëls de sa façon, celui-ci lui en envoya de détestables, en invoquant, disait-il, l'ombre de l'abbé Pellegrin.

7 *

De tous ces noëls si connus, si chantés dans un temps, il n'est guère resté que ces quatre vers :

> Lisez la loi et les Prophètes,
> Profitez de ce qu'ils ont dit ;
> Quand on a perdu Jésus-Christ,
> Adieu paniers, vendanges sont faites !

Tel fut ce singulier auteur de bons et de détestables ouvrages, qui se fit aimer de tous ceux qui l'approchèrent, et qui n'échappa point au ridicule, car il était simple, pauvre et modeste ; son nom fut souvent répété dans la première moitié du 18ᵐᵉ siècle.

Il mourut en 1745, âgé de 82 ans ; on affubla sa mémoire d'une multitude d'épitaphes plus ou moins heureuses ; celle-ci est peut-être la meilleure :

> Enfin l'auteur du *Nouveau Monde*,
> Vient de partir pour l'autre monde ;
> Muse, tous vos projets sont ici superflus ;
> Passans, dites pour lui ce qu'il ne disait plus :

> *Pater. Ave.*

GROS. — Au dix-huitième siècle, la poésie provençale fut en honneur parmi nous, grâce aux talents pleins de souplesse et de naïveté de Germain de Coye, de Vigne, et surtout de Toussaint Gros. Simple et bon, comme Pellegrin, comme lui il fut en proie au besoin. Il crut que Paris ne rejetterait pas un jeune homme qui lui apportait une renommée de vertus et des talents ;

il obtint, après bien des démarches, un emploi modi-
que dans les fermes du Pont-Beauvoisin, ce qui ne le
sauva pas de la misère qui précipita ses jours ; il mourut à 50 ans.

La bonhomie naïve et candide de Gros le porta surtout à l'étude de l'apologue ; s'il eût écrit en français,
il eût obtenu un nom parmi les fabulistes du second
ordre ; Arnault, Bicher, Boissard, le Bailly, n'ont
rien de plus ingénieux. « On trouve dans son recueil,
« dit M. Fabre, des compositions pleines de grâce, d'a-
« bandon et de naïveté, des traits charmants que La
« Fontaine n'aurait pas désavoués. » Il est à regretter
que la langue dont il s'est servi nous prive de citer quelque chose de cet aimable fabuliste ; *Lou Gat et lou
Passeroun, Leis Ratos et lou Flascou*, valent mieux
que bien des fables françaises souvent citées.

Mme de Simiane, cette Pauline si souvent *chantée*
par Mme de Sévigné, et qui avait hérité des grâces et
de l'esprit de son aïeule, Mme de Simiane recevait alors
à Belombre les hommes de lettres marseillais. Gros s'y
rencontrait souvent avec Olivier, Carry, Dulard,
Peyssonel, et la douceur de son caractère le faisait aimer
de tous : « C'était un homme, dit le P. Artaud, bon,
« d'humeur douce, de mœurs très-probes, et vous
« n'eussiez presque rien trouvé à reprendre dans la
« conduite et les actions de sa vie (1). »

(1) Erat vir bonus, benignus, moribus integerrimus, et in
omni vitæ actione ductuque, nihil erat quod valdè reprehendisses.

(*Athœneum Massiliense.*)

Il célébra sa bienfaitrice dans une pièce de vers qui est au nombre de ses meilleures ; la reconnaissance lui inspira *Les Nymphes de l'Huveaune et de Belombre*, et son talent s'éleva au niveau de son cœur. « Je ne « m'aviserai pas de vous dire des nouvelles, écrivait « Mme de Simiane, en 1733, ni les petites tracasseries « de votre académie, mais je vous dirai que le poëte « Gros a fait une pièce charmante pour Belombre. »

On ne connaît de Gros qu'une seule pièce de vers français, imprimée à la suite de son *Recuil de pouesiès Prouvençalos ;* il eut tort d'abandonner la langue à laquelle il devait sa réputation et peut-être son talent ; cette infidélité lui porta malheur. Son épître sur l'ambition n'est qu'un lieu commun exprimé d'une manière commune.

Né en 1698, Gros mourut en 1748.

D'ARDÈNE. — Esprit-Jean de Rome d'Ardène fut aussi un fabuliste distingué. Il fit de fortes et bonnes études, comme on en faisait dans ce temps-là, lorsque les Hersan, les Rollin, les Vittement, étaient à la tête des colléges de France. Il dut à un avocat nommé Viard le goût des lettres et de la poésie ; il lui voua un culte de reconnaissance. Il était bien jeune encore et simple écolier, lorsque Racine et Mme Deshoulières lui tombèrent entre les mains : « Ce furent, dit-il, les premiers vers « que je lus ; je n'avais alors que douze ans ; ils me « charmèrent........ Tout cela acheva de me jeter dans « un goût décidé pour la poésie. »

On sait que notre immortel *fablier* ne se sut poëte qu'à vingt-deux ans, en entendant lire une ode de Malherbe.

Le jeune d'Ardène crut qu'il lui fallait Paris et son brillant séjour pour se perfectionner dans l'art d'écrire, en consultant ceux qui marchaient à la tête de notre littérature, alors à son époque de transition. Nos écrivains du grand siècle avaient précédé Louis XIV dans la tombe, où lui-même allait se coucher le dernier, comme pour s'assurer, dit Chateaubriand, qu'il ne restait personne après lui. Notre compatriote se rendit donc à l'inspiration qui le poussait vers la capitale, et aux vœux de ses amis; Dulard l'y invitait en vers et en prose :

> Il faut, malgré sa Muse trop prudente,
> Qu'il prenne enfin son essor vers Paris ;
> Là, les talents sont mis en évidence,
> Là, mieux qu'ailleurs on juge les écrits ;
> D'un juste encens le goût y récompense
> Un fabuliste enjoué, plein d'aisance,
> Qui sur le ton des grâces et des ris,
> Censeur badin, prêche et nous endoctrine,
> Au fond du cœur aisément enracine
> Le germe heureux de sa morale fine....etc.

L'aménité de son caractère le lia bientôt avec Louis Racine, avec Fontenelle, Danchet, le savant Dubos; naturellement taciturne et mélancolique, il ne s'ouvrait qu'à ses amis, mais alors, dit un biographe, rien n'égalait les charmes de sa conversation.

Lorsqu'eu 1719, la Motte publia ses fables dépour-
vues de grâces et de naïveté, mais pétillantes d'esprit,
d'Ardène reconnut bientôt tout ce qui leur manquait ;
il osa heurter l'opinion du public, et l'académie qui
s'étaient laissé prendre à la perfection avec laquelle
elles étaient lues par l'auteur.

Puis lorsque la lecture du cabinet eut montré combien elles étaient privées de tout ce qui fait le charme
de La Fontaine, d'Ardène au lieu de se joindre à la
foule des critiques qui revenaient sur leurs pas, dit
seulement : « Faisons mieux que Houdart...... mon des-
« sein était moins téméraire que celui de mon devancier;
« il avait vraisemblablement voulu se placer à côté de
« La Fontaine, et je ne visais qu'à me placer au-dessus
« de la Motte ; je me mis donc à faire des fables, et je
« m'y mis de telle sorte, qu'en moins de trois mois, j'en
« eus fait une centaine. »

D'après les conseils de Dubos, il dédia son recueil à
l'Infante d'Espagne : « Mme de Ventadour fit agréer la
« dédicace, et obtint que l'Infante fît les frais des plan-
« ches gravées sur le sujet de chaque fable, pour entière
« conformité avec celles de la Motte, dont les gravures
« furent faites aux frais du régent. — Déjà le censeur
« royal avait donné une approbation honorable; le privi-
« lége pour l'impression était obtenu. L'exécution allait
« commencer, quand un événement des plus considéra-
« bles qui soient arrivés dans la monarchie française, dé-
« rangea tout par le retour de l'Infante en Espagne. »

Blessé dans ses espérances, le fabuliste vint s'ensevelir pour le reste de ses jours dans une campagne de Mar-seille ; il n'y trouva pas le bonheur ; des chagrins domes-tiques abrégèrent sa vie ; il mourut la même année que Gros, un peu plus âgé que lui.

En 1767, on réunit ses œuvres dans 4 volumes in-12, et ses fables sont restées son plus beau titre : « S'il « n'a pas la naïveté de La Fontaine, dit le biographe « déjà cité, on ne peut lui refuser beaucoup d'aménité, « des images riantes, un goût de philosophie champêtre, « et des tableaux agréables de la nature. »

Son *discours préliminaire* est un excellent écrit, supérieur à celui de La Motte, dont il n'a point surpassé les fables quelle qu'en fût son envie ; ses maximes sont justes, ses observations ingénieuses et profondes ; on voit qu'il a étudié l'apologue, et s'il n'a pu mettre à profit toute l'excellence de ses préceptes, cela ne doit point étonner. Voyez La Harpe ; grand écrivain quand il a examiné, consacré les titres de gloire des écrivains de tous les siècles, à peine a-t-il obtenu une place au second rang par la multitude de ses autres productions.

Nous ne parlerons pas des odes, des discours cou-ronnés par diverses académies, ce qui ne prouve rien ; un auteur n'est pas responsable du mauvais goût de ses éditeurs qui ne laissent rien dans son portefeuille.

D'Ardène fut un des membres les plus distingués et les plus estimables de l'académie de Marseille.

M. Guys, dont nous parlerons à son tour, fit pour lui

une épitaphe dont la dernière partie fut dictée par la vérité :

> Les Grâces formèrent son génie,
> Et la sagesse forma son cœur.

Nous terminerons cet article par une fable inédite jusqu'à ce jour, et qu'on doit aux incessantes et habiles recherches de M. Jauffret.

LE MARBRE.

> Un amateur de la sculpture
> Ne cessait point de la vanter :
> Eh quoi donc ! un ciseau rival de la nature,
> Peut comme elle tout enfanter,
> Disait-il ! Ce ciseau doué d'intelligence
> Triomphe par la patience
> Du marbre le plus dur, vous le rend si poli ! . . .
> Ce dernier trait, lui dit un sien ami,
> N'a rien qui doive te surprendre ;
> Le dur et le poli s'ajustent tout au mieux.
> N'en veux-tu pas croire tes yeux ?
> Va chez le courtisan qui pourra te l'apprendre.

D'Ardène mourut en 1748.

DUMARSAIS. — Voici un grand nom ; tout le dix-huitième siècle s'est entretenu des malheurs, des vertus et des talents de Dumarsais « le nigaud le plus spirituel, « disait Fontenelle, et l'homme d'esprit le plus ni-« gaud qui existât. »

César-Chesnau Dumarsais, naquit en 1676; il entra d'abord dans la congrégation de l'Oratoire, mais ne s'y trouvant pas assez libre, il vint à Paris, se maria, et se fit avocat. Nouvelles déceptions. Il ne goûta point les joies paisibles du foyer, et sentit qu'il n'était pas né pour la chicane.

Il abandonna le barreau, et se voua à l'instruction. Le président de Maisons, le plus intime ami de la jeunesse de Voltaire, et mort dans ses bras, était lui-même un homme de goût et de savoir; il aimait les arts et fit beaucoup pour eux; il comprit bientôt Dumarsais, et lui confia l'éducation de son fils. C'est là que Dumarsais vit beaucoup Voltaire, et se lia avec lui d'une intimité qui ne finit qu'avec lui, et le fit soupçonner fort légèrement d'incrédulité. Vauvenargue ne fut-il pas l'ami et l'admirateur du grand destructeur de toute chose sainte?

Le président mourut, et l'instituteur ne recueillit pas même le prix de ses soins. Le fameux charlatan Law ou Lass, le plaça auprès de son fils, mais l'Ecossais tomba bientôt, emportant avec lui les espérances de Dumarsais, qui entra chez M. de Baufremont dont il éleva les enfans dans tous les principes de foi et de morale, malgré sa réputation d'indifférence en matière religieuse. Cette éducation lui donna une grande célébrité, aussi lorsqu'il ouvrit une pension, fut-elle recherchée des pères de famille; poursuivi par la destinée, il fut obligé de la fermer bientôt après, et pauvre, sans avenir, il donna des leçons particulières.

Lorsque d'Alembert et Diderot jetèrent les fondements de cette moderne Babel, de l'encyclopédie qui
périt, elle aussi, par la confusion des langues, ils
chargèrent Dumarsais de la partie grammaticale, et
dès-lors il prit rang parmi les plus célèbres philologues.
« Ces trésors, dit Voltaire, cachés dans un dictionnaire
« de 22 volumes in-folio, d'un prix excessif, devraient
« être entre les mains de tous les étudians pour trente
« sous. Et ailleurs : « Il n'était bon grammairien que
« parce qu'il avait dans l'esprit une dialectique très-
« profonde et très-nette. La vraie philosophie tient à
« tout, excepté à la fortune. Ce sage était pauvre, et
« sans les générosités du comte de Lauraguais, il serait
« mort dans la plus extrême misère. »

La lettre A dans l'encyclopédie est de Dumarsais, et
c'est là qu'il fit connaître son talent dans toute sa profondeur, qu'il prouva que l'art de la parole n'est point
dû au hasard, qu'il recherche les principes du langage
avec clarté, et qu'il débrouilla par l'analyse le chaos des
règles et des principes. Selon La Harpe, « ces articles
« justifient la réputation qu'il a laissée du meilleur de
« nos grammairiens. »

Lauraguais, comme nous venons de l'apprendre,
vint à son secours ; il lui assura une pension de mille
francs qu'il continua même à la personne qui avait soi-
gné la vieillesse de ce véritable philosophe. Ce n'était
pas une fortune, mais Dumarsais dont les goûts étaient
simples, fut dès-lors à l'abri du besoin. « M. Dumarsais,

« dit Palissot, était un homme vertueux, un philo-
« sophe-pratique, qui a passé une longue vie dans un
« état voisin de l'indigence, et qui ne s'est jamais avili
« pour améliorer sa fortune. »

Voltaire prétend, avec sa légèreté accoutumée, que
« si le gouvernement ne vint pas à son secours, c'est
« qu'il était soupçonné d'être janséniste, et même
« d'avoir écrit en faveur du gouvernement contre les
« prétentions de la cour de Rome (1). » Cette dernière
raison a tout l'air d'une plaisanterie; quant à la première, Voltaire lui-même a essayé long-temps de le faire
passer pour un incrédule, et il y a loin d'un incrédule à
un janséniste. Quoiqu'il en soit, il est trop certain que
Dumarsais vécut et mourut presque dans la misère,
mais il est certain aussi qu'il mourut en chrétien, qu'il
demanda et reçut les sacrements; Voltaire l'avoue: « Je
« suis fâché des *simagrées* de Dumarsais à sa mort (2). »
Puis, huit ans après, d'Alembert invente un prétendu
bon mot du grammairien au prêtre qui l'assistait: « Je
« me souviens du compliment qu'il fit au prêtre qui lui
« apporta les sacremens, et qui venait l'exhorter : Mon-
« sieur, je vous remercie, cela est fort bien; il n'y a
« point là d'alibiforains (3). »

Où d'Alembert avait-il trouvé cette ineptie? Oh ! c'est

(1) Épître dédicatoire à M. de Lauraguais, en tête de l'Écossaise. — A la note.

(2) Lettre de Voltaire à d'Alembert, du 6 décembre 1757.

(3) Lettre de d'Alembert à Voltaire, du 15 janvier 1764.

qu'alors c'était un mot d'ordre de prêter aux mourants de philosophiques reparties, spirituelles ou non, n'importe! Montesquieu et Vauvenargue n'y échapèrent pas, malgré leurs belles pages en faveur du christianisme. A peine Dumarsais eut-il fermé les yeux que la coterie holbachique chargea sa mémoire d'ouvrages qu'il n'avait pas faits ni pu faire, lui, Dumarsais, homme doux et tranquille, esprit sage, froid et méthodique, qui ne se passionna jamais pour rien, qui se laissa faire, de son vivant, une réputation d'incrédule, par cela seul que ce que le monde pouvait penser de lui, lui était fort indifférent, et sans doute ce fut un tort. On prétendait que, chargé de l'éducation de trois enfants, il avait demandé au père : « Dans quelle religion voulez-vous « que je les élève ? » Absurde calomnie ; absurde en ce qu'elle est opposée au caractère sage de Dumarsais, qui, nous l'avons dit, inculqua toujours à ses élèves des principes de religion et de la plus saine morale. Qu'on cite un seul de ses ouvrages authentiques où se trouve une ligne contre ce que l'homme doit respecter, même en n'y croyant pas. J'ouvre au contraire la *logique et principes de grammaire*, livre fort et plein, qui résume tout ce que l'étude de la métaphysique et des langues peut fournir de juste, de clair et de précis, et je lis dès la première page : « Dieu a tiré du néant « deux substances, la substance spirituelle et la subs- « tance corporelle....

« On ne distingue que deux sortes de substances « spirituelles créées, savoir l'ange et l'âme humaine.

« A l'égard des anges nous ne savons que ce que la
« foi nous enseigne....

« L'union de l'âme et du corps est le secret du créa-
« teur. Tout ce que nous savons, c'est qu'à l'occasion
« des pensées et des volontés de l'âme, notre corps fait
« certains mouvements, et que réciproquement, à l'oc-
« casion des mouvements de notre corps, notre âme a cer-
« taines pensées et certains sentiments, le tout confor-
« mément aux lois établies par l'auteur de la nature. »

Quels sont les exemples de syllogisme qu'il propose
sans cesse dans le même ouvrage ?

> L'Être Tout-Puissant doit être adoré ;
> Dieu est l'Être Tout-Puissant,
> Donc Dieu doit être adoré.

Mais, dira-t-on, cela prouve tout au plus le déisme,
cet *athéisme déguisé*, et personne n'a prétendu que
Dumarsais fût athée. — C'est bien, continuons ; voici
qui est plus explicite : « Quand il s'agit des mystères
« de la foi, on doit imposer silence à la raison, pour s'en
« tenir simplement à la révélation, c'est-à-dire aux
« choses que Dieu a découvertes aux hommes d'une
« manière surnaturelle.

« L'église seule est la colonne de la vérité, la règle,
« le canal et l'interprète de la divine révélation. »

Feuilletez la *logique*, vous trouverez mille phrases
semblables ; ce n'est pas tout ; cet ouvrage est posthume, et lorsque pour expliquer les impiétés pos-

thumes de Dumarsais, on disait : c'est par amour pour
la paix qu'il ne les a point proférées de son vivant, on ne
croyait pas que la *logique* viendrait jeter un si noble,
un si éclatant démenti.

Voltaire, toujours de bonne foi, lui attribue bien
des livres, entre autres l'*Analyse de la religion chrétienne*; il en extrait une réflexion *accablante*, dit-il,
sur la première destruction de Jérusalem. Puis il met
sous son nom un ouvrage attribué, faussement aussi,
à St-Evremont, et dont lui-même est peut-être l'auteur; car combien de fois ne s'est-il pas caché sous les
noms de Bolingbroke, de Damilaville, de Chaulieu,
La Motte-le-Vayer, dom Calmet, l'abbé de St-Pierre,
Vadé, Sherloc, Hume, Huet, et autres écrivains
morts? Conséquent à ses belles maximes : « Qu'on jure
« à tort et à travers, disait-il, que l'ouvrage n'est pas
« de moi (1). » — « Soutenez constamment que la
« *Philosophie de l'histoire* est de l'abbé Bazin. Quelle
« fureur de m'imputer l'ouvrage d'un théologien anti-
« quaire ! Persécutera-t-on toujours l'auteur de la
« chrétienne Zaïre ? Faites beau bruit, vous et les
« frères (2). » — « Gardez-vous bien de m'imputer le
« petit livret de la *Tolérance* quand il paraîtra. Il ne
« sera point de moi, et ne doit point en être (3). »

Puis, dans un accès de rage, *l'auteur de la Chré-*

(1) Lettre à Damilaville. — 9 janvier 1762.
(2) Au même. — 20 mai 1765.
(3) Au même. — 2 janvier 1763.

tienne Zaïre vomit le *Sermon des cinquante* qu'il qualifie lui-même plus tard « de libelle le plus violent qu'on « ait jamais fait contre la religion (1). » Eh bien ! c'est encore Dumarsais, puis Martenne, ce savant et pieux bénédictin, puis Lamettrie, cet athée du roi de Prusse, puis le roi de Prusse lui-même, qui ont écrit cet exécrable ouvrage.

C'en est assez, je pense, pour venger la mémoire de Dumarsais; il suffirait d'ailleurs de la sagesse de sa vie et de la sainteté de sa mort.

Nous n'examinerons point les ouvrages de Dumarsais; ils sont entre les mains de tout le monde. Continuateur des travaux des illustres solitaires de Port-Royal, il rattacha la grammaire à l'art de raisonner; son *Traité des tropes*, qu'un de ses amis crut être l'*Histoire des Tropes*, peuple jusqu'alors fort inconnu, ses articles pour l'encyclopédie, ses *véritables principes de grammaire*, son *exposition d'une méthode raisonnée pour apprendre la langue latine, sa logique*, sont autant de chefs-d'œuvre; aussi ne fut-il pas de l'académie. Condillac ne prononçait son nom qu'avec respect; il a consigné son admiration dans le *Cours d'étude pour le prince de Parme*. Un homme occupé de linguistique s'appuiera toujours de l'autorité de ce grammairien de génie; heureux si sa mémoire n'eût point été calomniée, et si, par son indifférence, il n'eût

(1) Lettre à Mme de Luxembourg. — 9 janvier 1765.

pas fourni matière à ces calomnies, et ne se fût point attiré les éloges de la philosophie de son siècle!

Dumarsais mourut à 80 ans, en 1756.

LA VISCLÈDE. — Chalamond de La Visclède, après avoir été couronné souvent à l'académie française, fut nommé secrétaire perpétuel de celle de Marseille, dès sa fondation, et s'il fit peu pour sa gloire, il lui rendit du moins de grands services. Auteur d'un nombre infini de poésies, *il n'avait pas reçu du Ciel l'influence secrète;* ses odes toutes morales sont privées du feu sacré, et plutôt philosophiques que lyriques; il préferait les fables de La Motte à celles du bonhomme, étrange aberration d'un esprit trop analytique. La finesse de cet esprit le fit surnommer le *Fontenelle de la Provence;* il eut de commun avec le neveu de Corneille, la douceur et l'affabilité du caractère; comme lui il se fit aimer par la décence de ses mœurs, la sagesse de sa conduite, et sa simplicité dans les relations de la vie, mais il brilla moins par les saillies de la conversation. Trop éclairé pour mépriser la critique, il en profita souvent et ne s'en indigna jamais; les jeunes écrivains trouvaient en lui un guide assez sûr et un ami dévoué.

Ses ouvrages sont disséminés dans une foule de recueils; les mémoires de l'académie renferment ses discours en vers ou en prose, toujours couronnés, ce qui ne prouve guère le mérite de ces compositions;

c'était l'heureuse époque où l'abbé Dujarry, avec son vers fameux *des pôles glacés jusqu'aux pôles brûlants,* l'emportait sur Voltaire. Il est difficile d'aller fouiller ces lourds recueils académiques pour en extraire les discours de M. de La Visclède ; il y aurait fatigue sans profit.

Que rien ne marque plus de justice et de sagesse dans un homme que l'aveu de ses fautes (1723) ; qu'il n'y a point de véritable sagesse sans religion, parce que la sagesse vient de Dieu , etc., etc. ; *Les progrès de l'astronomie sous le règne et la protection de Louis XIV* (1727) ; *la décence et la dignité que Louis XIV mettait dans toutes ses actions* (1723) ; *poëme sur la guerre (1739) ; le christianisme,* ode (1725) *La mer* (1730), etc..... etc..... etc..... Voilà ce qui lui aurait fourni de quoi former un médailler , dit un écrivain.

Mais lorsque La Visclède fut chargé par l'académie de Marseille, en 1755, de l'éloge de Belsunce , son talent prit une élévation qui jusqu'alors lui avait été étrangère ; la grandeur de son héros l'inspira heureusement ; plus de sécheresse de style ; la foi, la charité, la philosophie , se mêlèrent avec une onction touchante, et l'illustre prélat trouva un panégyriste presque digne de lui. Nous citerons quelques passages de cette oraison funèbre avec d'autant plus de plaisir qu'il y a peu de chose à citer dans La Visclède, et que d'ailleurs ce sera nous entretenir de Belsunce.

8 *

« Veiller avec une sollicitude vraiment pastorale aux
« intérêts de la religion et à la pureté des mœurs, entre-
« tenir et ranimer dans le cœur et l'esprit de son peuple
« les lumières de la foi et les sentiments de la vertu par
« ses instructions, se mettre à la tête des hommes apos-
« toliques, et, malgré la rigueur des saisons, parcourir
« avec eux les villes et les villages de son diocèse, pour
« y travailler aux progrès de l'esprit du christianisme,
« et accélérer le succès de leurs travaux par la force de
« son zèle, de ses discours, de son exemple ; convoquer
« des synodes, et y présider pour entretenir dans le
« clergé l'ordre et la ferveur, et en détruire ou en
« écarter les abus ; voilà ses fréquentes, ses journalières
« occupations, j'ose presque dire ses délices, car on
« peut dire qu'il n'en connut jamais d'autres. ». . . . . .

. . . .

« Nous l'avons vu, comme un autre Borromée, le
« visage couvert de larmes, parcourir d'un pas assuré,
« à la tête de quelques prêtres, ces rues, ces places
« devenues un triste mélange d'hôpitaux et de cime-
« tières, pleurant sur les morts, administrant le sceau
« de la réconciliation et tous les genres de secours aux
« malades, exhortant, consolant, encourageant les
« mourants, entrant même dans leurs asiles infectés,
« lorsqu'ils ne pouvaient, sans accélérer leurs derniers
« moments, être transportés à la rue pour être à portée
« de les voir et de les entendre, préférant une mort
« presque certaine à la douleur de les laisser mourir

« sans affermir leur foi, leur contrition, leur espé-
« rance. Espèce de secours d'autant plus précieux alors,
« qu'elle tarda peu à devenir rare par la perte d'un
« grand nombre de prêtres, qui, dans l'exercice de leurs
« périlleuses fonctions, avaient trouvé sous ses yeux, le
« martyre et la couronne de la charité ; vrais héros mille
« fois reproduits par son exemple. »

Voici une page qui fait connaître M. de Belsunce,
et ce n'est point un portrait de fantaisie ; après un siècle,
Marseille est encore émue au souvenir des vertus de son
saint évêque.

« Un grand diocèse fournit sans cesse de grands
« objets aux soins et aux occupations de celui qui en est
« chargé ; M. l'évêque s'en était convaincu par une
« longue expérience ; c'était à cette idée qu'il mesurait
« son activité ; ainsi plus ses devoirs étaient importants
« et multipliés, moins il se croyait permis de les né-
« gliger ; plus le travail était pénible et nécessaire, plus il
« se croyait obligé de se roidir contre son poids, dont il
« était surchargé. Il était sans cesse occupé, ou à don-
« ner audience à tous ceux que leurs propres affaires,
« ou celles de la religion appelaient auprès de lui, ou à
« présider à ces conférences si utiles pour le maintien de
« l'ordre, pour la réforme des abus et la conservation
« de la discipline ecclésiastique dans son diocèse, ou à
« conférer le baptême à des juifs, ou à recevoir les
« abjurations des hérétiques, à prêcher des missions sur
« les galères ; à ces malheureux condamnés, avec jus-

« tice, à une longue et douloureuse prison, pour
« adoucir leurs peines, et les leur rendre utiles pour la
« vie à venir; ici, à pacifier des familles divisées dont
« les dissentions ne pouvaient résister à sa douceur, à
« son adresse, à son esprit d'insinuation; ici, à visiter,
« à consoler des personnes affligées, des malades, des
« prisonniers, dont les misères, les douleurs, les frayeurs
« même ne connaissaient pas d'adoucissement plus
« efficace que sa présence et ses discours; là, à assister
« les agonisants, et à leur conférer les trésors de l'église
« qu'il avait obtenus du pape en leur faveur, et dont
« l'administration lui avait été personnellement confiée;
« exercice si cher à son cœur, qu'à quelque heure qu'il
« fût appelé, il quittait ses repas et se dérobait au
« sommeil, pour aller y vaquer, chez les personnes de
« tous les états, sans exception, et que ce secours ne lui
« a jamais été demandé inutilement; tantôt à remplir
« les fonctions, et à s'acquitter des cérémonies épisco-
« pales avec la décence et la dignité les plus propres à
« faire respecter la religion; tantôt à faire retentir les
« voûtes de nos temples de ses discours, qui, pour être
« produits sur le champ n'en étaient pas moins mar-
« qués au coin de cette éloquence pleine d'onction, si
« puissante sur les esprits et sur les cœurs; tantôt enfin
« il se dérobait à toute société, pour se livrer dans la
« solitude de son cabinet, ou à la méditation des vérités
« chrétiennes, ou à la production de ces ouvrages qui
« sont un précieux dépôt pour la postérité de ses pensées
« et de ses sentiments. »

Chaque trait de ce tableau, un peu long peut-être, est rigoureusement historique.

La Visclède ne fut pas aussi heureux quand il composa une ode sur la peste de Marseille ; cela vient peut-être de ce que le nom de Belsunce y est complètement oublié. Pour montrer combien peu il possédait la phrase poétique, il suffirait de cette pâle strophe :

> Santé, vigueur, fière jeunesse,
> Tout cède à son funeste effort ; (celui du venin)
> De l'enfance et de la vieillesse
> Sans choix il termine le sort.
> A vos soins zélés il échappe,
> Sages élèves d'Esculape,
> Vous le combattez vainement ;
> Que vois-je ? avec sa violence,
> Les remèdes d'intelligence
> Avancent le dernier moment !

Le funeste effort du venin et *les remèdes d'intelligence* sont une singulière poésie. On peut remarquer que, comme depuis Ponce-Denis-Ecouchard-Pindare-Le Brun, La Visclède aimait beaucoup les lettres majuscules, croyant par là personnifier chaque expression métaphysique. Les odes de ces deux écrivains sont hérissées d'ambitieuses et poétiques majuscules ; voyez La Visclède dans son ode au christianisme :

> La Vertu fuit pâle et tremblante,
> Le Crime inonde l'Univers ;

L'Adultère, le Vol, le Meurtre, le Parjure,
Des forfaits dont le nom fait rougir la Nature.....
Leur aspect me glace d'effroi.
Partout de l'Équité qui gémit enchaînée
Triomphe impudemment la Licence effrénée,
Les Mortels n'ont plus d'autre loi.

Parmi ces odes, ces églogues, ces discours, ces poëmes, ces bouquets, ces sonnets, ces bouts-rimés-acrostiches, il est difficile de citer quelque chose ; nous ne citerons rien.

Voltaire emprunta plusieurs fois le nom de La Visclède ; c'est ainsi que, vers 1775, quinze ans après la mort du Marseillais, il publia son admirable conte du *Dimanche ou les Filles de Minée*, suivi d'une lettre *du secrétaire perpétuel de l'académie de Marseille à M. le secrétaire perpétuel de l'académie de Pau.* Cette lettre, pétillante d'esprit, est une critique souvent amère de La Fontaine dont il réduit à peu près tout le mérite à *une soixantaine d'anciennes fables rajeunies et contées avec grâce*, et à *une vingtaine de contes écrits avec une facilité charmante.* Voltaire faisait beaucoup d'honneur à notre compatriote, qui certes eût été bien incapable d'écrire le *Dimanche* et *la lettre* qui l'accompagne.

La Visclède mourut en 1760 ; il était âgé de 70 ans.

DULARD.— Paul-Alexandre Dulard, qui, de son temps, eut une sorte de réputation, est entièrement inconnu de nos jours. « Le 18ᵐᵉ siècle, dit M. de Bonald, « fut l'âge d'or de la médiocrité, » parole souvent citée parce qu'elle est vraie et caractéristique de cette singulière époque, celle de Dorat et de Moncrif.

A la mort de La Visclède, Dulard le remplaça dans le secrétariat perpétuel de notre académie, mais il jouit peu de cet honneur immense, car il mourut la même année que son prédécesseur. Homme d'un caractère froid, ces vers furent froids, corrects peut-être, mais sans imagination de style ni de pensées ; à tout prendre, cependant ils valent mieux que ceux de La Visclède.

Dulard a écrit plusieurs poëmes, beaucoup d'épîtres, des lettres mêlées de vers et de prose, des odes sacrées, des odes anacréontiques, comme on disait alors, des chansons, des églogues, des idylles, des contes et d'obscènes épigrammes ; c'était la mode ; la même plume s'inspirait souvent aux Saintes Écritures et à Rabelais, à Isaïe et à Beroald de Verville ; Piron, Piron lui-même consacrait de mauvais vers au *Temple de St.-Sulpice* et au *Jugement dernier ;* Rousseau appelait ses épigrammes infâmes les *Gloria Patri* de ses psaumes, et le bon homme Danchet indigné s'écriait :

> A te masquer habile,
> Traduis tour-à-tour
> Pétrone à la ville,
> David à la cour.

Dulard n'avait point assez de talent pour se mettre

au-dessus de son siècle et de la mode ; il les suivit en tout ; dans ses deux volumes publiés en 1758, se trouvèrent un *poëme sur l'établissement de la religion dans les Indes*, un autre *sur la grandeur de Dieu, le jugement universel*, des cantiques tirés de Moïse, d'Habacuc, de Tobie, de Daniel, d'Isaïe, mêlés avec des contes orduriers et de sales épigrammes. Et Dulard pourtant était grave, réfléchi, religieux même ; mais encore une fois, il suivait son siècle qui n'était pas un guide bien sûr ni bien moral. Il sentit le besoin de s'excuser, et fit précéder ses épigrammes de quelques vers qui sont un mensonge, mais bien faits et faciles :

> Si quelque cervelle à l'envers
> Sur l'étiquette de ces vers
> M'allait traiter de satirique,
> J'appelle du faux jugement.
> Enjoué par tempérament
> J'ai rimé sornette caustique,
> Moins dans un esprit de critique
> Que par jeu, par délassement.
> Telle une coquette volage
> Se prête au tendre badinage
> Par attrait pour l'amusement ;
> Mais elle est mesurée et sage
> Dans le ton de son enjouement.

Mon Dieu, M. Dulard, ce ne sont point vos traits satiriques que l'on blâmera ; ils sont bien innocents, je vous jure ; mais un auteur doit se respecter, c'est là son plus beau talent, et quand il a chanté Dieu et la foi ;

quand il a lu et imité David, il ne doit point se traîner en même temps dans la fange des Piron et des Grécourt.

Les premiers chants de Dulard furent consacrés à sa patrie ; *Protis, ou la fondation de Marseille*, n'est point assez mauvais pour que nous n'en citions quelque passage ; mais il est d'une étrange faiblesse de style qui ne laisse rien à l'éloge ou à la critique :

> Je chante ce héros qui, protégé des Dieux
> Et fuyant d'un vainqueur le joug injurieux,
> Descendit sur la rive où le Rhône rapide
> Précipite ses flots dans la plaine liquide,
> Dans les Gaules fonda cette illustre cité,
> Le trône de la gloire et de la liberté,
> Le temple de Minerve et du Dieu de la guerre,
> La sœur de la cité qui subjugua la terre.
>
> Viens, Muse, inspire-moi les plus nobles transports,
> Échauffe mes esprits ; loin vulgaires accords…..etc.

Cela n'est pas bon, cela n'est pas mauvais, cela n'est rien, et ressemble à tout.

> Transplantez sur ces bords la vertu phocéenne ;
> Fondez cette cité qui doit dans ses remparts
> Réunir à la fois Plutus, Minerve et Mars.
> Immortel comme vous, votre naissant ouvrage,
> Sur la foi de l'oracle illustré d'âge en âge,
> Ne perdra son éclat que quand l'astre des cieux
> Cessera pour jamais de briller à nos yeux.
> Il dit, et le héros en accepte l'augure,
> Fier d'être l'instrument de la grandeur future

Que le Ciel garantit à sa postérité,
Il bâtit sur ces bords cette illustre cité
Qui des Gaules un jour sera la souveraine,
La digne sœur de Rome et l'émule d'Athène,
Marseille enfin existe......

Les quatre chants sont tous de ce style, dont le plus grand défaut est de n'être pas même un style. Dulard avait dans le cœur plus de patriotisme que de verve.

On a dit que son poëme *de la grandeur de Dieu* n'était que le *spectacle de la nature* mis en vers par Ronsard, ce qui prouve seulement qu'on citait alors Ronsard sans l'avoir lu et sur la foi de la tradition. Il y a plus de poésie dans une tirade du poëte de Charles IX que dans les deux ou trois volumes du Marseillais.

L'établissement de la religion dans les Indes offre quelques morceaux bien faits; St François Xavier en est le héros:

C'est lui dont Dieu fait choix; cette haute entreprise
A son noble courage, à son zèle est commise.
. . . .
. . . .
Disparais devant lui, fameux héros du Tasse;
Dans ton pieux projet, ton intrépide audace
Te fraya vers Solyme un sentier odieux;
Tu détrônas un roi, tu fis des malheureux;
Par le sang, par les pleurs, tu scellas ta victoire;
Xavier est enflammé d'une plus noble gloire;
Il fait, ange de paix, la conquête des cœurs,
Et sur eux de la grâce attire les faveurs.

La naissance du christianisme est ce qu'il y a de mieux dans ce poëme :

Un peuple, un peuple seul, peu connu des mortels,
A l'Être créateur consacrait des autèls.
Dieu daigna le choisir, lui dicta ses oracles.
Et prodigua pour lui les bienfaits, les miracles ;
Son amour paternel, pour comble de faveur,
A sa postérité promit un Rédempteur,
L'espoir des Nations et le salut du monde.
Au temps qu'avait marqué sa sagesse profonde,
Le Verbe, Fils de Dieu, pour nous quitta le Ciel ;
Dans le sein d'une Vierge il prit un corps mortel.
Pour laver nos forfaits et pour fléchir son père,
Il daigna revêtir nos maux, notre misère ;
Il annonça sa loi, ses préceptes sacrés ;
Les yeux furent ouverts et les cœurs épurés ;
De nos premiers parents il expia le crime,
Fut le médiateur, le prêtre et la victime,
Versa sur une croix tout son sang précieux,
Se rendit à la vie et monta dans les Cieux ;
Sa mort ferma l'Enfer, rompit notre esclavage,
Fit revivre nos droits au céleste héritage ;
L'homme, esclave avili, par son sang racheté,
Reprit son rang, sa gloire et sa félicité.
L'Église alors naquit ; société divine,
Constante dans sa foi, pure dans sa doctrine,
Temple de l'Esprit Saint. . . . .

. . . .

Sur la tombe du Christ ses fondements s'élèvent,
Ce qu'il a commencé ses disciples l'achèvent.

. . . .

. . . .

Ils commandent au nom du Dieu qui les envoie ;

À cet ordre absolu, la tombe rend sa proie,
Le boiteux chancelant marche sans nul soutien,
La langue du muet a rompu son lien ;
L'œil tristement plongé dans une nuit obscure
Voit le tableau pompeux qu'étale la nature ;
Dans l'oreille où le son ne pénétra jamais,
Le son se glisse, perce et trouve un libre accès.

. . . .

Ils prêchent, mais sans art et sans parure vaine,
Leur éloquence simple attaque les faux Dieux....etc.

Voici la fin de ce poëme qui fait véritablement honneur à Dulard :

Soins, fatigues, travaux, jours, tout est accompli.
Tu meurs, Xavier, tu meurs, et, semblable à Moïse,
Tu ne vois que de loin cette *terre promise.*
Par un décret de Dieu tu n'y dois pas entrer,
Et Josué, Caleb, y doivent pénétrer.
Tu meurs ; mais quelle joie est égale à la tienne !
Le Japon croit au Christ, l'Inde est déjà chrétienne.
Tu vois dans l'avenir tous ces héros pieux
Qu'un tableau prophétique a montrés à tes yeux,
De la Chine au Mogol, du Brésil au Mexique,
Porter en t'imitant leur zèle apostolique,
Et, dévouant leur vie à de sacrés exploits,
Plier le Nouveau-Monde au culte de la Croix !

Il y a aussi d'assez belles strophes dans les odes sacrées ; voyez le cantique de Tobie :

Grand Dieu ! ton trône redoutable
A pour base l'éternité,

Et ta justice invariable
A pour règle la vérité ;
Tu pèses tout dans ta balance,
Ta main châtie et récompense,
Ramène au jour, livre au trépas ;
Indulgent ensemble et sévère,
Le crime allume ta colère,
Le remords désarme ton bras.

. . . .

. . . .

Sion, tes murs, cachés sous l'herbe,
Par tes enfants sont relevés ;
Quelle enceinte vaste et superbe !
Quels honneurs te sont réservés !
Je lis tes hautes destinées,
Et les Nations prosternées
Baisent la poudre de tes pieds ;
Devant toi les Dieux de la terre
Dont l'orgueil bravait le tonnerre
Courbent leurs fronts humiliés !

. . . .

. . . .

Fidèle à tes lois, la Victoire
Suivra tes drapeaux triomphants,
Et d'une couronne de gloire
Ceindra le front de tes enfants.
Mère aussi féconde que tendre,
Tu les verras croître et s'étendre
Tels que de jeunes arbrisseaux
Dont les branches souples s'embrassent,
Et par mille nœuds s'entrelacent
Avec la vigne et les ormeaux.

Ces vers sont plutôt une imitation qu'une traduction

exacte de la prophétie de Tobie ; ils ne sont pas irréprochables, mais ils ont le nombre et le mouvement poétiques.

Les admirables imprécations d'Isaïe contre Babylone sont assez bien rendues : *quomodò cessavit exactor?*.... etc. La traduction de Dulard n'est pas inférieure à celle de Louis Racine :

> Comment es-tu tombé de ta sphère sublime,
> Lucifer, astre radieux ?
> Quelle main t'a plongé dans ce profond abîme
> Et t'a rendu si ténébreux ?
>
> Tu disais : sur mon front j'ai scellé ma couronne ;
> Assis sur la voûte des Cieux,
> Les astres rouleront au-dessous de mon trône :
> Je suis l'égal du Dieu des Dieux !
>
> Reçois le digne prix de ce blasphème impie,
> Vois tous tes lauriers foudroyés ;
> Vois ton superbe front chargé d'ignominie,
> Vois l'Enfer te fouler aux pieds.

Nous laissons de côté les odes anacréontiques, les épîtres familières et badines, et surtout les épigrammes, qui toutes offrent des tirades heureuses et faciles, mais qui n'ont pu faire vivre le nom de l'auteur ; nous passons aussi sous silence les lettres mêlées de prose et de vers qui ressemblent à toutes les lettres en prose et en vers qu'on a écrites depuis Voiture jusqu'à Pompignan et Desmahis ; elles renferment cependant un jugement très-juste sur La Motte et un autre sur Mme de Sévigné dont les lettres, trésor long-temps enfoui dans une armoire du château de Grignan, venaient d'être publiées. (1726.)

Dulard mourut en 1764; il avait 64 ans.

A. ARCÈRE. — Antoine Arcère fut un des hommes les plus savants du 17me siècle, ce siècle de la science; il parlait vingt langues, entr'autres l'hébreu, le syriaque, le chaldéen, l'arabe, l'arménien, le persan, le turc, l'éthiopien, le polonais... etc... Il composa même des grammaires de toutes ces langues. Entré à l'Oratoire d'Aix, il s'y était lié avec Massillon, cet illustre prélat qui, dans une vie de quatre-vingts ans, n'eut qu'une seule faute à se reprocher (1). Arcère parcourut l'Orient, et voyant que l'ignorance des langues était un obstacle au bien que pouvaient produire les missionnaires, il entreprit un dictionnaire français-turc. « Avant six mois, disait-il, les marchands fran- « çais, les missionnaires, les voyageurs, pourront « apprendre autant de turc qu'il leur est nécessaire d'en « savoir, et, si je ne me trompe, le commerce et la « religion tireront un égal avantage de mon travail. » (Lettre à l'abbé Bignon.) Arcère mourut avant de ter-

(1) Le vertueux cardinal de Noailles s'était refusé à conférer à l'odieux Dubois les ordres sacrés; l'archevêque de Rohan fut moins difficile; l'évêque de Nantes et Massillon l'assistèrent dans cet exécrable sacrilége.

9

miner ce précieux ouvrage, et son neveu le légua à la
bibliothèque du roi.

Nous devons à M. Jauffret une lettre inédite de
Massillon à son savant ami ; « elle est écrite, dit M. Jauf-
« fret, avec cet art de parler au cœur que Massillon
« savait si bien employer. » On ne se plaindra pas sans
doute de la trouver ici :

« Paris, 2 février 1697.

« Il y a bien du temps, mon cher monsieur, que je
« pense à vous, et que j'avais résolu de vous écrire. La
« tendre amitié qui nous avait liés depuis notre enfance,
« et la connaissance particulière que j'ai de ce que vous
« valez, me rendit sensible à votre sortie. Si j'eusse été
« à portée, je vous avoue que je n'eusse rien oublié pour
« vous empêcher de nous quitter. Il est bien tard pour
« vous marquer ma douleur là-dessus, mais l'amitié ne
« prescrit point ; et d'ailleurs, comme mes sentiments
« pour vous ne se sont jamais effacés de mon cœur, ils
« sont encore nouveaux pour moi, et votre perte est le
« dernier chagrin qui me soit arrivé. Mais, mon cher,
« êtes-vous de ces savants opiniâtres qui se font un mé-
« rite d'être seuls de leur sentiment, et de n'en jamais
« démordre ? Vous étiez autrefois docile aux conseils de
« vos amis, et avec toutes vos dispositions pour les
« sciences, je vous en trouvais bien autant pour une
« douce et tendre société. Que faites-vous donc dans

« votre famille, chargé de mille talents qui pourraient
« honorer un corps ? On n'a pas eu pour vous dans
« l'Oratoire, peut-être, tous les égards qu'on devait à
« tout ce que vous promettiez, et à ce que vous étiez
« déjà. Mais vous connaissez les corps libres ; il est peu
« de particuliers qui s'intéressent à l'honneur de la
« communauté. Vous aimez les livres et la solitude.
« Ainsi une vie commune et régulière ne vous ferait
« pas obstacle. C'est dommage, mon cher ami, qu'un
« homme comme vous pourrisse dans un fond de pro-
« vince, et n'étudie que pour étudier. Auriez-vous une
« si grande opposition à venir à Paris, vous rendre à
« un corps auquel vous vous devez, et pour lequel vous
« êtes né ? Vous pouvez compter sur toutes les facilités
« et sur tous les agréments imaginables, de la part de
« notre nouveau général ? Il aime les gens de lettres,
« il en cherche de tous côtés. Il veut en assembler un
« bon nombre à Paris, et les faire travailler tous en-
« semble à quelque ouvrage utile à l'église. Un homme
« comme vous serait ici d'un secours infini, vous vous
« feriez honneur, vous nous en feriez, vous serviriez
« l'église d'une manière digne de vous, et vous rejoin-
« driez l'ami le plus tendre et le plus sincère que vous
« ayez jamais eu.

« Le gouvernement de l'Oratoire, sous ce nouveau
« général, est tout-à-fait changé, et son règne va être
« celui des gens de lettres et de mérite. Il s'attache à
« faire fleurir l'Oratoire de ce côté-là. Voyez, mon cher,

9 *

« ce qui pourrait vous faire de la peine dans la démarche
« que je vous propose, et me le mandez. Encore une
« fois, vous n'êtes pas à votre place. Je vous parle en
« ami sage, et qui vous a toujours solidement aimé.

« Adieu, mon cher. J'attends votre réponse avec
« assez d'impatience. »

Une pareille lettre écrite par un tel homme est un
vrai titre de gloire ; on ne connaît pas la réponse de
l'abbé Arcère qui mourut à Marseille en 1699 ; il avait
à peine 35 ans.

L.-E. ARCÈRE. — Louis-Etienne Arcère, neveu
du précédent, entra à 19 ans dans la congrégation de
l'Oratoire, il hérita les vertus de son oncle et une partie
de ses talents. Professeur habile, il se livra à la culture
des lettres, remporta des prix d'éloquence et de poésie
dans diverses académies ; celle de Marseille couronna,
en 1761, son ode à la Providence. Fixé à La Rochelle,
il n'oublia point sa ville natale, et lui légua ses manuscrits. « Ce recueil trop volumineux, selon M. Jauf-
« fret, ne pourrait supporter l'impression, mais il serait
« possible d'en extraire deux in-8° assez piquants. »
L'*Arceriana* est un recueil d'anecdotes littéraires et
politiques, commencé en 1736 et terminé en 1780. *La
revue retrospective* trouverait là d'excellentes pages.
Pendant quarante-quatre ans, Arcère écrivit ses pensées
sur les livres et les événements du jour ; il fit des extraits
de tous les journaux et mercures de l'époque ; aussi sa

compilation, dans laquelle on trouve de curieuses choses, forme cinq volumes et demi in-folio que possède
notre bibliothèque. Desmarets, Boileau, Desfontaines,
Quinault, Bayle, Bouhours, Crevier, Marivaux, se
sont donnés rendez-vous dans ce manuscrit, et sont
presque toujours jugés avec goût et justesse; et parmi
des anecdoctes assez inutiles à connaître, il en est de
fort intéressantes pour ceux qui aiment à tout lire.

Arcère a composé, d'abord avec le P. Jaillot, et puis
seul, *l'Histoire de La Rochelle et du pays d'Aunis.*
Il mourut en 1782, âgé de 84 ans.

BARTHE. — Nicolas Barthe fut parmi nous le
représentant de cette littérature *facile*, enjouée, gracieuse, spirituelle, musquée, qui naquit dans le bou-
doir de Mme de Pompadour, passa par la plume de
Dorat, et vint mourir devant la lyre antique d'André
Chénier. Mais si Barthe fut un des plus féconds four-
nisseurs des almanachs des Muses, il ne faut pas croire
que là était tout son mérite; ses épîtres légères, éroti-
ques, sont pour la plupart oubliées, ses pièces de
théâtre ne le sont pas.

Né en 1736; destiné par son père au commerce, le
jeune Barthe ne rêvait qu'études et succès littéraires; à
peine sorti du collége, il s'enfuit à Toulouse, et concourut aux jeux Floraux. Revenu à Marseille, il remporta à l'académie le prix de poésie; son père ne put se
défendre d'applaudir, et dès-lors, libre de suivre sa

vocation, son sort fut fixé. Mais la vie de province n'étant point compatible avec sa soif de renommée, il partit pour la capitale où il fit bientôt de brillantes liaisons. Après avoir préludé par quelques pièces de société qui le firent connaître, il donna en 1768 *les Fausses Infidélités*, qui méritèrent les applaudissements de La Harpe lui-même. « Le style plein de goût et d'élé« gance, de jolis vers, des vers de comédie, des vers de « situation, un dialogue à la fois vif et naturel, où l'es« prit n'ôte rien à la vérité, achèvent de donner à cet ou« vrage toute la perfection dont il est susceptible. » N'oublions pas que c'était un contemporain dont La Harpe parlait ainsi. Cette pièce s'est soutenue au théâtre ; elle est avec *la Feinte par Amour* de Dorat et l'*Impatient* de Lantier, un de ces actes charmants qu'on verra toujours avec plaisir ; c'est le fleuron de sa couronne. Le parterre demanda l'auteur, comme c'était la mode depuis *Mérope* ; mais Voltaire avait su garder sa dignité, il ne parut point sur la scène.

Ce succès détermina Barthe à embrasser presque exclusivement la carrière théâtrale, mais il ne fut plus si heureux ; il est de ces auteurs dont on peut dire : Il fut brave un tel jour. « *La Mère jalouse et l'Homme* « *personnel*, prouvent, dit encore le critique que « nous aimons tant à citer, quelle distance il y a du « talent qui peut faire un acte, même excellent, à celui « qui conçoit et exécute le plan et les détails d'un grand « ouvrage. »

Thomas publia une analyse détaillée de *la Mère jalouse* : « Cette pièce, disait-il, qu'on a beaucoup « critiquée, que peu de gens ont entendue, est remplie « de beautés de tous les genres ; on peut la nommer une « des meilleures comédies qui aient paru depuis long- « temps.... L'avant-dernière scène du second acte est « une des plus éloquemment écrites qu'il y ait au « théâtre ; c'est là qu'on trouve ce vers si doux en par- « lant des cœurs sensibles :

«Et le peu de bonheur que l'on a nous vient d'eux.»

Afin de citer quelque chose de cette pièce presque oubliée, nous allons transcrire la tirade où se trouve le vers admiré par Thomas :

Mᵐᵉ DE MELCOUR.

Monsieur, l'amour finit, le caractère reste,
Et de ces cœurs brûlants il faut se défier ;
Lui-même il aiderait à me justifier,
Il ne tarderait pas. Rien n'est long-temps extrême ;
C'est ma fille aujourd'hui qu'il croit aimer, qu'il aime ;
Qu'il l'épouse, et demain sa sensibilité
Aux pieds d'un autre objet l'aura précipité,
D'un autre objet peut-être ou plus ou moins aimable.

MELCOUR.

Oh ! je sens tout le prix d'un être raisonnable,
Calme, tranquille, froid. Je l'avoûrai pourtant,
D'un cœur sensible et chaud le mien est plus content :

Ces cœurs-là sont les bons. Eh ! d'abord ils préviennent ;
Ils peuvent s'égarer, mais bientôt ils reviennent ;
Jusques dans leurs écarts, estimés, généreux,
Et le peu de bonheur que l'on a nous vient d'eux.
Oui, Terville inconstant aurait encor pour elle
Les soins d'un cœur honnête et d'un ami fidèle.... etc.

Écoutons encore Thomas : « Le style est un modèle
« en ce genre, et le dialogue a un caractère de finesse,
« de précision et de vérité que n'a eu peut-être aucun
« des poëtes comiques qui ont suivi Molière. » Le critique explique le peu de succès de *la Mère jalouse :*
« C'étaient les femmes qui étaient les moins disposées à
« louer cet ouvrage. Par une espèce de confédération
« tacite, elles sont convenues de ne point autoriser une
« pareille pièce.... D'après quelques vers (malheu-
« reusement très-agréables) répandus dans la pièce, la
« plupart des femmes se sont imaginées que l'auteur,
« en leur laissant le désir de plaire pour toute leur vie,
« leur interdisait la beauté à 32 ans ; elles auraient pu
« pardonner à l'ouvrage beaucoup de défauts, elles
« n'ont pu sans doute pardonner une telle erreur. Trop
« de femmes étaient intéressées dans l'offense, et trop
« d'ailleurs étaient en droit de refuter cette calomnie.
« Ainsi la pièce a été punie du crime de quelques vers. »

Et de tout cela, on ne peut conclure qu'une chose ;
c'est que le panégyriste Thomas était un chaleureux
ami.

L'Homme personnel, joué en 1778, la même année

que l'*Impatient* de Lantier (nous avions alors deux représentants au théâtre), eut moins de succès cette fois
que *la Mère jalouse*. Privée d'intérêt, correctement,
mais froidement écrite, cette pièce prouvait toujours un
grand talent de style, nul de l'art comique. Barthe avait
l'haleine trop courte pour courir une carrière de cinq
actes. « *L'Homme personnel* est mal conçu, la con-
« duite du personnage principal est inconséquente, l'in-
« trigue froide et embrouillée, et, ce qui est plus éton-
« nant, le style même n'est plus celui de l'auteur des
« *Fausses infidélités*. » Tel est l'avis de La Harpe,
beaucoup trop sévère sur le style de cette comédie.

Voltaire estimait assez les talents de Barthe : « Je me
« fesais un grand plaisir de voir son ouvrage, qui doit
« être plein d'esprit et de raison ; car tout ce que je
« connais de lui est dans ce goût. » (*Lettre au Chev*ᵉʳ
de Chastellux, 4 *septembre* 1777.) On raconte cependant une réponse de ce vieux frondeur à l'auteur de
l'Homme personnel qui lui lisait une nouvelle pièce
de sa façon. Voltaire écoutait d'un air fort ennuyé ;
tout-à-coup Barthe s'avisa de dire : « Ici le chevalier
« rit. » — « Il est bien heureux, s'écria Voltaire ! »
M. de Lantier, dont la mémoire était remplie de tant
d'anecdoctes du 18ᵐᵉ siècle, m'a souvent cité celle-là ;
il l'a même consignée dans un de ses ouvrages, mais
sous la seule initiale *B.*

Notre compatriote a fait en outre quelques comédies
de société, telles que l'*Amateur* qui fut son début à

Marseille, *l'Ami du Mari, ou les Perfidies à la mode*, et le *Dépositaire*, sujet traité en 1767 par Voltaire ; mais joué seulement à Ferney. Toutes ces pièces prouvent du style, peu d'entente de la scène, et une gaieté souvent froide et sérieuse.

La poésie, dite légère, fit beaucoup pour la réputation de Barthe ; vivant à Paris, au milieu de nos plus célèbres écrivains, il y prit cette fleur de langage ; ce ton de bonne compagnie, qui fut peut-être une de nos gloires, car ils étaient cités dans toute l'Europe. Barthe fut loin de la spirituelle philosophie, de cet art magique des rapprochements, qui pétillaient dans les moindres sujets effleurés par Voltaire ; il fut loin de la perfection de Gresset, mais s'il eut moins de grâce que Dorat ; il eut autant de facilité, et surtout moins d'afféterie ; il ne se fût point écrié comme celui-ci dans une épître à Bonnard :

Il s'est enfui le temps des cinq maîtresses !

Et si le public eût ri, Barthe n'eût point fait cette correction si plaisante :

Il s'est enfui le temps des *deux* maîtresses !

Barthe était bien supérieur à Pezai, à Moncrif, et autres *roués* poétiques qui usurpèrent tant de réputation. Voltaire l'a dit, et citons-le toujours, car il a tout dit : « Il fait bon venir à propos ! »

Quelques nombreuses que soient les épîtres familières, nous n'en citerons qu'une, parce que ce genre
est tombé en discrédit, à tort peut-être. Les femmes
alors étaient toujours Flore, Cypris ou Psyché; il y
avait du moins de quoi choisir; elles sont toutes aujour-
d'hui des anges, et toujours des anges :

L'ennui naquit un jour de l'uniformité.

A UN AMI,

SUR SON MARIAGE.

Fort bien : te voilà donc lié !
Te voilà pris tout comme un autre !
Du célibat le grand apôtre,
Mon philosophe est marié.
Que ce prodige m'intéresse !
Irréprochable dès vingt ans,
Et sans dettes et sans maîtresse,
Tu riais des égarements
Et des plaisirs de ma jeunesse ;
Tu riais..... Ton cœur est changé,
Il aime enfin ; une faiblesse
Te rend heureux ; je suis vengé !

Oh ! que ta femme doit te plaire !
Ce doit être un objet charmant ;
Sur la beauté, sur l'agrément,
Tout poëte est juge sévère.
Il faut pour captiver nos cœurs
Bien plus de charmes qu'on ne pense.
Accoutumés dès notre enfance
Aux objets les plus séducteurs,

En commerce avec les Corines,
Les Amadis et les Didons,
De bonne foi nous ne pouvons
Aimer que des beautés divines.
Quant à l'esprit, sans compliment,
Elle en pétille assurément;
Nourris dans les bois du Parnasse,
Près d'Anacréon qui sourit,
Près d'Ovide qui s'attendrit,
Et gâtés par les vers d'Horace,
Il nous faut des femmes d'esprit.

Ce n'est pas tout; on veut encore
Dans une épouse qu'on adore
De la constance; qu'en dis-tu?
Ah! ta moitié sera fidèle,
Je te connais; sans la vertu
Tu ne saurais la trouver belle.
Que de titres pour te charmer!
Ne rougis point de ta tendresse,
Goûte bien le plaisir d'aimer,
Ta femme sera ta maitresse.
Si tu nous chantais ton bonheur!
Les meilleurs vers viennent de l'âme,
L'esprit est surtout dans le cœur,
Et je voudrais, pour mon honneur,
Voir mon ami chanter sa femme.

Mais peut-être, quand je t'écris,
De sublimes objets épris,
Dans ton cabinet solitaire,
Tu médites avec Platon
Sur l'esprit et sur la matière;
Jusqu'au foyer de la lumière

Tu t'élances avec Newton ;
Tu crois jouir de ta raison
Et de ton âme toute entière.
Ta porte s'ouvre ; quel revers !
Ton front se ride, il faut descendre
De l'empyrée où tu te perds....
Une mortelle au regard tendre
Vole vers toi, les bras ouverts ;
On sourit alors, on s'empresse,
On prend sa main, on la caresse....
Adieu, l'ordre de l'univers,
Adieu, Newton... Volupté pure !
Eh ! que sont tous nos vains désirs,
Nos jeux brillants, nos froids plaisirs,
Près des plaisirs de la Nature ?

Je t'attends, ami, je t'attends
A ces délicieux instants
Où, pressés autour de leur mère,
Tu verras de jolis enfants
Avec des organes naissants
Te bégayer le nom de père,
Élever leurs bras innocents
Vers celle qui les a fait naître ;
Répondre à vos regards touchants,
Essayer leur âme et leurs sens
Par le plaisir de vous connaître.

Ta mère, alors en cheveux blancs,
Verse des larmes de tendresse
Sur ces rejetons caressants ;
Les doux rayons de leur printemps,
La réchauffent dans sa vieillesse.

Courage, philosophe heureux,
Oublions la triste décence ;
Mêle des fleurs à leurs cheveux ;
Préside toi-même à leurs jeux ;
Ris de leur aimable ignorance,
Et redeviens enfant pour eux.

Mais tandis qu'auprès d'une amante
Tu sais, sans sortir de chez toi,
Goûter en paix, goûter sans moi,
Une félicité touchante,
Ton ami, loin de tes regards
Et du soleil de la Provence,
Parmi le bruit et les brouillards,
Vers mille objets en vain s'élance.
Oui, ni le charme des beaux-arts,
Ni l'amitié, ce bien suprême,
Rien ne peut, sur ces bords que j'aime,
Remplir le vide de moi-même.
Cent fois mon cœur s'est rappelé
Notre beau ciel que je regrette ;
Vers ma patrie et ta retraite
Ce cœur cent fois a revolé ;
Mais, hélas ! dois-je te le dire ?
Si je puis voir jouer demain
L'Avare, Castor ou Zaïre,
Si cet ami, chantre divin,
Pour ce Russe que l'on admire
Va de Milton toucher la lyre,
Plus de projets d'obscurité,
De retraite, de liberté ;
Talents, plaisirs, je vous adore ;
Et toi, Paris, séjour des arts,
Séjour brillant à mes regards,
Je me trompais ; je t'aime encore.

Rien de plus gracieux, de plus facile que cette pièce ; les poëtes de nos jours feraient autrement avec leurs anges et leurs sylphides et leurs ondines, mais certes, ils ne feraient pas mieux.

Barthe eut des amis, et pourtant sa vanité, l'inégalité de son caractère, étaient connues dans la société, mais il rachetait ses défauts par une grande indulgence pour ses rivaux, par son horreur pour l'intrigue. Sensible à l'excès à l'épigramme, il ne s'en permit jamais, mais sans avoir compris cette leçon de Voltaire :

> L'envie est un mal nécessaire ;
> C'est un petit coup d'aiguillon
> Qui nous force encore à mieux faire.

Il ne répondait point à la satire, mais trop fier pour la supporter, elle fit le malheur de sa vie. L'impétuosité, l'inquiétude de son amour-propre blessé rendaient sa société difficile ; les précieuses qualités de son cœur lui ramenaient toujours ses amis, dont le plus intime fut l'excellent, le sage Thomas, et cela suffirait à sa gloire. « Il manque bien des rapports entre nous, écrivait « l'auteur des Éloges ; nos caractères se conviennent « peu, nous sommes à mille lieues l'un de l'autre sur « bien des choses... Mais l'amitié est sûre de le trouver « dans tous les lieux et dans tous les temps. Son imagi- « nation peut quelquefois l'éloigner de moi, mais son « cœur l'en rapproche toujours...... Enfin, nous

« connaissant tous deux parfaitement, nous nous rap-
« prochons par ce qui nous unit, et nous évitons les
« côtés par où nos âmes pourraient se blesser. »

Lorsque Thomas apprit la mort de Barthe qu'il
attendait chez lui près de Lyon, il le pleura dans une
lettre à sa fidèle amie, Mme Necker, et un fragment de
cette lettre complètera le portrait de notre compatriote.
« J'ai eu à me plaindre quelquefois de M. Barthe, mais
« la mort efface tout. J'étais lié avec lui depuis trente
« ans; il m'avait beaucoup aimé, et il y a si peu de
« gens qui aiment! Il avait des passions trop vives, de
« bonnes qualités qui sont assez rares, de la franchise,
« de la droiture, de la chaleur pour servir, et le cou-
« rage de l'amitié. Il eût été pour moi au bout du monde.
« La fougue de son caractère se tournait souvent en
« sensibilité, et alors elle devenait touchante; il savait
« expier ses torts par ses larmes; j'en ai vu plus d'un
« exemple. Il valait mieux que beaucoup de gens qui
« ont été plus estimés que lui parce qu'ils avaient plus
« d'art. »

Il est beau de mériter un tel éloge, surtout de Thomas qui se connaissait si bien en noblesse d'âme, en
amitié, en sentiments généreux.

Voici le dernier coup de pinceau; c'est toujours
Thomas qui parle : « Le nouvel auteur de *l'Art d'ai-*
« *mer* est distrait; il fait des vers; il chante des airs
« d'opéra; il se passionne pour la musique; il donne à
« dîner; il va souper chez des femmes aimables qui

« l'amusent; il dit : j'écrirai demain, et demain il
« recommence le même genre de vie. »

Barthe mourut à Paris, en 1785; il n'avait pas
49 ans.

Mouvement Littéraire a Marseille. — Nous sommes arrivés au bord de l'abîme où s'engloutit l'ancienne
littérature; pendant quelques années, elle ne donnera
plus signe de vie, elle se taira dans les jours d'oppression
et de mort; puis, à la voix de Chateaubriand, elle
renaîtra belle et régénérée; cette voix puissante ébran-
lera la vieille école, et si Voltaire est encore debout, du
moins le voltairianisme aura disparu; René remplacera
Candide. Heureux pays où le grand homme mort est
remplacé par un grand homme, où l'on peut s'écrier
avec le poëte :

Uno avulso non deficit alter!

L'ordre chronologique que nous suivons nous force
à transporter au 19ᵐᵉ siècle les ouvrages des auteurs
morts depuis 1789, mais qui les ont publiés avant cette
année fastique. C'est en 1776 que Guys fit paraître son
Voyage littéraire en Grèce; la même année son fils
nous donnait ses *Lettres sur les Turcs;* c'est en 1788,
que Barthélemy se plaça par son livre immortel au
rang de nos plus grands écrivains; il avait passé sa jeunesse parmi nous, et Marseille put suivre pendant vingt

ans son étoile naissante qui devait être si brillante un jour. Déjà *l'Impatient* en 1778, et *le Flatteur* en 1782, avaient fait connaître le nom de Lantier ; Domergue et l'abbé Féraud nous avaient rendu notre Dumarsais ; Papon avait refait notre histoire ; Dazincourt, l'ami et l'émule de Préville, faisait jouir la capitale de son inimitable talent ; M. Pastoret avait publié son *Traité des lois pénales ;* écrivain, ministre, il nous donnait l'exemple d'un beau talent joint à un beau caractère.

L'académie de Marseille savait alors seconder le mouvement des esprits ; en 1773, elle avait mis au concours l'éloge de La Fontaine ; deux écrivains célèbres entrèrent en lice, et Chamfort fut couronné au grand dépit de La Harpe, habitué à ces sortes de luttes dont il était souvent sorti vainqueur. « Monsieur, écrivit « Voltaire au lauréat, quand M. de La Harpe m'envoya « son bel éloge de La Fontaine, qui n'a point eu le « prix, je lui mandai qu'il fallait que celui qui l'a « emporté fût le discours le plus parfait qu'on eût vu « dans toutes les académies de ce monde ; votre ouvrage « m'a prouvé que je ne me suis pas trompé. »

On peut voir dans le Lycée quelle fut la rancune de l'irascible La Harpe, et avec quelle sévérité il juge les ouvrages de son vainqueur.

En 1776, l'académie proposa l'éloge de Mme de Sévigné ; une femme remporta le prix ; la présidente de Brisson trouva dans son cœur la vraie manière de louer la mère de Mme de Grignan ; une femme jugera toujours mieux que nous ces lettres que tout le monde aime, mais dont tout le monde pourtant ne peut comprendre tout le charme et toute la grâce.

Le fougueux Raynal, chassé de Paris, vivait à Marseille; en 1785, il donna 1200 fr. à l'académie pour celui qui traiterait le mieux une question d'utilité publique. *La sévérité des lois diminue-t-elle le nombre des crimes dans une nation déjà dépravée?* Tel fut le sujet choisi par l'académie, et qui se rattachait au grand système de Beccaria, dont le bel ouvrage avait été assez burlesquement commenté par Voltaire. Il y eut une foule de concurrents; Eymar fut le plus heureux.

Vers 1781, parut à Marseille un journal sous le titre de *Journal de Provence;* il s'occupait de commerce, d'arts, de littérature, et était rédigé par un homme de talent nommé Beaugeard. Ce fut notre premier bégaiement; cinquante ans après, notre journal devait rivaliser avec la presse parisienne.

Marseille n'eut réellement un théâtre qu'en 1739; jusqu'alors, des acteurs de passage venaient de temps en temps hurler quelques scènes dans une salle étroite et mesquine, située à la rue de la Reynarde.

La science n'avait pas dégénéré; Carry, les deux Peyssonnel, Jean André, grand naturaliste, le P. Zacharie Artaud, le P. Pézenas, jésuite, directeur de l'Observatoire, Deidier, mathématicien, Valère Fortic, courageux physicien qui descendit dans le cratère du

Vésuve ; voilà des noms qu'on peut opposer avec orgueil aux noms offerts par les autres villes de France. Si de nos jours la science est plus négligée parmi nous, du moins la littérature a pris un grand essor ; elle s'est élevée en un instant avec toute la rapidité de notre imagination méridionale.

COMPLÉMENT DU XVIIIme SIÈCLE.

Nous n'avons pas à nous occuper des personnages politiques, car *c'est icy ung livre de bonne foy*, comme celui de Montaigne, et nous ajoutons de simple littérature ; à quoi bon d'ailleurs, selon nos rancunes ou nos sympathies, jeter de la boue ou des fleurs sur la mémoire des hommes morts, sur des renommées infâmes ou pures ? Laissons cette tâche pénible aux journaux et à l'histoire. Quant à nous, quelles que soient nos opinions, nous jugerons amis et ennemis avec la même impartialité, heureux de prouver que Marseille a toujours su conserver le premier rang parmi les villes célèbres par leur amour des arts ; voilà tout notre sujet ; nous n'en sortirons pas, dussions-nous par là protester contre la manie du siècle qui glisse la politique partout, même dans le plus léger feuilleton littéraire. A nous les auteurs, à d'autres les hommes ; nous les leur abandonnons de grand cœur.

Le mot *politique* ne se retrouvera plus dans ce livre.

BARBAROUX. — Cette espèce de profession de foi nous est suggérée par le nom de Barbaroux ; Barbaroux, *dont les peintres n'auraient pas dédaigné de prendre les traits pour une tête d'Antinoüs* (1) ; Barbaroux, orateur véhément, bouillant jeune homme qui demandait à Marseille *six cents hommes qui sussent mourir*, se chargea de *l'acte énonciatif des crimes de Louis*, vota pour l'appel au peuple, et expia ses fougueuses erreurs par une mort cruelle et courageuse. Saisi dans une grotte, il fut amené à Bordeaux, et exécuté à 27 ans, le 17 juillet 1792, après un interrogatoire, dans lequel, affaibli par de longues souffrances, blessé de deux coups de pistolet, il ne fléchit pas un instant. Plus heureux que son compatriote, Moïse Bayle, qui, défenseur des massacres de septembre, ayant voté *la mort* sans appel ni sursis, mourut obscur et misérable, exilé dans un village près de Paris !

Barbaroux aimait la poésie, comme on l'aime avec une âme ardente ; il a laissé une belle ode sur les volcans, et des mémoires sur le 10 août.

BARTHÉLÉMY. — Voici une illustration belle de pureté, et que Marseille réclame ; né à Cassis, en 1716, Jean-Jacques Barthélemy passa parmi nous vingt ans de sa vie ; il fit ses études à l'Oratoire, sous le savant P. Reynaud ; enfant, il fut couronné par M. de La Visclède pour une description de tempête qu'il avait pillée, dit-il, dans l'Iliade de La Motte ; Il était

(1) Paroles de Madame Rolland, dans ses mémoires.

permis en effet de n'avoir pas lu l'Iliade *abrégée* de
La Motte : J.-B. Rousseau l'avait même conseillé :

> Hé! finissez, rimeurs à la douzaine,
> Vos abrégés sont longs au dernier point.
> Ami lecteur, vous voilà bien en peine ;
> Rendons-les courts, en ne les lisant point.

« Et c'est le parti qu'on prit, dit La Harpe. »

Barthélemy entra au séminaire des Lazaristes, se lia
avec Carry qui lui inspira le goût des médailles, et il ne
partit pour Paris qu'en 1744. Marseille a donc le droit
de le compter parmi ceux qui firent sa gloire. Barthélemy nous appartient, mais que dire de ce grand écrivain
qui n'ait été dit mille fois? Nous parlerons peu de son
chef-d'œuvre; les anciens défendaient de louer Hercule.

« *Le Voyage du Jeune Anacharsis*, dit M. de La-
« cretelle, fit l'effet d'un trésor trouvé dans les ruines
« de la Grèce.» Il fut, dans l'ordre des temps, le dernier
des chefs-d'œuvre qui rendirent le 18ᵐᵉ siècle presque
rival du 17ᵐᵉ; ce fut le dernier rayon de notre belle
littérature ; il brilla en 1788 ; deux ans après la France
était engloutie dans la fosse aux lions.

Quel est cet homme qui, par la puissance du style,
exhume les éloquents débris d'un peuple qui fut si
grand, fait revivre ses sages, ses héros, et nous trans-
porte sous les sites enchanteurs du plus beau des cli-
mats ? Il parle: à sa voix, la splendide image d'Homère
nous apparaît, et nous lui adressons la page sublime,

ou plutôt l'hymne consacré à sa gloire ; nous assistons aux chefs-d'œuvre d'Eschyle, de Sophocle et d'Euripide ; Socrate, la coupe de ciguë d'une main, et l'autre élevée vers le ciel, nous crie : L'âme est immortelle! Périclès nous étonne par l'imposante majesté de son siècle; les marbres de Phidias et d'Alcamènes se relèvent; les temples, le Parthénon sont debout ; la toile se ranime sous les pinceaux d'Apelles et de Parrhasius. Nous suivons Platon dans les jardins d'Académe ; les chênes de Dodone rendent encore des oracles ; les prêtres de Délos s'agitent sur leurs trépieds; Tempé n'a rien perdu de ses sites riants, de son air doux et embaumé ; vingt siècles ont disparu, et nous nous enivrons de tous les prestiges de la fable et de l'histoire.

Mais pourquoi le caractère de l'auteur lui a-t-il fait oublier le fils de Vénus qui joua un si grand rôle chez les Grecs ? Pourquoi passer sous silence Laïs, Léontium surtout, type des Marion de Lorme et des Ninon de Lenclos? Pourquoi ne dire qu'un mot de Phryné et d'Aspasie ? Le sage, le vertueux archevêque de Cambrai a-t-il craint de peindre à son jeune et royal élève les amours d'Eucharis ? Privé de ce feu créateur, l'ouvrage, malgré quelques morceaux d'enthousiasme, est froid ; mais il n'en durera pas moins autant que la langue française, et sera toujours l'étude du savant, les délices du simple littérateur et l'amusement même de l'homme du monde.

L'abbé Barthélemy qui avait consumé trente ans à

énfanter ce chef-d'œuvre, ne borna point là ses travaux; ses ouvrages de numismatique sont nombreux ; il a publié des remarques sur les médailles d'Antonin, frappées en Égypte, sur celles des rois des Parthes, sur quelques médailles arabes, samaritaines, phéniciennes, sur celles d'Antigonus, roi de Judée, etc.... etc.... des mémoires sur les anciens monuments de Rome, sur les monuments phéniciens, sur l'état de la musique grecque au IVme siècle, sur le Pactole.... etc.... etc.... Il sut, dans ses *Lettres sur l'Italie*, rajeunir un sujet épuisé depuis long-temps ; il évita surtout le fatigant abus d'esprit de son prédécesseur Dupaty, et ne fut pas moins intéressant.

Nous ne parlerons pas de la *Chanteloupée*, poëme héroï-comique, délassement d'un esprit trop grave pour réussir dans le genre burlesque.

Les Amours de Carite et Polydore, pleins de grâce antique, sont à *Anacharsis* ce que *les aventures d'Aristonoüs* par Fénélon, sont à *Télémaque*.

Barthélemy avait un cœur ouvert à l'amitié et à la reconnaissance ; on sait quel attachement inaltérable il conserva toujours pour M^r et Mme de Choiseul auxquels il devait beaucoup ; on sait que sa première action, après sa mise en liberté, fut d'aller, malade et âgé de 78 ans, solliciter celle de Mme de Choiseul, au risque de passer pour un ennemi incorrigible de la *Nation*.

Il poussait la modestie et la simplicité jusqu'à refuser aux jours de la fortune, d'aller en voiture, de crainte, disait-il, de rencontrer des gens de lettres à pied qui valaient mieux que lui.

Il fut aimé de tous ceux qui le connurent; trente ans avant qu'il eût mis le sceau à sa gloire par son grand ouvrage, il avait été apprécié par Rousseau : « J'entrais, « dit J.-J., dans une société de gens de lettres du pre- « mier mérite, Mrs de Mairan, Clairaut, de Guignes, « et l'abbé Barthélemy, dont la connaissance était déjà « faite avec les deux premiers, et très-bonne à faire « avec les deux autres. »

Nous citerons des vers de Mme de Staël parce qu'ils sont peu connus; on les trouve dans la correspondance de Grimm, et dans les mémoires de Mme de Créquy, nouvellement imprimés; ils n'ont jamais paru dans les œuvres de Corinne, et l'on verra que cette muse était beaucoup plus poétique quand elle s'exprimait en prose.

A L'ABBÉ BARTHÉLEMY.

I.

Dans les champs heureux de la Grèce
Vous qui savez nous transporter,
Aux vains essais de ma jeunesse
Votre esprit doit-il s'arrêter?
Est-elle à vos yeux une excuse?
Est-ce à vous de compter les ans?
Tributaires de votre Muse,
Tous les siècles vous sont présents.

II.

Si vous avez de l'indulgence
Pour un sexe souvent flatté,
Craignez que Sapho ne s'offense
De ce mouvement de bonté.
Je ne sais si nous devons croire
Que son talent était parfait,
Mais j'aime à souscrire à sa gloire
Quand vous couronnez son portrait.

III.

A vous vanter chacun s'empresse
Dans des vers qu'on fait de son mieux ;
Louer le Peintre de la Grèce
Me semble trop audacieux.
De cette Athènes qu'on révère
Vous seul avez su rapporter
La lyre d'or du vieil Homère ;
Donnez-la moi pour vous chanter.

De tels vers n'ont de prix que par le nom dont ils sont signés.

L'abbé Barthélemy consacra une vie de 79 ans au culte de la science, et à la pratique des plus douces vertus. — Il mourut en 1795.

LE BLANC. — Au dix-huitième siècle, un quatrain spirituel ou un vers absurde suffisait pour donner une célébrité de gloire ou de ridicule ; l'abbé Le Blanc conquit cette dernière par un vers de sa tragédie de Manco-Capac :

> D'un forfait croirais-tu Manco-Capac capable?
> Que la mort te replonge en cette égalité
> D'où sortit un moment ton orgueil indompté,
> Et qu'elle éteigne enfin dans une nuit profonde
> Le nom de Roi.... Ce nom qui fait l'horreur du monde !

Il faut avouer que la tirade était digne du début, et c'est sans doute à ces vers d'énergumène que l'auteur dût, 32 ans après, d'obtenir de la convention une pension de 2,000 francs, tout abbé qu'il était.

Le Blanc de Guillet avait été dix ans professeur au collége de l'Oratoire ; arrivé à Paris, il commença à écrire dans le *Conservateur*, et fit représenter son *Manco-Capac*, en 1763. « C'était, disait Voltaire, un « étrange nom pour un héros de tragédie. » Et le style avait la même douceur, la même harmonie ; jamais Lemierre ne martela de vers plus durs, mais il y avait quelque force de pensée, des situations neuves, qui firent applaudir la pièce à la seconde représentation ; le contraste de l'homme sauvage et de l'homme civilisé était traité avec talent, mais beaucoup trop long. On dit que les comédiens retranchèrent plus de 300 vers sans toucher au fond, et sans que le public pût s'en apercevoir.

Ce n'était pas son coup d'essai, car en 1735, il avait fait jouer *Abenzaïd*, entièrement oublié et très-digne de l'étre, car il n'avait pas même le mérite du ridicule.

Albert eut les honneurs de la censure; en 1772, l'autorité en interdit la représentation; reprise quelques années après, cette pièce tomba, tout comme si elle n'avait pas été défendue. C'était un trait de la vie de Joseph II, délayé en mauvais style de mauvais drame.

Les Druides sont supérieurs aux autres tragédies; Voltaire était enchanté du sujet : « C'est l'abolition des « sacrifices humains dont nos ancêtres se rendaient « coupables. En attendant mieux, nous aurons le « plaisir de voir sur le théâtre un peuple détrompé qui « chasse ses prêtres et brise des autels arrosés de sang.... « L'auteur, M. Le Blanc, est un véritable philosophe, « un brave ennemi des préjugés de toute espèce, et des « tyrans, et de toutes les robes; et ce qui est bien plus « nécessaire pour écrire une tragédie, il est vraiment « poëte. »

La pièce fut défendue, et quoique la moins mauvaise de l'auteur, elle était peu digne de cet honneur; toujours son style âpre, dur, bizarre; il ne suffit pas de crier contre les préjugés, d'insulter les prêtres, de jurer mort aux tyrans, le tout *en attendant mieux,* il faut encore le faire avec talent.

Le Blanc heurta toute sa vie à la porte de l'académie : « Elle n'était pas toujours si dédaigneuse, dit Palissot, « mais elle se piqua d'être inflexible. » Voltaire écrivait en 1761 à d'Alembert : « J'apprends qu'il y a vingt- « cinq candidats pour l'académie; je conseille qu'on

« fasse l'abbé Le Blanc portier ; je vous réponds qu'alors
« personne ne voudra plus entrer. » C'est en vain que
la duchesse du Maine, protectrice des gens de lettres,
voulut forcer pour lui les voix des académiciens ; ce
n'était pas pour Le Blanc qu'il est écrit : Frappez, et
l'on vous ouvrira.

Piron lui décocha une épigramme dont la saillie est
assez commune :

> La Tour va trop loin, ce me semble,
> En nous peignant l'abbé le Blanc ;
> N'est-ce pas assez qu'il ressemble ?
> Faut-il encor qu'il soit parlant ?

Ce singulier abbé a publié un grand nombre d'ouvrages, un volume d'élégies, une faible et incorrecte
traduction de Lucrèce, un roman, intitulé *Mémoires
du comte de Guignes*, la moins mauvaise peut-être de
ses productions, et qui eut quelque succès. Son *Lucrèce* se recommande par une préface savante, et des
notes judicieuses et bien faites.

Nommé membre de l'Institut en 1798, l'abbé
Leblanc mourut fort âgé en 1799.

DELLA-MARIA. — La première année du 19me
siècle vit mourir un jeune homme qui promettait d'ins-
crire son nom à côté de ceux des grands musiciens ; il
avait débuté à 18 ans par un opéra joué sur le théâtre
de Marseille, et applaudi avec orgueil par ses compa-

triotes ; depuis il avait composé en Italie six opéras dont un, *Il Maestro di Capella* fit connaître la portée de son talent. — C'est Della-Maria.

Disciple de Paësiello, il eût été aussi loin que son maître, si la mort n'eût brisé son génie avant le temps. — Malgré les beaux succès obtenus dans la patrie de tous les arts, il soupirait après le sol natal, et s'accusait de son absence comme d'un vol fait à ces concitoyens. En 1796, il débuta à Paris par le *Prisonnier* et le *Vieux Château*, et s'assura une renommée dont il ne jouit pas long-temps ; une mort terrible l'enleva aux enchantements de la vie d'artiste, aux rêves de la gloire, à cette verve flexible et féconde qui lui firent créer tant de suaves morceaux en peu d'années. *L'Opéra comique, la Fausse Duègne, l'Oncle-Valet ; la Maison du Marais, l'École des Mères*, cette dernière jouée depuis sa mort et à laquelle il ne put mettre la dernière main ; telles sont les pièces qui empêcheront son nom de périr. Dalayrac, qui avait assez de talent pour comprendre et avouer celui de ses rivaux, a dit de Della-Maria : « Un chant aimable et facile, un style « pur et élégant, des accompagnements légers et bril- « lants, réunis à la véritable expression, telles sont les « qualités qui distinguent ce compositeur. »

Della-Maria mourut le 9 mars 1800, âgé de 32 ans ; son nom se prononcera toujours avec la mélancolie qui s'attache à ceux d'André Chénier, de Chatterton, de Millevoye et de Dorange ; aussi n'avons-nous pu résister au besoin de faire une exception dans un livre consacré aux œuvres des poëtes et des littérateurs.

GUYS. — Pierre-Augustin Guys fit pour la Grèce moderne ce que l'abbé Barthélemy devait faire plus tard pour la Grèce ancienne. Habile négociant, il ne porta pas dans ses voyages l'esprit étroit et souvent tout matériel du commerce ; il les tourna au profit de l'art, et soutenu d'une grande érudition, il éleva un monument à l'antique mère du grand et du beau. Il écrivit ses *lettres*, non en France et dans son cabinet, mais sur les lieux même qu'il sut peindre souvent avec les couleurs du poëte et toujours avec la vérité de l'observateur. C'était un souvenir qu'il léguait à ses enfants : « Destinés « à voyager, vous trouverez le journal de mes voyages ; « vous profiterez de mes remarques, et vous y joindrez « les vôtres. Si nous corrigeons quelquefois ceux qui « nous ont précédés, nous jouissons plus souvent de leurs « travaux, et de ce qu'ils ont fait avant nous.

« Dans vos lectures et dans vos voyages, attachez- « vous à étudier les hommes ; vous serez toujours avec « eux les plus forts quand vous les connaîtrez bien. C'est « alors qu'en vous examinant vous-mêmes, et en vous « comparant aux autres, vous serez plus à portée à « acquérir ce que vous trouverez leur manquer, à « supporter dans les autres les défauts qu'on supportera « dans vous-mêmes, et à pardonner les imperfections « d'autrui pour mériter l'indulgence dont vous aurez « besoin pour les vôtres. »

Tout l'ouvrage est empreint de cette douce et sage philosophie qui n'était que l'expression des propres vertus de l'auteur ; il fut aimé dans les pays qu'il habita si long-temps, et dut à l'affabilité de son caractère le titre de citoyen d'Athènes que lui décernèrent les Grecs.

Son *Voyage littéraire en Grèce* parut en 1776 ; c'est un parallèle entre les anciens et les modernes qui n'est pas tout à l'avantage de ces derniers, parallèle riche de science et d'observations. Nourri de l'antiquité, les nombreuses citations à La Montaigne, d'Homère, de Virgile, de Théocrite, d'Hésiode... etc... toujours choisies avec goût et à-propos, jettent une aimable variété sur un sujet intéressant déjà. Le style a tour-à-tour de la grâce et de la force ; les descriptions sont charmantes, et toujours relevées par la pensée du philosophe. — Voyez la IXme lettre sur les tombeaux.

« Combien de fois, Monsieur, assis sur un marbre, « dans l'obscurité de la nuit, parmi ces débris, ces restes « muets, mais très-éloquents, de notre triste mortalité, « me disais-je : me voici seul dans l'univers, placé entre « le sommeil passager de la nature et le sommeil de fer, « le sommeil éternel de ceux qui ne vivent plus ! Je « veille, je jouis de la belle nuit, je goûte enfin le « plaisir de vivre ; car c'est en effet bien sentir la vie « que de penser dans le silence, que de contempler seul « toute la nature ensevelie dans le repos. Bientôt je « livrerai mes yeux au sommeil ; bientôt aussi je suivrai « cette foule qui se presse, et qui tombe à chaque ins-

« tant dans l'abîme immense et profond de la nuit
« éternelle.

« Mais les rayons de la lune percent tout-à-coup le
« feuillage des arbres touffus, des tristes cyprès ; ils
« me montrent la lugubre blancheur des marbres épars
« sur ce vaste champ de morts. Cette douce lumière a
« dissipé les ténèbres qui m'environnaient, qui for-
« maient devant mes yeux un nuage épais, semblable à
« cette fumée noire qui s'élève d'un bûcher encore
« humide et mal allumé.

« Passons ensemble sur cette montagne pour voir les
« dehors de Constantinople. La beauté du spectacle est
« encore augmentée par le doux silence de la nuit, qui,
« selon l'expression d'un vieux poëte qu'on ne lit plus
« depuis long-temps ;

Dessus son char d'ébène environné d'étoiles
Dans le sombre univers représente le jour.

(CHAPELAIN.)

« Lorsque les vents, encore endormis, laissent régner
« le calme sur ces deux mers, je jouis par cette douce
« clarté du plus admirable spectacle ; quel contraste
« ensuite, si ma vue se porte sur les tombeaux que
« j'entrevois dans l'éloignement, et dont les arbres
« touffus qui les couvrent rendent par leur ombrage
« l'aspect encore plus lugubre ! Je compare alors au
« léger repos de la nature qui va s'éveiller dans tout son

« éclat, le long sommeil qui m'enlève sans retour mes
« semblables, mes parents, mes amis. Cette pensée me
« fait envisager sans effroi le terme de ces rapides jours
« qui précipitent mes pas vers le tombeau. »

Les Ruines :

« Lorsque je me suis assis sur les tombeaux des Grecs
« pour méditer sur la destinée des hommes, j'étais seul
« le plus souvent ; je n'interrompais mes réflexions que
« pour lire dans le livre toujours ouvert du spectacle de
« la nature, ou dans ce recueil d'épitaphes que j'avais
« également sous les yeux. Je n'ai pas été moins satisfait
« de suivre dans la solitude, où l'homme sage va se
« chercher, un de ses êtres pensants qui ne sont jamais
« seuls avec eux-mêmes. J'ai reconnu qu'il aimait comme
« moi à rencontrer, à considérer un beau paysage dé-
« coré de quelques ruines antiques, comme les tom-
« beaux, qui arrêtent et fixent nos regards.

« L'homme qui ne sait qu'ouvrir les yeux ne voit
« dans ces ruines que des décombres et des débris isolés ;
« celui qui sait voir y découvre la magnificence d'un
« ancien édifice, un arc de triomphe et les merveilles
« de l'art. D'un autre côté, ces monuments attestent que
« les hommes eux-mêmes, encore plus destructeurs
« que le temps qui dévore avec plus de lenteur, n'épar-
« gnent pas, dans leur fureur aveugle, leurs propres
« ouvrages. Nous ne voyons plus que les débris des
« édifices qui devaient immortaliser leurs auteurs.
« L'histoire seule, ou quelques écrits précieux transmis

11 *

« jusqu'à nous, ont conservé les noms des grands ar-
« tistes et des héros les plus fameux. Cet ancien temple
« est démoli, mais quelques colonnes en subsistent
« encore près d'un mur épais à moitié détruit, sur
« lequel l'herbe croît et s'élève, comme autour de ces
« marbres mutilés et des sarcophages épars dont les
« ronces et les serpents défendent l'approche.

« Tel est ce marais couvert de joncs et de roseaux
« qui environne les restes de l'ancien temple d'Ephèse.
« Plus loin, des fragments dispersés ornent encore les
« bords déserts du Caystre. Le voyageur étonné s'ar-
« rête à l'aspect de ces augustes ruines ; il médite en
« silence sur la destinée des hommes, et sur le sort des
« ouvrages qui semblaient faits pour la durée des siècles.
« Le vrai curieux, l'ami des arts attentif, s'assied sur
« la base d'une colonne brisée ; il dessine un chapiteau
« fruste et la vue des restes imposants d'un monument
« fameux que son crayon fera revivre. »

N'est-ce pas la pensée de Châteaubriand : « Tous les
« hommes ont un secret attrait pour les ruines ; ce sen-
« timent tient à la fragilité de notre nature, à une
« conformité secrète entre ces monuments détruits et la
« rapidité de notre existence. »

Puisque j'ai nommé Châteaubriand, j'ajouterai qu'il
est sévère envers son devancier sur le sol de la Grèce :
« Il faut le lire avec défiance, dit-il, dans son admirable
« *Itinéraire*, et se mettre en garde contre son système. »
Mais il veut qu'on le consulte au sujet des danses des

Grecs modernes ; lisez en effet ces délicieux tableaux qui finissent par ces mélancoliques paroles :

« Dans la même campagne où tout m'invite à me « promener, dans ce paysage riant, embelli par des « jeux et des danses, quel contraste frappe mes regards! « Non loin du village, je vois des marbres épars; un « prêtre en longue robe récite des hymnes, des femmes « affligées allument des cierges, pleurent sur des tom- « beaux, et semblent évoquer les mânes des morts par « leurs gémissements et par leurs larmes. »

Il n'y a pas une de ces lettres, au nombre de 41, qui ne contienne quelque chose de remarquable, comme science, étude de l'antiquité, peinture des mœurs modernes, tableaux de la nature, et tout cela est embelli par le prestige de l'expression. Elles doivent être lues par ceux qui savent admirer Volney et Châteaubriand; l'auteur n'est point un phraséologue comme Savary; moins prétentieux, il a aussi plus de véritable savoir.

Voltaire adressa à Guys une de ces épîtres qui s'échappaient de sa plume avec tant de grâce, d'esprit et de facilité :

> Le bon vieillard très-inutile
> Que vous nommez Anacréon,
> Mais qui n'eut jamais de Batylle,
> Et qui ne fit point de chanson,
> Loin de Marseille et d'Hélicon
> Achève sa pénible vie

Auprès d'un poële et d'un glaçon
Sur les montagnes d'Helvétie.
Il ne connaissait que le nom
De cette Grèce si polie ;
La bigotte Inquisition
S'opposait à sa passion
De faire un tour en Italie.
Il disait aux Treize-Cantons :
« Hélas ! faudra-t-il que je meure
« Sans avoir connu la demeure
« Des Virgiles et des Platons ! »
Enfin il se croit au rivage
Consacré par ces demi-dieux ;
Il les reconnaît beaucoup mieux
Que s'il avait fait le voyage,
Car il les a vus par vos yeux.

Le *Voyage en Grèce* n'est pas le seul ouvrage de Guys ; il publia un *Essai sur l'antiquité de Marseille*, un *Voyage en Italie;* on a de lui un manuscrit intitulé : *Mémoire sur les écrivains de la Grèce*. Il avait été le rival de Thomas, et concourut en 1761 pour l'éloge de Du Guay-Trouin ; Thomas fut vainqueur, et, quelques années après, il emprunta, dans son bel éloge de Marc-Aurèle, la forme neuve et si heureuse employée par Guys dans celui de Du Guay-Trouin. Guys produit sur la scène un vieux marin, retiré à Marseille, qui raconte la gloire de son chef ; c'est Apollonius racontant aux Romains les vertus du sage empereur. Cette forme oratoire a plu à quelques panégyristes ; elle a été imitée par Florian dans son éloge de Louis XII, par

M. de La Ceppède dans celui du prince de Brunswick, par Grange, notre compatriote, dans celui de Vauvenargues ; mais à Guys la primauté.

Nous ne parlerons pas de ses poésies fugitives, de quelques traductions des poëtes latins ; il a élevé dans *son voyage* un monument plus durable à sa gloire.

Guys mourut à Zante, en 1801, dans la seconde patrie qu'il s'était faite. Né en 1722, il avait 79 ans.

FÉRAUD. — Pendant que Marseille conservait, grâce à des hommes de talent, le rang qu'elle avait occupé dans les arts depuis deux siècles, un prêtre, simple et modeste, se livrait parmi nous à des études plus utiles que brillantes, qui ne devaient point l'arracher à la misère, mais qui lui donnaient des droits à la reconnaissance des écrivains.

Jean-François Féraud naquit en 1725, étudia chez les Jésuites, et, à 17 ans, entra dans la Société. Envoyé par ses maîtres à Besançon, il s'y fit remarquer comme professeur de grammaire et de rhétorique ; il n'eut pas les mêmes succès dans la chaire, son esprit trop analytique ne connaissait point ces mouvements de suave éloquence que nous aimons tant dans Massillon ; il se rapprochait davantage de la manière de Bourdaloue, mais sans atteindre, comme le célèbre jésuite, à cet art d'étonner, et de convaincre par la puissance de la logique. Ne pouvant être prédicateur, Féraud devint grammairien. Il s'associa avec le fondateur de l'Obser-

vatoire de Marseille, Pézenas, et ces deux savants
ecclésiastiques, publièrent une traduction du dictionnaire anglais de Thomas Dyche; ils n'attachèrent point
leurs noms à ce précieux ouvrage, imprimé à Avignon
en 1753. Le succès passa leurs espérances, et déjà ils
préparaient une seconde édition, lorsque les jésuites
furent chassés de France. L'abbé Féraud trouva un
asile chez le plus éloquent et le plus noble ennemi de
ces moines factieux; M. de Montclar savait que parmi
eux se trouvaient d'honorables exceptions; il obtint
que Féraud rentrât en Provence; là, le savant philo-
logue mit la dernière main à son premier ouvrage, et
en entreprit un autre sous le titre de *Dictionnaire critique de la langue française.*

Dans cet immense travail de bénédictin, il réalisa
le projet de Chapelain qui, mauvais poëte, n'en possédait pas moins une littérature vaste et un esprit
éclairé; le malheureux chantre de *la Pucelle* avait
soutenu la nécessité des citations dans les dictionnaires,
citations extraites de nos chefs-d'œuvre, et qui devaient
servir de preuves aux assertions académiques; Chapelain ne fut pas écouté; aussi le plus incomplet, le
plus fautif des dictionnaires, est, après celui de M^rs
de Wailly, celui de l'académie. Féraud suivit l'exemple
d'Estienne et des écrivains de Trévoux; il puisa ses
préceptes dans Bourdaloue, Dacier, Buffon, Bossuet,
Fontenelle, Racine, Corneille, les deux Rousseau,
Voltaire, Fénélon.... etc.... etc. Il consuma bien des

années dans ce travail gigantesque et si pénible qu'il a
fait dire à Scaliger :

> Si quem dura manet sententia judicis olim
>   Damnatum ærumnis suppliciisque caput :
> Hunc neque fabrili lassent ergastula massa,
>   Nec rigidas vexent fossa metalla manus ;
> Lexicon contextat ; nàm, cætera quid moror ? omnes
>   Pœnarum facies hic labor unus habet.

Mauvais vers qu'un vieil auteur a imités ainsi :

> Si quelqu'un a commis quelque crime odieux,
> S'il a trahi son père ou blasphémé les Dieux,
> Qu'il fasse un Lexicon ; s'il est supplice au monde
> Qui le punisse mieux, je veux que l'on me tonde !

Féraud, soutenu par son zèle pour l'utilité publique,
par son amour pour l'analyse et les doctes recherches,
parvint à créer un beau *Lexicon* qu'il faut toujours
consulter et citer. Ce n'est point un dictionnaire universel, mais ce qu'il renferme est admirablement développé ; il sut profiter des études de Vaugelas, de Girard,
de Dumarsais, de Thomas Corneille, de Beauzée, de
Mrs de Port-Royal, et tout fut dans son livre lumineux
et exact.

Il protesta contre l'académie, dont le dictionnaire

> Toujours refait, reste toujours à faire,

et c'eût été un tort, car ce dictionnaire est au-dessous

de la critique ; c'eût été un tort, dis-je, s'il ne s'était
encore trouvé de son temps des personnes qui y ajou-
taient foi ; et d'ailleurs Dumarsais et Condillac n'ont-
ils pas daigné descendre jusqu'à combattre tant d'absurdes et hautaines décisions? Féraud retira le prix de
son étonnant savoir et de son opposition sage et mesurée
contre ce qui était mauvais et passait pour bon ; il en
retira le prix, car il fit un excellent livre dont on se
vengea par un misérable jeu de mots ; on l'appela le
Dictionnaire critiqué. Comment tolérer en effet qu'un
grammairien ose s'écrier : « L'académie, qui ne cite
« personne, qui propose des exemples de son chef, et
« décide d'autorité, veut nous apprendre ce *qu'on doit*
« *dire*, mais ne nous enseigne pas *pourquoi on doit le*
« *dire.* Nous, aidés des autres grammairiens, des autres
« critiques et des autres dictionnaires, nous examinons
« ce qui a été dit ; nous proposons ce qu'on doit dire ;
« nous relevons ce qui a été mal dit, et nous apprenons
« à le mieux dire. » (Préface du Dict^re critique.)

Ce grand ouvrage parut en 1788 ; c'est alors que
Domergue, presque notre compatriote (il était né à
Aubagne), rédigeait un *Journal de la langue fran-*
çaise, et cherchait à arrêter le néologisme qui déjà
nous inondait de toutes parts.

A peine Féraud avait-il mis le sceau à sa réputation,
que le malheur vint de nouveau le frapper. Il était
prêtre, il avait des vertus, aussi fut-il contraint de
fuir son pays ; il erra quelques années en Italie, et lors-

que le premier consul, qui comprenait avec sa haute raison le besoin de foi et de mœurs chez un peuple, eut relevé les autels, Féraud, toujours humble et simple, revint à Marseille, et se voua, dans l'église de St-Laurent, aux conférences religieuses.

S'il n'avait point le génie du prédicateur, il retrouva tous ses avantages dans ces conversations familières que ne dédaignèrent ni la douce éloquence de Fénélon, ni la puissance de Bossuet ; les préceptes qu'il développait avec tant de ferveur, il les corroborait de l'exemple et de l'autorité de sa conduite.

L'âge lui faisait sentir de plus en plus les atteintes de la misère, et il trouvait encore le secret de soulager des gens peut-être moins pauvres que lui ; entièrement ruiné par ses bienfaits, il fut obligé plusieurs fois, lui et ses deux sœurs, de recourir à la charité publique !

Le malheur, les maladies, le besoin le retinrent chez lui pendant trois ans ; pendant trois ans il lutta contre la misère et l'agonie sans que la sérénité de sa belle âme en fût troublée ; en 1807, ses maux et ses vertus reçurent leur récompense ; il mourut cette année, âgé de 83 ans, laissant à ses concitoyens le souvenir d'un savant et d'un saint.

DORANGE. — Qui ne se sent ému de tristesse aux noms d'André Chénier, de Millevoye, d'Élisa Mercœur, poëtes mélodieux, dont la lyre fut brisée avant qu'elle ait pu rendre ses sons les plus doux ! Dorange

est allé se joindre de bonne heure à ces jeunes et plain-
tives ombres, et son souvenir se présente toujours à
nous empreint de mélancolie.

Né vers la même époque que Millevoye, Dorange
vécut moins encore ; il mourut à vingt-cinq ans, tourmenté d'une maladie de poitrine qui lui dicta souvent
de poétiques plaintes. Il s'écriait dans une belle ode à
l'harmonie :

> Viens ! mon âme long-temps captive
> S'échappe vers son Créateur ;
> La mort, sur ma lyre plaintive
> Étend son bras triomphateur.
> Rival au moment où j'expire
> Du cygne mourant qui soupire,
> Je chante, et meurs à tes autels ;
> Mais par toi j'ai trompé l'envie,
> Et je finis avec la vie
> L'hymne qui fait les Immortels !

C'est l'*exegi monumentum*. — Huit jours avant sa
mort, il soupira, comme Millevoye, *ses adieux à la
vie*, et son génie grandit en face de la tombe. Ce n'est
point le sujet rebattu du poëte mourant, si souvent
traité par des poëtes resplendissants de vie et de santé ;
le dernier chant de Dorange fut admirable de regrets,
de résignation et d'harmonie ; c'est que lui mourait en
effet, lorsqu'il exhalait ces beaux vers :

. . . .
. . . .

Ma jeunesse fut mensongère,
On crut la voir naître et fleurir,
Mais comme la plante étrangère
On la voit naître et se flétrir.
Sur ma paupière défaillante,
De l'inspiration brillante
Ne descendent plus les rayons;
On juge mes faibles prémices;
Ne jugez pas.... D'autres esquisses
Attendaient encor mes crayons.

J'ai vu, la tête menaçante,
L'ardent coursier mordant le frein
Du pied frapper la terre absente,
Et bondir au son de l'airain;
Loin de lui s'enfuit la barrière....
Qui peut ainsi dans la carrière
Ralentir ses fougueux élans?
Hélas! atteint avant la gloire,
Il porte aux champs de la victoire
Un trait qui déchire ses flancs!

Ainsi la sombre maladie,
Obscurcissant mon souvenir,
Frappait ma pensée engourdie
Et reculait mon avenir.
J'avais pris l'essor, et je tombe;
Sur mon chemin était la tombe.
J'y marche pur et sans effroi;
Devant ma dernière demeure,
Je ne frémis pas; mais je pleure
Sur ceux que je laisse après moi!.

. . . .
. . . .

Puis s'adressant au Tasse :

Que l'espoir de l'homme est frivole !
Long-temps jouet d'un sort fatal,
L'encens, la palme au Capitole
Appelaient ton char triomphal ;
Près d'y monter, la mort te frappe !
Moi, sur ta lyre qui m'échappe
Je fondais ma postérité.
Illusion deux fois ravie !
Mais tu n'as perdu que la vie,
Et je perds l'Immortalité !

. . . .
. . . .

Gilbert ! que je plains ton délire !
Fuyant le monde qui te fuit,
Ton regard languissant expire
Tourné vers l'éternelle nuit.
Moins grand, mais plus digne d'envie,
Je meurs en regardant la vie,
Chers amis, je vois vos transports ;
Mon art vous prête sa magie,
Et vous soupirez l'élégie
Dont les échos sont chez les morts.

Venez, la tête couronnée
Ainsi qu'aux pompes d'un festin,
Saisir ma lyre abandonnée
Pour l'heure où m'attend le destin ;
Bercez-moi de riants mensonges,
De l'Illusion aux doux songes

Prenez les traits aériens,
Et pendant mes rêves de gloire
S'ouvrira la porte d'ivoire
Qui rend des sons élysiens.

J'entends votre voix empressée!
Art des vers, tu fais nos adieux,
Quoi! de ma lyre délaissée
Partent ces chants mélodieux!
O prestige! ô douce merveille!
Poursuivez; mon âme s'éveille;
Sous des fleurs vous cachez mon sort,
Et votre bienfaisant hommage
Répand une céleste image
Sur le front glacé de la mort!

Certes, celui qui, à vingt-cinq ans, la pensée et le corps maladifs, faisait de tels vers, promettait un grand poëte à la France! N'est-il pas le type de ce Joseph Delorme créé par M. de Sainte-Beuve?

Qui aurait le courage d'être sévère pour quelques morceaux échappés à sa première jeunesse qui fut, hélas! si courte, pour des ébauches qu'il n'a pas eu le temps de revêtir des brillantes couleurs de son imagination?

Ne jugez pas.... D'autres esquisses
Attendaient encor ses crayons!

Si vous voulez cependant les juger; commencez par essuyer vos larmes, ayez la force de les retenir, car elles voileraient la page que vous lisez.

Dorange eut du moins la consolation d'être compris des amis de l'art; Delille, étonné qu'à vingt-deux ans, on pût traduire les Bucoliques avec tant de charme et de grâces d'expression, lui présagea une haute destinée à laquelle le temps seul fit défaut. L'empereur reconnut dans l'ode sur la bataille de Friedland un génie naissant qui n'avait besoin que d'être encouragé; il récompensa le lyrique de ses beaux vers, dont nous ne citerons rien parce que c'est un de ces échos qui allaient répétant la gloire de Napoléon; c'est toujours

L'hymne qu'en toute langue aux portes de sa tente,
Son peuple universel chantait tout d'une voix.

(VICTOR HUGO.)

Si nos immortelles victoires n'avaient jamais eu que des Bardes comme Dorange, on ne parlerait pas avec tant de dédain de *la littérature de l'empire*.

Déjà il avait répudié l'école sceptique et glaçante du dernier siècle; il s'inspirait parfois aux Écritures; la dernière strophe de son *hymne à l'Éternel* semble échappée à Lamartine:

Dieu qu'en mourant l'impie atteste,
Tes œuvres chantent leur auteur;
Flambeaux nocturnes, chœur céleste,
Formez un hymne au Créateur!
Astre, dont le jour se décore
Proclame au couchant, à l'aurore,

Ce Dieu de tant d'astres divers,
Qui, de tes feux source première,
Dans la nuit versa la lumière,
Et du néant fit l'univers !

Dorange avait entrepris une traduction de la *Jérusalem délivrée* : il n'en reste que peu de fragments. Virgile était aussi un de ses poëtes de prédilection. Il est à remarquer que Millevoye et Dorange se sont essayés tous deux sur les *Bucoliques ;* la poésie tendre et rêveuse de Virgile attirait leur âme tendre et rêveuse, mais le poëte latin a tellement approché de la perfection que nous n'avons jamais pu lutter contre ces dix chefs-d'œuvre ; Gresset les imita avec la légèreté d'un petit-maître, Langeac avec toute la lourdeur d'un professeur de rhétorique. Le travail de Dorange est supérieur à celui de Millevoye qui fut plus habile à reproduire les beautés d'Homère.

Notre jeune compatriote s'était exercé sur plusieurs genres : « Vous me direz, écrivait-il à un ami, que « l'ambition me dévore. Alexandre trouvait le monde « trop peu vaste ; le Parnasse ne suffirait pas à certains « poëtes ; ceci ne me regarde pas ; un coin me suffit, « pourvu que j'y reste ; mais je ne veux pas mourir sans « que mon siècle ait bien vu que j'existe. »

Ses éditeurs nous ont donné des fragments de tragédies, d'opéras sacrés, des contes, des odes anacréontiques, des romances ; le tout assez médiocre ; consacrés à l'amitié, nés des circonstances, plusieurs de ces mor-

12

ceaux ne devaient point être publiés. *Les quatre parties du jour*, sujet souvent traité, et sur lequel le cardinal de Bernis (Babet la bouquetière, comme disait Voltaire grand donneur de sobriquets) jeta toute l'afféterie et l'insipidité de sa manière; *les quatre parties du jour* sont peut-être ce que Dorange a fait de mieux. Il emploie trop fréquemment la Mythologie, et Châteaubriand avait prouvé déjà pourtant que, hors de là, il peut y avoir quelque poésie. — Dans le 3ᵐᵉ tableau, intitulé *le soir*, se trouvent ces vers:

> Ah! lorsque le trépas aura fermé mes yeux,
> Amis, n'épuisez point le marbre précieux
> Pour honorer mon ombre désolée;
> Qu'un pâle peuplier, des saules demi-verts
> Couvrent de leurs rameaux mon humble mausolée,
> Et que vos chants disent à l'univers:
> « Il est mort, vain jouet d'un triste et long délire;
> « Au banquet de la vie il n'a paru qu'un jour,
> « Mais les derniers sons de sa lyre
> « Ont été des hymnes d'amour.»

On voit que cette âme souffrante aimait à se reposer dans une pensée de mort, à s'entretenir avec elle, à s'exhaler chaque jour dans des chants de gracieuse tristesse. Dorange eut quelque chose de *René*, aussi fut-il poëte.

Né en 1786, il mourut en 1811!

ACHARD. — Claude-François Achard fut un savant laborieux; ses études étaient graves et utiles;

bibliothécaire de Marseille, il publia un *Dictionnaire de la Provence et du Comté-Venaissin*, un *Cours élémentaire de bibliographie*, etc. Son goût pour les lettres lui avait fait abandonner la médecine ; il avait été l'un des fondateurs de la société royale de médecine de Marseille (1) ; sa simplicité, son peu d'ambition, l'empêchèrent d'être connu ; il méritait de l'être.

Mort en 1809, âgé de 58 ans.

GUYS Fils. — Le fils de l'auteur du *Voyage littéraire en Grèce* suivait l'exemple de son père ; attaché aux ambassades de Constantinople, de Vienne, de Lisbonne, consul en Sardaigne, consul-général à Tripoli en Syrie, il étudiait les mœurs et la physionomie des peuples ; il publiait ses *Lettres sur les Turcs*, complément de l'ouvrage de son père dont il imitait la manière assez heureusement ; mais la légèreté de son esprit ne lui permettait pas d'approfondir assez ses observations.

Alphonse Guys est auteur de *la Maison de Molière*, comédie en quatre actes, jouée en 1787, et attribuée à

(1) Il fut aussi fondateur de la société de bienfaisance de la même ville. Après la tourmente révolutionnaire, il s'empressa de réunir ce qui restait de membres épars de l'académie, et, avec leur coopération, cette société savante fut bientôt rétablie et put reprendre le cours de ses travaux : il en fut alors nommé secrétaire perpétuel. C'est à lui qu'est dû l'établissement de la bibliothèque publique de Marseille. (*Note de l'éditeur.*)

Mercier, ainsi que d'un *Éloge d'Antonin-le-Pieux*. Il mourut en 1812, âgé de 52 ans.

EYMAR. — Claude Eymar que nous avons vu couronné par l'académie de Marseille pour un discours sur *la sévérité des peines*, etc., fut, avec Dussaulx, le traducteur de Juvénal, et Bernardin de St-Pierre, un de ces êtres choisis qui parvinrent à approcher de Rousseau, à lui plaire, à l'apprivoiser, du moins pendant quelques jours. Leur liaison commença vers 1774; l'auteur d'Émile était alors dans un des paroxismes de son âme fiévreuse, et malgré son injuste refroidissement pour Eymar, celui-ci n'imita point Diderot qui attendit la mort de son ancien ami pour le déchirer avec rage, alors que Rousseau ne pouvait plus l'écraser de sa puissante dialectique, et de tout le poids de leurs souvenirs.

Eymar n'écrivit que pour défendre sa mémoire; ses écrits, imprimés par M. Musset-Pathay dans les œuvres inédites de Jean-Jacques, respirent le plus vif enthousiasme, la plus tendre pitié pour cet infortuné grand homme.

Eymar mourut en 1822, âgé de 74 ans.

BRUGUIÈRES. — Bruguières, baron de Sorsum, lutta en 1807 contre deux redoutables rivaux; *le Voyageur*, poëme, obtint un accessit à l'académie française; il ne céda la victoire qu'à Millevoye et à Victorin Fabre.

Chargé de plusieurs fonctions par l'empereur qui se connaissait en hommes, revêtu par lui du titre de baron avec une dotation, Bruguières ne put se livrer à son goût pour les lettres qu'en 1814. Il écrivit beaucoup ; il aimait surtout la littérature orientale. Un conte, *San-in-Leon*, une comédie chinoise, *Lao-Seng-eul*, ou *le vieillard auquel il naît un héritier*, révélèrent un talent de style peu commun, et une grande connaissance des mœurs orientales. Ossian et Shakespeare trouvèrent en lui un traducteur habile. Son poëme sur Marseille, ses fragments d'*Antigone*, tragédie, et *de la conquête du Mexique*, méritent un souvenir. Retiré près de Tours depuis dix ans, il y mourut en 1825, âgé de 52 ans.

GRANGE. — Un jeune homme auquel le temps seul a manqué pour se faire un nom, c'est Grange que nous avons vu mourir à l'âge de 29 ans. Ses *Éloges de Féraud, de Belsunce*, promettaient un écrivain de talent. L'*éloge de Vauvenargues* est plein d'un charme, d'une pureté, d'un entraînement de style remarquables ; son cœur, avec ses idées élevées et généreuses, comprenait celui du philosophe qui avait dit : « Les « grandes pensées viennent du cœur. » Dans ce beau discours, dont la forme oratoire rappelle celle de Thomas dans l'éloge de Marc-Aurèle, le panégyriste s'attache à venger la mémoire de Vauvenargues des calomnieux éloges du dix-huitième siècle :

« O Vauvenargues! s'écrie-t-il, que ne peux-tu te
« soulever de cette couche funèbre pour répondre à
« ces impudens blasphèmes qui outragent la morale et
« la vérité!..... Et, parce que tu fus l'ami d'un philo-
« sophe, et parce que tu ne partageas point le fanatisme
« et les préjugés de l'ignorance et de l'orgueil, on déna-
« ture tes écrits, on s'empare de quelques mots échap-
« pés à ton attention, on torture tes expressions, et
« l'on te range parmi ces hommes qui n'aspirent qu'à la
« désorganisation et au renversement de tous les prin-
« cipes! Mais tes écrits, mais tes paroles, mais ceux qui
« t'ont connu sont là pour te défendre. La postérité plus
« juste saura t'apprécier, et tu reprendras la place due
« à tes talents et à tes rares vertus.

« Les maximes des hommes décèlent leur cœur.

. . . .

« Etait-il incrédule et athée, celui qui a pu dire à un
« siècle démoralisé: *L'intrépidité d'un homme mourant*
« *qui a méconnu la religion, ne peut le garantir de*
« *quelque trouble, s'il raisonne ainsi : Je me suis*
« *trompé mille fois sur mes plus palpables intérêts, et*
« *j'ai pu me tromper encore sur la religion ; or, je*
« *n'ai plus le temps ni la force de l'approfondir, et je*
« *meurs...... — Le plus sage et le plus courageux de*
« *tous les hommes, M. de Turenne, a respecté la*
« *religion, et une foule d'hommes obscurs se placent*
« *au rang des génies et des âmes fortes, seulement à*
« *cause qu'ils la méprisent !*

« Et ce discours sur l'inégalité des richesses, où il
« s'écrie : *O mon Dieu! si vous n'étiez pas pour moi,*
« *seule et délaissée dans ses maux, où mon âme espé-*
« *rerait-elle ?* Et cette méditation sur la foi, et cette
« prière qui porte de si nobles traces de la plus vive
« piété, et s'élève aux plus sublimes élans de l'âme! Et
« ces vertus que Vauvenargues pratiqua toujours avec
« un zèle si ardent, et sa vie tout entière, ne déposent-
« elles pas en faveur de ses sentiments et de la pureté de
« ses principes ?

« Ah! je vous accuse comme de vils calomniateurs,
« vous, qui prétendez que Vauvenargues prêchait le
« désordre et voulait le scandale! Je pose la main sur
« ses divins ouvrages, et je dis : jamais homme ne reçut
« de la nature une âme plus belle, un génie plus élevé ;
« jamais homme ne fut mieux fait pour faire chérir les
« lois et la vertu, ses rois et son Dieu ; jamais homme
« enfin ne fut plus digne de parler aux peuples de leurs
« droits et de leur indépendance, parce qu'il sut dis-
« tinguer ces biens précieux de la licence et de l'anar-
« chie, qu'il regarda toujours comme les fléaux des
« empires. »

Déjà La Harpe avait justifié l'auteur des *Maximes*,
de la *Méditation sur la foi*, et de la *Prière.* C'était un jeu
d'esprit, disait-on ; Vauvenargues avait voulu s'essayer
dans le genre de Pascal ! Le panégyriste ne peut contenir
son indignation ; sa belle âme avait étudié et compris
celle du philosophe chrétien, qui ne put échapper aux

calomnies que lança le dix-huitième siècle contre
Bossuet et Montesquieu, et Fénélon lui-même (1).

L'ouvrage de Grange est une bonne action et un beau
morceau d'éloquence que nous voudrions pouvoir

(1) Tout le monde sait quel bruit a fait Voltaire de ces vers de
Fénélon :

> Jeune, j'étais trop sage,
> Et voulais trop savoir :
> Je ne veux en partage
> Que badinage,
> Et touche au dernier âge
> Sans rien prévoir.

« L'archevêque de Cambrai (qui le croirait) parodie ainsi un
« air de Lulli. Il fit ces vers en présence de son neveu, le mar-
« quis de Fénélon, depuis ambassadeur à La Haye. C'est de lui
« que je les tiens. Je garantis la certitude de ce fait. — Je les
« possède, dit ailleurs Voltaire, copiés dans un ancien manus-
« crit de Télémaque, tout de la même main. » (*Siècle de
Louis XIV, pag.* 383 *et* 483, *édit. de Renouard.*) Voyez comme
Voltaire triomphe, comme Fénélon est convaincu d'incrédulité!
Mais Voltaire ne dit pas tout ; il supprime d'abord le titre de ce
cantique : *Renoncer à la sagesse humaine pour vivre en enfant ;*
et il ne cite pas ce couplet :

> Adieu, vaine prudence,
> Je ne te dois plus rien ;
> Une heureuse ignorance
> Est ma science ;
> Jésus et son enfance
> Est tout mon bien.

Ce qui prouve tout simplement que Fénélon, fatigué des choses
du monde, s'abandonnait tout entier à la Providence, et que
Voltaire est un imposteur.

transcrire dans toute son intégrité ; mais quel est celui de nos compatriotes qui n'a pas lu les écrits de cet aimable et infortuné jeune homme !

Grange fut moins heureux dans la poésie ; il a de l'esprit, de la facilité, de la correction, mais sa manière est assez commune ; elle ne s'exerce que sur des sujets rebattus, et qu'il ne rajeunit pas toujours ; *la Déclaration*, *la Jalousie*, *l'Indifférence*, cela se trouve partout. Il y a de belles tirades dans les *prosopopées*, dans celles de *l'Ombre de Cicéron*, de *la Mort de St. Louis*. *L'ode à Louis XIV* est une revue historique, bonne dans une épître, mais qui gêne et glace le lyrisme.

Les travaux du notariat ne purent étouffer dans son âme ardente tout ce qu'elle se sentait de poésie ; il adressait à son fils ces lignes charmantes : « Je n'ai pas « encore atteint mon cinquième lustre, et je viens déjà, « ô mon fils, déposer dans tes jeunes mains ce fruit de « mes premiers loisirs. Ne t'en étonne pas ; appelé à « succéder bientôt à mon père dans des fonctions dont « j'apprécie toute l'importance, et n'ayant d'ailleurs « qu'une santé chancelante, j'ai craint de n'avoir pas « le temps ou le pouvoir de fonder mes droits à ton « amour, et de jeter un souvenir dans ton cœur. C'est « donc pour laisser une trace de mon passage sur la « terre, que j'ai réuni les principaux essais de ma jeu- « nesse. Arrivé le dernier parmi nous, la nature te « destine sans doute à rester le dernier de nous parmi « les hommes. En t'adressant cet ouvrage, je prolonge

« cette chaîne d'affections qui aboutissait à mon âme,
« et dont, peut-être, tu seras pour moi le dernier
« anneau...... Ton amour est ma seule ambition; mon
« avenir est tout entier dans ton cœur. Un jour lorsque
« ma dépouille mortelle reposera dans la tombe, puis-
« ses-tu, mon fils, en jetant quelquefois les yeux sur
« ce recueil, te rappeler un père dont le seul mérite fut
« de savoir aimer! »

Tout ce qu'a écrit Grange est empreint de cette
douce sensibilité; c'est pour lui que devait être faite
cette épitaphe banale : « Il fut bon père, bon fils, bon
« époux, bon ami. » Ici du moins elle serait vraie.

L'auteur des *Voyages d'Anténor* aimait ce jeune
homme dont le talent était rehaussé par les plus précieuses qualités du cœur ; âgé de 90 ans, il lui adressa
une de ses plus aimables épîtres ; Voltaire n'a rien de
plus gracieux :

> Vous me louez selon l'usage,
> Le renard seul n'est pas flatteur;
> Un poëte l'est davantage.
> Mais sans me fier au langage
> D'un agréable et jeune auteur,
> Je m'applaudis de son suffrage.
> On voit qu'élève d'Apollon
> Ce Dieu vous aime et vous inspire,
> Que vous allez sur l'Hélicon
> Souvent accorder votre lyre;
> Avec grâce et facilité
> A mon oreille elle résonne ;

Fatiguez-la, Phébus l'ordonne,
Si vous voulez qu'il vous couronne
Des fleurs de l'immortalité.
Mais entre nous, veuillez m'en croire,
Le poëte le plus heureux
N'est pas cet aigle audacieux
Qui monte au temple de la gloire
Par des efforts ambitieux,
Mais le chantre qui, sous l'ombrage
Des bosquets du sacré vallon,
Cueille, en riant, d'une main sage,
Les humbles fleurs de la saison,
Et dont la prudence préfère
Aux lauriers éclatants d'Homère
La guirlande d'Anacréon.
Le chantre immortel d'Herminie
Mourut à Rome de chagrin,
Et de Chaulieu l'heureux génie
Chantait encore à son déclin
Les Muses, l'Amour et le vin.

Quant à moi, fatigué par l'âge,
Courbé sous quatre-vingts hivers,
Comme le rat dans son fromage,
Je me cache en mon ermitage
Où je fredonne quelques airs ;
Mais, hélas! ce n'est qu'à votre âge
Que l'on peut faire de bons vers.

« Si les productions de ce littérateur aimable, dit un
« biographe en parlant de Grange, manquent en général
« d'originalité, elles sont toutes empreintes d'un sen-
« timent d'abandon et de mélancolie qui faisait le fond

« de son caractère , et qui en rend la lecture attrayante.
« Il écrivait avec élégance, sans recherche...... Il était
« poursuivi par le pressentiment d'une fin prochaine.
« Cette mort si prématurée et si regrettable a été un
« sujet de deuil pour la ville de Marseille. »

André Grange mourut en 1826, et, nous l'avons
dit, il n'avait pas trente ans.

État des arts a Marseille. — Les arts ne dégéné-
raient point à Marseille. Bounieu peignait la *Naissance
de Henri IV*, le *Retour de la bataille d'Ivry*, *Adam
et Éve*, le *Déluge* ; il s'inspirait à la Bible, ce grand
foyer d'inspirations, et créait un chef-d'œuvre dans sa
Bethzabée au bain.

Topino-Lebrun , élève de David, partageait ses délirantes opinions politiques ; républicain farouche, il
signait la mort de ses concitoyens de la même main qui
dessinait la *Mort de Caïus Gracchus* ; jeté depuis dans
les conspirations, arrêté comme complice dans l'affaire
de la machine infernale, ce grand peintre perdit sur
l'échafaud une vie faite pour les arts.

Thulis , physicien, astronome distingué, et directeur
de l'Observatoire, l'enrichissait d'instruments précieux
qu'il faisait venir de Londres ; Gœttingue et Berlin
l'admettaient dans leurs académies, et il fondait en
même temps la société de charité maternelle à Marseille.

Corréard paraissait sur la scène, et, habile comédien, montrait une profonde connaissance de l'art, une verve de gaieté peu commune; il créait le rôle de Figaro.

Albouis Dazincourt, cet inimitable acteur, faisait les délices de la capitale; son début à Bruxelles avait eu du retentissement, Paris l'admira dans le rôle de Sosie qu'il joua tel que l'avait conçu Molière. Beaumarchais lui confia Figaro; il fut appelé par la belle et malheureuse reine de France à lui donner des leçons de déclamation et à diriger son spectacle particulier. Il était adoré du public; quand, dans le rôle insignifiant du postillon de *l'Optimiste*, il prononçait ces vers :

N'aurait-on qu'à porter une lettre, un billet,
Il faut autant qu'on peut faire bien ce qu'on fait,

la salle éclatait en applaudissements.

Il sut se faire aimer en même temps qu'admirer; comédien par goût, et non par besoin, il ne cessa jamais d'être estimé; sa charité surtout était souvent citée.

Profond dans son jeu, sa gaieté était un peu froide peut-être; aussi Préville disait: « C'est un excellent « comédien, plaisanterie à part. »

L'académie tenait des séances publiques deux fois l'année; la culture de l'olivier et des vignes en était presque le seul objet; elles étaient le plus souvent présidées par M. de Permon, cet aimable frère de Mme d'Abrantès, ou par le ci-devant sans-culotte, comte de Thibaudeau. L'académie publiait douze volumes de ses mémoires, profonde sépulture qui ne rendra jamais au jour les noms qu'elle renferme, inviolable sanctuaire auquel nulle main n'aura le courage de toucher.

Depuis 1814, ces séances furent moins insipides; Mrs Négrel-Féraud, Casimir Rostan, lisaient quelquefois de beaux vers; le public était attiré par les contes de M. de Lantier et les fables de M. Jauffret, il croyait voir revivre en eux tout La Fontaine; mais toujours la culture de l'olivier et de la vigne, toujours la biographie du savon, lues devant des dames. Et malgré tout cela notre académie ne fut pas au-dessous des autres académies. Elle couronnait de temps en temps des compositions qui valaient bien celles des autres lauréats de France; elle vivait calme, paisible, et surtout à l'abri de l'envie.

Tous les artistes distingués dont nous venons de parler étaient morts avant M. de Lantier, ce dernier représentant du dix-huitième siècle; il ferma la liste, et c'est par lui que nous terminerons la nomenclature des écrivains morts depuis 1789.

LANTIER. — Il est rare qu'un homme qui a voué sa carrière à l'étude et aux lettres, qui s'est fait une grande réputation par ses ouvrages, n'ait acheté par bien des maux et des soucis les jouissances nées du travail et de la gloire. Rousseau nous répète souvent qu'il a connu le malheur dès qu'il a pris la plume ; Montesquieu frémissait à l'idée que son fils pouvait devenir homme de lettres. Mais pour être nombreux, ces exemples ne sont pas sans exception ; il est des écrivains dont la vie entière fut calme et sans orages, et qui peuvent dire avec notre fablier :

A beaucoup de plaisirs je mêle un peu de gloire.

Telle fut la vie de Fontenelle pendant un siècle, telle fut la vie presque aussi longue de l'auteur des *Voyages d'Anténor*.

Etienne-François Lantier naquit le 1ᵉʳ octobre 1734, la même année que Dorat. L'austérité de la maison paternelle heurtant les goûts d'un jeune homme qui ne rêvait que gloire militaire, à peine au sortir des Jésuites chez qui il avait fait ses études, il obtint de son père une sous-lieutenance dans le régiment d'Angoûmois, alors à Marseille. Il parcourut successivement la Corse, toute la France, l'Espagne dont il a si bien décrit les mœurs singulières. Passionné pour la lecture, il dévorait tous les livres avec une avidité et une irréflexion dont il s'est toujours repenti.

Sa jeunesse fut celle des jeunes gens de son siècle ; les duels et les maîtresses, courir la nuit pour briser les vitres des bons bourgeois et pour rosser le guet, payer ses créanciers comme Don Juan payait M. Dimanche, passer huit jours dans les cachots de Notre-Dame de la Garde, par ordre de son père ; telle fut long-temps son existence. Je passerai de suite à sa carrière littéraire qui seule présente quelque intérêt. « La vie des gens de « lettres, a dit Voltaire, n'est guère que dans leurs « ouvrages. »

C'est à Marseille que M. de Lantier entreprit l'*Impatient*, sujet mal-adroitement traité par un de ses amis ; il marcha d'abord au hasard sans suivre de route tracée ; la pièce était alors en trois actes. Mais son ambition s'éveillant, croyant avec l'homme aux quarante écus qu'on ne peut faire de bons livres en province, il résolut d'aller à Paris ; son père consentit avec peine à ce voyage, et lui donna pourtant 5o louis.

Il débuta dans la capitale par une jolie pièce de vers, insérée depuis dans ses œuvres, et adressée à Mme du B^.... qui n'aimait pas le duc de Choiseul, parce que fier & généreux, il refusait de plier le genou devant elle. Ces vers firent du bruit, on les attribua à Jacques Delille, à Voltaire même.

> Déesse des plaisirs, tendre mère des Grâces,
> Pourquoi veux-tu mêler aux fêtes de Paphos
>   Les noirs soupçons, les fâcheuses disgrâces,
> Et pourquoi méditer la perte d'un héros !
>   Ulysse est cher à la patrie,
>   Il est l'appui d'Agamemnon :
> Sa politique active et son vaste génie

Enchaînent la valeur du superbe Ilion.

     Soumets les Dieux à ton empire ;

Vénus, sur tous les cœurs règne par ta beauté,

     Mais à nos vœux daigne sourire,

   Et rends le calme à Neptune agité.

     Ulysse, ce mortel aimable

     Que tu proscris dans ton courroux,

     Pour la beauté n'est redoutable

     Qu'en soupirant à tes genoux.

Ulysse reçut en même temps une charmante épître ; c'est celle qui commence ainsi :

     Chaque français doit par reconnaissance

     S'occuper de vos intérêts, etc.

L'évêque d'Orléans, alors ministre de la Feuille, fit connaître l'auteur à M. de Choiseul qui lui donna une pension de 1200 francs sur les affaires étrangères, et le nomma secrétaire d'ambassade à Dresde ; six mois après ce ministre tomba, fut exilé à Chanteloup, et son successeur, le duc d'Aiguillon, enleva à M. de Lantier sa pension et sa place. — Il est à remarquer que M. de Choiseul fut le protecteur d'*Anacharsis* et d'*Anténor*.

Pour se consoler des inconstances de la fortune, M. de Lantier termina l'*Impatient ;* un ami le conduisit chez Monvel, auteur dramatique lui-même, qui garda la pièce trois ans ; enfin elle fut lue et reçue avec applaudissements :

13

Le drame fait, haletant pour la gloire,
Je le portai chez l'acteur Dorival,
Qui le garda trois ans dans son armoire
Auprès d'un pot de rouge végétal.

(*Mes Souvenirs.*)

Dans l'intervalle, M. de Lantier avait tracé le plan d'une autre comédie qu'il alla faire lire à Diderot, si fier de ses fougueuses erreurs et de son grossier athéisme, mais dans son intérieur l'homme du monde le plus doux, le plus aimable, et simple dans ses mœurs. « Mon « enfant, dit le philosophe, votre pièce ne vaut rien ; « avez-vous eu du plaisir à la faire ? — Oui, beaucoup. « — Eh bien ! que voulez-vous de plus ? Renoncez- « vous à cet ouvrage ? — Hélas ! oui. — Me le donnez- « vous ? — De grand cœur. » Et Diderot a traité ce sujet en cinq actes qu'il a laissés à Pétersbourg dans le pensionnat des Demoiselles Nobles.

L'*Impatient* fut joué en 1778 ; le succès fut douteux ; la pièce avait des longueurs ; La Harpe dit dans le *Mercure* que l'ouvrage était d'un jeune homme ; M. de Lantier avait quarante quatre ans. On lui conseilla de le retirer, mais Molé qui avait un rôle piquant, demanda quelques corrections. Barthe, compatriote de l'auteur, lui présageait, peut-être par jalousie de métier, une chute terrible. Cependant la pièce est annoncée, Molé entre en scène ; le succès surpassa toutes les espérances.

L'Impatient fut bientôt joué à Versailles ; Louis XVI y rit beaucoup ; on engage l'auteur à se trouver sur son passage , mais après un quart d'heure, il fournit une nouvelle scène à sa pièce ; fatigué d'attendre, il se retire. Il s'en repentit bientôt, et sur le conseil de ses amis, envoya au comte d'Artois ces vers qui n'ont jamais été imprimés :

> O vous, l'honneur de cet empire,
> Vous, né pour la gloire et l'amour,
> A mon placet daignez sourire,
> Et moi, je m'oblige à mon tour
> D'aller prier, mais bouche close,
> La belle moitié de Vulcain
> De vous choisir dans son jardin
> Son plus joli bouton de rose.

Le prince sourit au placet, et l'auteur obtint la commission de capitaine. C'était le bon temps.

M. de Lantier, connu dès-lors par sa jolie comédie, fréquenta la haute société ; la maison du maréchal de Sainville, frère du duc de Choiseul ; celles de Mᵐᵉ de Boufflers, de Mᵐᵉ de Brancas, lui furent ouvertes ; il y puisa cette fleur d'urbanité et de bon ton qui caractérise ses moindres ouvrages. C'est là qu'il connut et protégea François de Neufchâteau, médiocre écrivain qui l'aurait protégé depuis, et ce singulier Cérutti, d'abord jésuite, puis amant, puis époux secret de la duchesse de Brancas qui lui laissa 10,000 francs de rente.

Encouragé par un premier succès, M. de Lantier
publia trois contes en prose pleins de sel, de gaieté et
de philosophie, et un recueil de poésies sous le nom de
l'abbé Mouche. Ses contes en vers doivent plaire aux
admirateurs de ceux du bon homme; *Erminie* est un
chef-d'œuvre de versification; les exordes de chaque
chant rappellent l'Arioste; ses poésies légères le placent
au rang des meilleurs élèves de Voltaire. Dépouillez
Dorat de son afféterie, Gentil-Bernard de ses fadeurs,
Parny de sa licence trop souvent cynique, Hamilton,
Chaulieu, de leurs fatigantes incorrections, et vous
aurez une idée de la manière de M. de Lantier. S'il
n'est pas assez coloriste, il rachète ce défaut par la
grâce, l'aimable simplicité du style, par les saillies de
l'esprit, et cet art des rapprochements qu'on admire
dans Voltaire et dans Hamilton. Dans nos jours d'insup-
portable innovation, et lorsque en même temps se
manifeste une espèce de rétroaction vers le bon goût,
le public reverra avec plaisir les œuvres de celui qui
fit long-temps ses délices.

M. de Lantier travailla ensuite au *Flatteur*, pièce en
cinq actes, et jouée en 1782 avec peu de succès; Du-
gazon voulut la corriger, élaga les branches parasites,
et élaga tellement que Molé ne voulut pas la jouer sous
cette nouvelle forme. *Le Flatteur* fut depuis bien reçu
du public; La Harpe y reconnaît dans sa correspondance avec le grand-duc de Russie, beaucoup plus de
gaieté que dans celui de J.-B. Rousseau; réduit en trois

actes, ce serait un chef-d'œuvre. M. de Lantier étudia peu l'école du théâtre ; doué d'un grand fond de gaieté, connaissant le monde, il eût réussi dans ce genre le plus difficile de tous peut-être, mais ayant échoué plusieurs fois, il se jeta dans les romans.

Il lui vint une idée bizarre, ce fut d'écrire la vie de ce fameux comte de St-Germain qui prétendait vivre depuis deux mille ans, de lui faire décrire les siècles qu'il avait traversés ; c'eût été l'histoire universelle racontée par un contemporain. Il commença par les Grecs, et s'en tint là ; c'est cette idée qui a produit *Anténor.*

Vers cette époque, un ami lui proposa le voyage d'Italie ; il a souvent regretté de n'y avoir point porté toute la réflexion du philosophe et de l'observateur ; cependant il a consigné ses souvenirs dans la *Correspondance de Mlle d'Arly.*

M. de Lantier visita d'abord Ferney, déjà veuf de Voltaire. A Venise, il fit connaissance avec le marquis de Capaccelli, l'un des quarante sénateurs de Bologne, grand amateur de théâtre, qui s'était ruiné à faire jouer des pièces dans son palais, et traducteur de l'*Impatient.* A Rome, il fut reçu de l'académie des Arcades, et accueilli par le cardinal de Bernis ; ils lièrent depuis une correspondance. M. de Lantier se garda bien de parler à ce prince de l'église de ses productions littéraires ; c'eût été blesser l'âme sensible de Babet-la-Bouquetière.

Après avoir visité Herculanum, où il trouva le manuscrit d'*Anténor*, comme Montesquieu reçut celui du *Temple de Gnide* des mains d'un ambassadeur à la Porte-Ottomane, il arriva à Florence; La Crusca l'admit dans son sein. Il vit souvent Alfieri; il reconnut que ce grand poëte aimait peu les Français et leurs auteurs, que ses héros étaient ceux de l'ancienne Rome, que son âme d'où s'était échappé ce beau vers:

Servi siam, si; ma servi ognor frementi,

était toute républicaine, mais que sa plus grande passion était celle des chevaux.

De retour à Genève, M. de Lantier se lia avec l'abbé Raynal, plus tard avec Mme de Staël, et avec M. de Barante, aujourd'hui l'un de nos grands écrivains.

Reçu à l'académie de Marseille dès 1786, il amassa des matériaux pour *Anténor*, qu'il composa, à sa campagne de St-Jean-du-Désert, au milieu des orages de la révolution, se distrayant par des rêves et des tableaux enchanteurs, des maux trop réels de la France.

Cet ouvrage, dès son apparition, eut un prodigieux succès, et fut déchiré par les journaux. L'abbé de Féletz, Dussault, écrivain d'un tout autre talent, se déchaînèrent contre l'auteur avec une véhémence, une rage, dont on ne s'explique point le motif. Ils se répandirent en injures, en personnalités, contre un homme dont le caractère était doux, simple, honnête, inoffensif; ils s'obstinèrent à voir dans *Anténor* une pâle imitation d'*Anacharsis* que M. de Lantier s'était défendu de lire avant d'avoir terminé son ouvrage. On ne peut établir le moindre parallèle entre les deux voyageurs; malgré la distance qui les sépare, on ne peut songer à Barthélemy sans se rappeler Lantier; il est de belles places encore après celle du savant antiquaire. Et qu'a prétendu faire l'aimable Anténor? Un docte ouvrage? Non; lisez sa préface; un joli roman? Oui, et certes il a rempli son but. Un style pur et coulant, un grand intérêt dramatique, des descriptions charmantes, une foule d'agréables anecdotes, voilà ce qui lui a valu seize éditions en vingt ans. Plusieurs morceaux, tels que l'histoire de Dioclès, d'une si douce philosophie, les amours et la mort de Sapho, le séjour à Babylone, l'histoire d'Aristide, ne décèlent pas un médiocre écrivain. En quelques années *Anténor* fut polyglotte: il a été traduit en allemand par Muller, en anglais par Brand, en espagnol par Calzava, en portugais par Vasconcellos, en Russe par Harrow, en italien par un prêtre, et en grec moderne. Un grand monarque, homme de lettres, Louis XVIII, ayant un soir lu les premiers chapitres de ce livre, ne put l'abandonner, et le termina dans une nuit. Celui qui a nommé *Anténor l'Anacharsis des toilettes* l'a spirituellement et justement apprécié. Il serait aussi difficile d'arracher une feuille de laurier à la couronne d'*Anacharsis* qu'une feuille de rose à la guirlande d'*Anténor*.

M. de Lantier ne répondit jamais aux feuilletonistes du *Journal de l'empire ;* dans sa préface il en donne le motif : « Je n'aurais pas manqué de raisons, et surtout « d'injures; mais j'aurais troublé mon repos et échauffé « mon sang ; et lorsqu'on a le bonheur de se promener « tout doucement, par une belle soirée, dans un jardin « agréable, il ne faut pas s'inquiéter des cris des hiboux « et des crapauds. »

Il se vengeait pourtant et en homme d'esprit ; à chaque nouvelle édition, il envoyait un exemplaire à M. de Féletz, et à chaque nouvelle édition le spirituel abbé écrivait un nouveau et injurieux feuilleton. Le critique se fatiga le premier.

M. de Lantier publia successivement plusieurs ouvrages en prose : *Les voyageurs en Suisse*, le *Voyage en Espagne*, la *Correspondance de Mlle d'Arly*. « Ce « premier ouvrage, dit un biographe, est écrit de « verve; on y trouve des descriptions neuves et animées, « et des anecdotes racontées avec infiniment de naturel « et d'esprit. Ce genre de composition a beaucoup perdu « depuis qu'on a donné avec profusion tant de voyages « en Suisse. »

Nous ne manquons pas non plus de voyages en Espagne ; mais tels sont la singularité de ses mœurs, l'azur de son ciel, la variété de ses sites, l'intérêt qu'inspire son histoire, que des anecdotes, des observations sur ce beau pays, sont toujours reçues avec plaisir, et d'ailleurs, comme dit l'auteur dans la préface la plus spirituelle et la plus décousue qui fut jamais, peut-on blâmer l'abondance des mets dans un festin?

M. de Lantier a un style à lui, simple, coulant, toujours limpide, d'une douceur, d'un moëlleux rares aujourd'hui. Quelques épisodes pleins de grâce et de sensibilité, tels que celui de Cécile et de l'ermite de Carthagène, une grande fidélité dans la peinture de la paresse, de la valeur, de la dévotion et des amours espagnoles, feront toujours lire ce roman avec plaisir. Don Manuel, qui supporte sa bosse et les maux de la vie avec tant de gaieté, son enthousiasme pour les femmes et la poésie, sa superstitieuse crédulité, forment un caractère original et fort bien traité. Qui n'aimerait don Inigo, si bon, si éclairé, et sa fille Rosalie, d'abord si malheureuse, et si douce, si sensible?

La *Correspondance de Mlle d'Arly* est remarquable par l'intérêt jeté sur un fond très-léger fécondé par le charme des détails; après Hamilton et Voltaire, M. de Lantier est celui qui a le mieux connu le badinage élégant, facile et de bon goût, la raillerie piquante, les rapprochements ingénieux, la vérité et la variété des portraits, cette critique fine et judicieuse dont *les Mémoires de Grammont* sont le premier modèle. M. de Lantier mettait dans ses livres tout l'esprit de sa conversation, et jamais homme ne sut mieux causer. C'est à 80 ans qu'il écrivit cette *correspondance*, et jamais son style n'eut plus de fraîcheur, de grâce et d'originalité. C'est une causerie enjouée, sérieuse, toujours aimable, sans prétention, sans recherche, sans fadeur (1).

En 1814, M. de Lantier abandonna la capitale qu'il aimait pour finir ses jours sous le beau ciel de son pays qu'il aimait plus encore. Les loisirs du vieillard ne furent inutiles ni à son bonheur ni à nos plaisirs ; il faisait lire aux séances de l'académie de Marseille des contes pleins de sel et d'esprit qui toujours étaient applaudis même quand l'auteur n'était pas présent. On ne fut point ingrat ; renouvelant l'hommage rendu à Voltaire, les Marseillais se portèrent en foule au théâtre lorsque l'*Impatient* reparut sur la scène ; en présence de l'auteur, couvert de fleurs, de couronnes, d'applaudissements, le vieillard s'écriait, les larmes aux yeux : « Encore un jour de bonheur ! »

Son grand âge n'avait point éteint son amour pour l'étude et la poésie ; il leur offrit un dernier tribut ; à 91 ans, il enfanta un poëme en huit chants : *Geoffroy Rudel*, ou *le Troubadour* renferme encore des morceaux charmants, une touche gracieuse et riante, des vers faciles et pleins d'harmonie, et toujours dictés par le goût le plus pur. Si quelques endroits se ressentent

(1) Presque tous les biographes lui attribuent deux ouvrages qu'il n'a point faits ; j'ignore de qui est le *Faquir*, conte. Les *Réflexions sur le plaisir, par un célibataire*, sont de Grimod de la Reynière, plus fameux par sa gastronomie que par ses succès littéraires, auteur de l'*Alambic littéraire*, de *Peu de chose*, fort peu de chose en effet, et grand donneur d'excellents soupers.

de la faiblesse de l'âge, qui aurait le courage de les juger avec sévérité ? L'histoire littéraire offre-t-elle l'exemple d'un nonagénaire dont l'imagination est assez vive pour enfanter cinq mille vers ?

M. de Lantier vécut encore douze ans à Marseille ; les saillies de sa conversation, l'urbanité de ses manières, la simplicité de ses mœurs rappelaient Fontenelle avec plus d'affabilité, un esprit aussi vif et moins sarcasmatique. Tous ceux qui l'ont connu se souviennent de sa bonhomie, de sa crédulité qui était celle d'un enfant, et l'indice d'une belle âme.

Il avait survécu à l'école voltairienne ; cette philosophie légère, frondeuse, trop superficielle, n'est plus celle de nos jours ; trop peu logicienne, elle est insuffisante à nos esprits nourris dans les révolutions ; mais elle a rendu un grand service en popularisant l'instruction, en la dépouillant de ses formes arides, et la revêtant d'un langage enjoué. Nous devons des remercîments à ceux qui ont su cacher sous le voile du badinage des pensées souvent utiles et profondes :

Così all' egro fanciul porgiamo aspersi
Di soave licor gli orli del vaso,
Succhi amari ingannato intanto ei beve,
E dall' inganno suo vita riceve.

Et sous ce rapport M. de Lantier mérite toute notre reconnaissance. Si on peut lui reprocher un scepticisme trop peu réfléchi, trop de légèreté sur des matières graves, on s'en prendra à son siècle, aux sociétés dans lesquelles il passa sa vie ; il était difficile de sortir chrétien des salons de Mme Geoffrin ; ses erreurs furent celles de toute son époque, et, lui du moins, ne partagea pas le délirant fanatisme des Diderot, des Raynal, des d'Holbach. Ses railleries étaient quelquefois blâmables, mais il ne fut jamais ligué avec la grande secte. Il possédait, sans être chrétien, toutes les vertus chrétiennes ; il ne connut jamais la haine, il oubliait les injures, il ne se permit jamais le plus léger mensonge, sa charité était inépuisable, et si la foi n'est rien sans les œuvres, espérons de la bonté divine que les œuvres peuvent être quelque chose, même sans la foi.

M. de Lantier mourut le 31 janvier 1826, à l'âge de 92 ans ; il représentait son époque, comme le centenaire Fontenelle représentait en 1757 celle de Louis XIV.

Son dernier soupir fut celui du dix-huitième siècle.

TROISIÈME PARTIE.

—

XIXme SIÈCLE.

———

Nous sommes arrivés à l'histoire de nos jours; ici se présentent des écrivains dont les uns sont nos amis, dont les autres ne nous sont connus que par leurs ouvrages; envers tous, même impartialité; notre tâche serait difficile, si nous n'avions juré de dire la vérité, ce que nous croyons l'être du moins; mais partant de cette base, le chemin est aplani, les obstacles sont renversés. Nous ne reculerons ni devant les accusations de trop de sévérité, ni devant celles de *camaraderie;* nous ne craignons pas de déplaire à quelques-uns, ni même de nous faire des amis intéressés, deux malheurs que nous n'éviterons pas sans doute. Ceux dont nous allons parler, nous les voyons presque tous parmi nous, nous les rencontrons dans les cercles, dans les salons, dans les promenades; presque tous appartiennent à cette génération qui relève de Chateaubriand, et qui fait notre espoir, ou notre gloire déjà. Si parfois elle trouve nos jugements sévères, si parfois elle les trouve trop indulgents, qu'elle sache que nous n'avons nulle prétention à l'infaillibilité : « Je donne mon avis comme « mien, et non comme bon, » disait Montaigne, notre maître. Nous ne nous plaindrons pas si nos arrêts sont cassés par la haute cour du public, heureux si elle ne les casse que lorsqu'ils seront défavorables à l'accusé !

Notre but est simple, nous le croyons utile ; c'est de prouver que Marseille fut toujours une ville littéraire, qu'elle l'est surtout de nos jours, et qu'elle a été calomniée par M. Dupin.

Nous commencerons par nos prosateurs, contrairement à la loi de l'antiquité : *ab Jove principium.*

MESSIEURS

FORTIA DE PILES. — Né en 1758, M. Fortia de Piles appartient, par son âge comme par sa manière, à l'ancienne école ; homme érudit, il est plus connu par ses brochures que par des écrits de longue haleine, et ces brochures, politiques ou littéraires, ont le malheur d'être nées des circonstances. Son livre capital est le *Voyage de deux Français en Allemagne, Danemarck, Suède, Russie et Pologne*, fait de 1790 à 1792, avec son ami, le chevalier de Boisgelin. Des remarques judicieuses, un style correct, quoique monotone, font lire cet ouvrage avec fruit, et même avec quelque plaisir.

Il serait trop long de mentionner le titre de tous ses opuscules tels que les *Lettres à Mercier*, les *Réflexions sur les spectacles, le jeu, la musique et les duels*, etc. M. Fortia fit jouer, en 1784 et 1785, deux opéras, à Nancy, qui obtinrent un succès mérité.

Possesseur d'une belle fortune, il en a consacré une grande partie à sa bibliothèque ; il vit à Paris, et son goût pour les lettres lui fait supporter légèrement les jours de la vieillesse. M. de Lantier, âgé de 90 ans, disait : « Il n'y a que les sots qui vieillissent. » Aussi ne vieillit-on jamais de meilleure grâce que M. Fortia de Piles.

COURNAND. — M. Cournand, ancien oratorien, devint professeur au collège de France dès 1784. Ses ouvrages sont nombreux. La *Littérature des Turcs*, le *Tableau des révolutions de la littérature ancienne et moderne*, les *Réflexions sur les mémoires de Pie VI*, sont d'un homme de talent ; il en eut moins dans la poésie. Il a traduit l'*Achilléïde* et les *Géorgiques* : « Durant la période que nous parcourons, dit Chénier « dans son excellent Tableau historique de la littérature « depuis 1789, on a publié deux nouvelles traductions « en vers des Géorgiques de Virgile ; l'une est de M. Baux « et l'autre de M. Cournand. Elles paraissent tendre éga- « lement à une scrupuleuse fidélité ; . . . mais ce mérite « n'est pas tout, ... Rien de plus louable sans doute « que de pareilles tentatives ; elles prouvent du moins

« l'étude approfondie des grands classiques.... Mais
« nous sommes forcés de le dire : pour le style, la ver-
« sification, le talent poétique, ces deux essais sont bien
« loin de pouvoir entrer en concurrence avec la traduc-
« tion immortelle qui les a précédés, et qui suffit à
« notre littérature. »

M. Cournand est encore auteur de deux poëmes,
celui de la *Liberté*, et celui des *Styles;* mais ce ne sont
guère que des vers de professeur. Il a été souvent en
butte aux traits satiriques des écrivains de son époque,
celle de l'empire. Joseph Despaze entre autres s'écriait,
dans sa cinquième satire à l'abbé Sicard :

O Dieu ! des bons écrits source auguste et première,
Dieu fatal à Cournand !....

Ce n'était pas à Despaze à se moquer des vers de
M. Cournand.

EYRIÈS. — Infatigable voyageur, M. Eyriès a
consigné les fruits de ses observations dans un grand
nombre d'ouvrages. Il a écrit entre autres un *Abrégé
des voyages depuis* 1780 *jusqu'à nos jours.* Il est auteur de quelques articles dans la *Biographie universelle,* et collaborateur à l'*Art de vérifier les dates.*

PASTORET. — Ce nom est inscrit depuis long-
temps dans l'histoire de France; Roger Pastoret l'a
donné à une rue de Paris; Jehan Pastoret fut d'un

grand secours à Charles V, dans les guerres contre les Anglais; il fut membre du conseil de régence, sous Charles VI. Lors des guerres d'Italie, cette famille se retira en Provence. — Le père de notre contemporain était lieutenant particulier de l'Amirauté du Levant.

Son fils a joué un beau et noble rôle, dont nous n'avons pas malheureusement à nous occuper; il nous serait doux de témoigner notre sympathie pour celui qui, à 24 ans, conseiller du roi, lutta plus tard contre Mirabeau, refusa deux fois le ministère, puis, pair de France de Louis XVIII, un des rédacteurs de la Charte, chancelier de France en 1829, démissionnaire en 1830, est aujourd'hui tuteur des enfants exilés.

M. Pastoret ne fut point entièrement détourné des lettres par ses importantes fonctions; en 1784 et 1785, il avait remporté deux prix qui le firent admettre à l'académie des Inscriptions. En 1790, son *Traité des lois pénales* fut couronné par l'académie, comme l'ouvrage le plus utile. « C'était déclarer l'opinion publi- « que, dit Chénier. Le choix de l'académie honorait « l'auteur, le choix du livre honorait l'académie. » *Zoroastre, Confucius, Mahomet, considérés comme sectaires, législateurs et moralistes, Moïse considéré comme législateur et moraliste*, est un livre d'une haute portée, plein de choses, d'érudition et de saga- cité; mais son grand ouvrage est l'*Histoire de la légis- lation*, en 9 volumes, et qui prouve que Montesquieu n'a pas tout dit.

14

Dans ses bons, comme dans ses mauvais jours, M. Pastoret a su se faire et se conserver des amis. M. de Lantier fut un des plus fidèles ; dans ses dernières années, il parlait avec effusion de son noble compatriote, et lui adressait de charmantes épîtres.

Les écrits de M. Pastoret sont trop en dehors de ce qu'on appelle simple littérature pour que nous les examinions. Qu'il nous suffise d'en avoir mentionné une partie et constaté le mérite. « Pastoret, de Marseille, dit « M. Augⁱⁿ Fabre, livré de bonne heure à l'étude des let- « tres et de la jurisprudence, écrivain plus consciencieux « que brillant, s'était fait connaître à l'Europe savante « par des ouvrages utiles qui respirent l'amour du bien ; « esprit droit et positif, attaché à la liberté par philo- « sophie et non par passion, etc. »

On sait que le dernier historien de Marseille n'est pas indulgent pour les personnes dont les opinions sont celles de M. Pastoret ; mais nous nous sommes plu souvent à reconnaître son impartialité.

JAUFFRET.— Bien que M. Jauffret ne soit point né parmi nous, nous avons le droit de le compter au nombre de nos compatriotes ; depuis long-temps il vit à Marseille ; il en a fait sa patrie adoptive ; il en a compulsé les chroniques, et attaché son nom à des livres d'intérêt local. Secrétaire perpétuel de l'académie, bibliothécaire de la ville, nous lui devons un cabinet de médailles, une grande augmentation d'ouvrages de choix ; nous lui

devons d'avoir vu les séances de l'académie assez intéressantes pour que sa voix et celle de ses confrères ne
se perdissent pas dans une effrayante solitude. Nous
l'avons déjà dit, ses fables et les contes de Lantier faisaient oublier la physiologie de la vigne et de l'olivier.
Si l'académie dort, ce n'est la faute de M. Jauffret.

Savant modeste, écrivain d'un goût pur, M. Jauffret
a composé beaucoup de volumes, dont la plus grande
partie est dédiée à l'enfance ; ami de Berquin et de
Florian, il aime l'enfance et l'apologue ; de là, le
Courrier des Enfants et des Adolescents, traduit en
allemand en 1803, et en espagnol, sous le titre : *Gazeta
de los Niños ;* les *Charmes de l'enfance*, qui eurent
cinq éditions ; le *Théâtre de famille*, traduit en allemand ; les *Veillées du pensionnat;* le *Théâtre des
maisons d'éducation ;* le *Voyage au Jardin des plan-
tes*, traduit encore en allemand dès 1799, et une foule
d'autres ouvrages qui méritent toute la reconnaissance
des pères de famille. Depuis on s'est beaucoup occupé
de l'enfance, et jamais on n'a fait mieux. Une page de
M. Jauffret est préférable à tout le *Journal des Enfants*, écrit avec la recherche et le désir de briller qui
caractérisent l'époque ; on voit que les rédacteurs,
hommes du monde, n'ont point étudié, n'ont pu étudier
les enfants, qu'ils ne cherchent pas même à s'en faire
comprendre, qu'ils ne demandent que l'approbation
des lecteurs en état de juger leur talent et leur style ;
ils ne l'obtiennent pas, et leur ouvrage est à mille lieues

du but qu'ils devraient se proposer. Ce n'est point ainsi que M. Jauffret a compris sa mission ; chez lui, tout est clair, simple, naturel, la science la plus abstraite est mise à la portée de ses jeunes lecteurs ; il ne s'efforce point de les élever jusqu'à lui, il descend jusqu'à eux, chose si rare et si difficile. Il n'a obéi qu'à un désir, celui d'être utile, et il a su en même-temps être agréable ; ses vues sont droites, son coup d'œil et ses observations justes ; sa morale pure et douce ; il occupe enfin un rang très-distingué parmi les écrivains qui ont aimé l'enfance, si dédaignée, si abandonnée à elle-même, avant que Rousseau eût donné au monde son admirable et impraticable chef-d'œuvre.

Là ne se sont point bornés les travaux de M. Jauffret : littérateur savant et habile, il a importé en France quelques productions de nos voisins ; il nous a donné une idée du théâtre de l'infortuné Kotzebue ; qui ne connaît, qui n'a vu jouer *Les deux Frères ou le Médecin conciliateur*, cette pièce imprégnée de tout le sentimentalisme allemand, et qui, toujours jouée et toujours applaudie, fait couler plus de larmes que les délirantes conceptions des dramaturges du siècle ? On ne parlera plus de ces étranges aberrations d'hommes de talent, que *Les deux Frères* occuperont encore la scène.

M. Jauffret a publié en outre des livres de sciences, un *Traité de Zoologie*, un *Traité de Zoographie de l'ancien et du nouveau continent*, le *Dictionnaire éty-*

mologique de la langue française, le Spectacle de la nature, de Pluche, mis au niveau des connaissances actuelles ; Marseille lui doit de doctes élucubrations sur des époques de son histoire, telles qu'une précieuse compilation sous le titre de Pièces historiques sur la peste de 1720, et le Conservateur, recueil littéraire, dont nous avons fait souvent usage dans cet Essai. Enfin, poëte plein de goût et de grâce, ses romances, traduites en allemand, ont été mises en musique par Méhul, Berton et Plantade ; ses fables l'ont rendu rival de nos premiers fabulistes ; je dis premiers, abstraction faite toujours de La Fontaine : celui-là est hors de concours.

Les fables de M. Jauffret sont le fleuron de sa couronne ; grâce de style, finesse d'observations, philosophie profonde sous le voile de l'enjouement, bonhomie aimable, naïve et piquante à la fois, il a tout ce qui fait le prix de ces petits poëmes. Dussault salua, dans le Journal de l'Empire, l'apparition de ce recueil, et le critique, si judicieux et si peu indulgent, ne put être sévère.

M. Jauffret a plusieurs fois continué certaines fables de La Fontaine ; on sait que le premier mérite de Jean n'est pas dans ses morales, souvent amenées avec peine, et presque toujours fausses ; M. Jauffret a corrigé heureusement ce défaut ; ainsi dans Le Corbeau et le Renard, ce dernier recevait un prix de ses mensonges. « Cette morale, dit Rousseau, est une leçon de la plus

« basse flatterie. — C'est apprendre aux enfants qu'il y
« a des hommes qui flattent et mentent pour leur profit ;
« on leur apprend moins à ne pas laisser tomber le fro-
« mage de leur bec qu'à le faire tomber du bec d'un
« autre. — Ils se moquent du corbeau, mais ils s'affec-
« tionnent tous au renard..... » Ces réflexions sont
vraies ; il fallait que le flatteur fût puni, aussi bien que
celui qui l'écoute ; voici comment s'en tire notre fabuliste :

. . . .
Le Renard d'une dent gloutonne,
Fond sur le mets empoisonné.
Vous devinez son sort. Bientôt l'infortuné
Ressent d'affreux tourments ; il s'agite, il frissonne
A l'aspect du trépas dont l'horreur l'environne ;
Il expire dans les douleurs.

Que ne peuvent ainsi périr tous les flatteurs !

Une des meilleures fables que je connaisse, c'est
celle des *Deux Savetiers,* et c'est encore une suite à
un chef-d'œuvre de La Fontaine, *Le Savetier et le
Financier.* La Fontaine avait tiré la sienne du valet de
chambre de Marguerite de Valois, Bonaventure des
Périers, qui lui-même l'avait tirée d'Horace ; une singularité, c'est que le récit d'Horace et celui du Bonhomme renferment juste le même nombre de vers, mais
la *fable* française l'emporte de beaucoup sur l'*épître*
latine ; La Fontaine mettait en pratique la philosophie

qu'Horace se contentait de conseiller ; il est difficile de comparer le courtisan d'Auguste au simple Vulteius Menas. Il est probable que notre poëte s'est plutôt inspiré à Horace qu'à des Périers. Quoi qu'il en soit, voici le beau complément de cette admirable fable :

Jaloux de retrouver ses chansons et son somme,
L'honnête savetier dont parle le bonhomme,
Venait de reporter au financier Mondor
Ses maudits cent écus, trop dangereux trésor.
　　　Il retournait à son ouvrage
　　　Libre de soins et de chagrin,
　　　Et déjà chantait en chemin
　　　Quelques refrains de son jeune âge ;
Un de ses vieux amis, savetier comme lui,
Vient l'attendre à sa porte, et lui dit : «Cher confrère,
　　　«Aide-moi ; ma femme aujourd'hui
　　　«De deux jumeaux m'a rendu père ;
«Une pistole ou deux feraient bien mon affaire ;
«On m'a dit qu'un trésor.... — Va, félicite-toi !
　　　«Ce trésor-là n'est plus chez moi,
　　　«Je viens de le rendre à son maître ;
　　　«Mais il me reste, Dieu merci,
　　　«Deux bons gros écus ; les voici.
　　　«Hier, mon cœur plus endurci
　　　«Te les eût refusés peut-être ! »

Un apologue plein de grâce et de philosophie, c'est *L'Enfant et le Rayon de lumière* :

　　　Damis, un certain jour d'été,
　　A l'heure où la nature est le plus embrasée,

Pour amortir les feux d'un soleil irrité,
Avait clos ses volets et fermé sa croisée;
Seulement, pour qu'aux yeux des gens de la maison,
L'éclipse ne fût pas totale,
Il avait permis qu'un rayon
Par l'œil d'un des volets pénétrât dans la salle.
Tout-à-coup survient un enfant
A peine hors de la lisière,
Qui, philosophe à sa manière,
Observe avec étonnement
Mille atômes en mouvement
Dans l'unique jet de lumière
Que recevait l'appartement.
Du phénomène qui le frappe
Désireux d'être plus certain,
L'enfant sur le rayon porte vingt fois la main;
Vingt fois, comme un prestige vain,
A sa main le rayon échappe.
Damis alors qui, de son coin,
Voyait tout, se dit à lui-même:
«Ce marmot, en prenant un inutile soin,
«D'un faux sage à mes yeux est le parfait emblème.
«Au milieu de la nuit qui nous couvre ici-bas,
«Nuit profonde, hélas! et bien noire,
«Dieu nous laisse entrevoir un rayon de sa gloire;
«Marchons à sa lumière, humblement, pas-à-pas,
«Sans prétendre saisir ce qu'on ne saisit pas.»

Il serait facile de citer encore de belles fables. Comme
La Motte, auquel il est du reste fort supérieur, M. Jauffret a inventé ses apologues; on sait que La Fontaine
s'était borné à embellir et populariser ce que d'autres
avaient dit; maître Houdart a voulu marcher dans une

voie différente, il a tracé la route que M. Jauffret a parcourue plus heureusement que lui.

M. Jauffret joint aux talents de l'écrivain, au savoir du bibliographe, une aménité de caractère, une douce obligeance, qui le font aimer de tout homme de lettres auquel il est à même de rendre de grands services ; il sait les accueillir avec cet art qui rend la complaisance plus précieuse encore. — Cet éloge ne sera démenti par personne.

JULLIANY. — Jeune encore, M. Jules Julliany s'était fait connaître par des *Lettres sur Marseille*, publiées en 1825 et 1826, pleines d'érudition et sagement écrites ; c'était un service éminent rendu au commerce. En 1828, parut sa *Dissertation sur Marseille manufacturière*, qui lui acquit de nouveaux droits à la reconnaissance publique, et l'approbation des personnes versées dans cette partie, et dont je ne puis être que l'écho.

Toutes les études de M. Julliany sont tournées vers les choses utiles, et il sait revêtir d'arides dissertations des fleurs de l'imagination et de la grâce du langage. — Annotateur de la société de statistique, il rend chaque jour de précieux services à *cette académie qui travaille*. Examiner ces graves travaux n'entre point dans notre plan, mais qu'il nous soit permis de consigner ici notre estime pour ce jeune savant qui voit s'ouvrir devant lui un avenir riche de succès et de renommée.

VIDAL. — M. Léon Vidal est un de ces jeunes hommes qui, sentant leurs talents étouffés dans l'atmosphère provinciale, sont allés leur donner l'essor sous le ciel brumeux de la capitale. Il avait fondé à Marseille le *Spectateur,* journal tout littéraire, et débuta à Paris par un *Résumé de l'histoire du Languedoc*, remarquable par une simplicité de style qui n'en exclut ni l'élégance ni la vigueur ; il voulut surtout être précis et vrai, et, parmi cette foule de *résumés*, si à la mode alors, le sien fut heureusement distingué.

La *Biographie des quarante*, ce spirituel pamphlet littéraire, lancé en 1826 par Méry et Barthélemy, renferme quelques articles de M. Léon Vidal.

La *Vie du général Foy* est un de nos meilleurs ouvrages biographiques.

Si M. Vidal a quitté sa ville natale, du moins il tourne parfois ses regards vers elle : qu'un artiste surgisse de son sein, M. Vidal saisit l'occasion de nous donner un souvenir. Lorsque la merveilleuse Vierge d'argent alla étonner l'industrie parisienne, et révéler le génie de notre Chanuel, M. Vidal la salua avec enthousiasme : « Laissez-moi, disait-il, quitter pour un jour l'industrie « coquette et chatoyante de Paris, et jeter un regard de « sympathie filiale sur les trop rares échantillons de « l'industrie marseillaise qui figurent perdus au milieu « de ces vastes bazars.....

« Dans la salle des objets de luxe, voyez-vous cette « belle Vierge en argent, qui eût été mieux placée peut-

« être parmi les sculptures du salon qu'au milieu des
« produits industriels, mais qui est toujours, en quel-
« que endroit qu'elle s'élève, un véritable chef-d'œuvre
« d'art et de patience? Cette statue est tout entière com-
« posée de feuilles d'argent travaillées au marteau. C'est
« le marteau qui a fait ces plis si larges, si fluents, cette
« draperie que vous admirez comme une draperie anti-
« que. Le marteau a été aussi habile que le ciseau, aussi
« délicat que le crayon et le pinceau du peintre. Voici
« comment ce chef-d'œuvre s'est accompli.

« A Marseille, on voulait une belle Vierge pour la
« placer dans la vieille chapelle de Notre-Dame-de-la-
« Garde, que les marins saluent tant religieusement à
« leur arrivée, quand ils viennent de la Martinique ou
« de Constantinople, de Smyrne ou d'Alexandrie, qu'ils
« invoquent dans les gros temps, et aux pieds de laquelle
« ils vont appendre leurs simples et naïfs *ex-voto*.
« Notre-Dame-de-la-Garde est une riche église, je vous
« assure. C'était donc une Vierge d'argent qu'il fallait
« faire ; on fit un appel aux artistes parisiens.

« Ces artistes renoncèrent à ce travail ; alors un jeune
« homme, M. Chanuel, un Marseillais, animé d'une
« noble ambition, sentant en lui-même la puissance et
« l'énergie du talent, s'offrit au moment où on allait
« abandonner le projet. Il entreprit l'œuvre avec cou-
« rage, il l'a achevée après cinq années d'un travail
« opiniâtre. La voilà finie et parachevée. La Vierge-de-
« la-Garde, tout étonnée de se trouver à Paris, entou-

« rée d'un public profane, en face de la Psyché si mon-
« daine de M. Denière, est là qui attend avec impatience
« le moment du départ, pour aller dominer la mer de
« la vieille Phocée, et patroniser les marins du haut de
« son antique oratoire. Quoique moins dévot que les
« matelots du Midi, le public parisien s'arrête toutefois
« devant cette belle statue, véritable phénomène d'art,
« de travail, de patience, je dirais presque de génie;
« c'est plus qu'un grand tour de force, c'est un chef-
« d'œuvre qu'a fait M. Chanuel. »

Cet article, inséré dans le *Figaro*, portait pour épigraphe : *Mater alma.* Remercions M. Vidal de ce que,
au milieu des enivrements de la capitale, il conserve le
nom de son pays dans le sanctuaire de sa mémoire; tant
d'autres ont feint de l'oublier! Et puis, il fallait une
sorte de courage pour saluer, dans un journal du pouvoir, un chef-d'œuvre que le pouvoir n'avait voulu ni
comprendre ni reconnaître.

Nous avons cité ce morceau pour nous rappeler à la
fois le souvenir d'un écrivain de talent, et de notre
grand artiste chrétien.

GOZLAN. — Qui ne connaît ces admirables feuilletons jetés, comme au hasard et avec nonchalance, dans
les colonnes du *Temps*, journal le plus littéraire et le
mieux littéraire de l'époque? Heureux journal qui a
su appeler à lui Charles Nodier, André Delrieu, Loève-
Veimars, Fétis, Depping, Léon Gozlan, toute une

aristocratie d'écrivains, d'artistes, de savants! Heureux journal qui laisse derrière lui le *Journal de l'Empire!* Qui ne se rappelle les ingénieux articles de notre compatriote, M. Gozlan; celui sur Mathieu Laënsberg, si gai, si philosophique, et cet autre sur Élisa Mercœur, si touchant, si suave d'expressions; si riche de pensées, et ce style brillant, sans être brillanté; correct, et si loin d'être froid, si passionné et si sage, ce style empreint de mélancolie ou pétillant de gaieté, toujours celui du sujet, style plein de verve, de jeunesse et de merveilleuse pureté! Qui n'a lu ces articles plus étendus et trop courts encore, qui enrichissent la *Revue de Paris* (rédigée en grande partie par des Marseillais); qui n'a lu *Le château de Vaux*, *Le carnaval à Marseille, etc.*, et qui n'a regretté que M. Gozlan éparpillât ainsi son beau talent dans des journaux et des revues? Qu'il entreprenne un livre, qu'il méprise la mode du siècle, qu'il occupe ses veilles de jeune homme à un de ces ouvrages consciencieux tels qu'on en faisait autrefois, qu'il écrive enfin les yeux attachés sur l'image de la postérité qui connaîtra son nom, s'il veut qu'elle le connaisse, et Marseille et la France compteront avec orgueil une grande renommée de plus!

REY-DUSSEUIL. — M. Rey-Dusseuil a beaucoup écrit, mais il s'est trop laissé aller à sa facilité; lorsque en 1826, il publia son *Résumé de l'histoire d'Égypte*, qu'il avait, selon les chantres de Napoléon, étudiée en historien et en poëte, on dut s'attendre à voir surgir un homme voué aux études graves, utiles, consciencieuses, qui sût relever par le charme du style la sécheresse d'un abrégé, mais son premier ouvrage fut le meilleur. En 1827, parut la traduction des *Fiancés*, et ce chef-d'œuvre de Manzoni devait trouver encore parmi nous un interprète plus habile. M. Dusseuil est peu fidèle, assez élégant, mais d'une élégance recherchée qui ne reflète nullement la belle simplicité de l'italien; M. de Montgrand nous l'a rendu depuis avec sa grâce et ses couleurs natives. (*Voir l'article* MONTGRAND.)

M. Dusseuil s'est jeté à corps perdu dans les romans : *La confrérie du St.-Esprit,* curieuse comme recherches historiques, comme connaissance de nos chroniques anciennes, est presque illisible comme roman, et supérieure pourtant à *La fin du monde,* au *Monde nouveau,* profondément enfouis dans les cabinets littéraires. L'auteur fut plus heureux dans *Andréa* qui présente des scènes bien faites, des tableaux intéressants, bien que la donnée en soit absurde. L'étrange figure de Gobet, les malheurs et l'exil de Charles IV, le caractère original et si léger de Pauline Bonaparte, ont trouvé un peintre habile et vrai ; mais comme dans tous les ouvrages de M. Dusseuil, le style est ce qu'il y a de moins louable.

REY-FORESTA. — Les labeurs du barreau, l'étude du code et du digeste, n'ont pu étouffer dans le cœur de M. Rey-Foresta l'amour des lettres ; avocat distingué, il se dérobe à Justinien et à Barthole, et, à de rares intervalles, nous donne, dans les journaux ou revues, des morceaux dont la grâce et l'esprit sont les principaux caractères. C'est en 1830, je crois, et à l'Athénée, cette société tombée parce qu'elle était autre chose que littéraire, que M. Foresta prononça, devant des dames, un des plus jolis discours qu'elles aient entendus ; le sujet était : *De l'Amour depuis la Charte*, et jamais l'esprit français ne s'était montré plus brillant, un peu papilloté, un peu *doratique* peut-être, mais revêtant de légères et gracieuses pensées, des couleurs d'une imagination fraîche, enjouée et de bon goût. Veut-on une idée de la manière de M. Foresta ? qu'on lise ce portrait négatif de l'amour dans notre siècle :

« Dépouillé sans retour de toutes les guenilles pré-
« tendues poétiques dont on l'a affublé depuis Anacréon
« jusqu'à Dorat, l'amour moderne a donc adopté une
« allure plus noble, plus libre, plus fière ; le jeune
« amant n'a plus pour celle à qui il cherche à plaire, ni
« ces petits soins de tous les moments, ni ces compli-
« ments roses qui faisaient jadis, à si bon marché, une
« réputation d'homme aimable. S'il la voit brillante et
« parée, il ne trouvera pas une exclamation sur sa
« beauté, pas un madrigal sur sa toilette ; il n'oserait
« réclamer la faveur de lui baiser la main, et si son gant
« vient à tomber, il ne se précipitera pas pour le ra-
« masser......

« Si l'habit à paillettes, la perruque pyramidale et
« les manchettes en point d'Angleterre, sont l'indispen-
« sable vêtement d'un élégant; s'il est essentiel que
« Vestris ait réglé sa démarche et déterminé la courbe
« de ses saluts; si les sautillantes figures de marquis ou
« d'abbés musqués, dont le monde nous offre encore
« quelques monuments surannés, sont l'immuable per-
« sonnification de la grâce, nos jeunes gens, avouons-le,
« en sont complètement dépourvus. Mais s'il en était de
« l'élégance comme de la musique qui a ses révolutions
« diverses, et marche avec la mode, peut-être alors
« faudra-t-il que l'on convienne que notre siècle n'a rien
« à envier à aucun de ceux qui l'ont précédé. »

Et plus bas :

« C'est aujourd'hui que seraient impossibles les suc-
« cès et la réputation du duc de Richelieu, dont le nom
« résume à lui seul tout le siècle dont il est le type.
« Jeune, bien fait, d'un esprit élégant, et, ce qui le
« servit mieux encore, d'un cœur sec et sans probité,
« comment n'aurait-il pas eu toutes les femmes, à une
« époque où elles ne manquaient à personne? Un Fon-
« tenelle septuagénaire, un abbé de Chaulieu contre-
« fait, un comédien, un laquais, tels furent plus d'une
« fois les rivaux de ce brillant maréchal. Qui s'hono-
« rerait maintenant de si faciles conquêtes? Qui oserait
« surtout avouer une aventure semblable à celle de
« Mᵐᵉ Michelin? De nos jours, les lois et l'opinion fe-
« raient justice de tant de scélératesse. La société de

« l'époque n'y vit qu'une aimable rouerie. La gloire du
« duc s'en augmenta ; les femmes multiplièrent pour
« lui leurs avances éhontées ; et il n'y eut pas jusqu'à
« l'académie qui, voulant se mettre à la mode, vint of-
« frir ses faveurs, c'est-à-dire un fauteuil, au trop sé-
« duisant Alcibiade. Celui-ci daigna ne pas refuser, et le
« billet sans orthographe par lequel il accepte, n'est
« pas une de ses moins spirituelles impertinences. »

On voit que le style de M. Foresta s'élève avec le
sujet, et qu'il donne une page d'histoire, quand il s'agit
d'exquisser une des plus odieuses, mais des plus brillantes figures du dernier siècle.

« Quel fat assez hardi, ajoute-t-il, pour aborder de
« nos jours un rôle devenu si périlleux ? La vanité d'un
« homme à succès se nourrit de scandale et d'éclat. Et
« quelle femme consentirait maintenant à afficher son
« déshonneur ? Hâtons-nous de le reconnaître à la gloire
« de notre époque, la profession d'homme à bonne for-
« tune est une de celles que la révolution a ruinées. »

La Mode, « ce journal dont la création, dit M. Fo-
« resta, honore notre siècle sérieux, » *La Mode*, ce
délicieux interprète des femmes, de leurs pensées, *de
leurs vœux et de leurs espérances, La Mode* s'empressa de recueillir dans ses colonnes le discours de M.
Foresta,

Poëte aérien,
Qui cisèle un atome échaffaudé sur rien.

Tous les bons écrivains ne sont pas à Paris.

GUINOT. —Il n'y a personne qui n'ait trouvé dans
les salons, sur une console ou sur la cheminée, entre
deux vases de fleurs, un petit in-18 sans nom d'auteur,
volume gracieux, bien imprimé, exigu, que l'on met
dans sa poche en partant pour la campagne, et que l'on
dépose le soir sur la table pour le relire encore; son
titre est simple : *Aquarelles, par un peintre d'enseignes;* eh bien! ce peintre d'enseignes possède de ravissants pinceaux; c'est un de ces habiles coloristes qui n'ont
rien à envier aux Janin, ni aux Balzac; c'est un homme
auquel il n'a manqué qu'un plus grand théâtre; bien
d'autres à Paris ont conquis une renommée, et y avaient
moins de droit. On n'a pas oublié l'effet produit par ce
joli livre de femmes, par ces récits si doux, si frais de
style, d'une si délicieuse originalité; c'étaient *Le Camée,*
puis *Le Duel sur les Alpes,* puis *Une bonne fortune,*
timides d'abord, se voilant sous le demi-jour d'un modeste feuilleton, puis enfin, et surtout, c'était *La Comédienne,* chef-d'œuvre d'intérêt, gai, sérieux, mélancolique tour-à-tour, où tous les genres de style semblent s'être donnés rendez-vous, simple, naïf, grave,
passionné, mettant la pensée en relief, et sans prétention aucune, sans néologisme; tantôt les ravissantes
amours de Léon et de Délia; tantôt les déceptions du
jeune homme et les amertumes de son cœur, et puis
Délia au chevet de Léon; et puis la comédienne et le
pair de France, la comédienne parlant face à face au
grand seigneur, et le faisant pâlir, et lui faisant deman-

der grâce; elle debout, forte, grande, majestueuse, faible et timide jeune fille qu'elle était hier encore, elle enfin s'écriant : « Il le faut, je suis votre fille, comte, et au- « jourd'hui cette illégitime et honteuse origine me donne « de beaux droits! Car, je sais tout; je sais qu'à Rome « vous avez connu ma mère, pauvre et vertueuse fille ; « je sais que vous l'avez aimée, et qu'elle vous a résisté ; « je sais qu'alors, la séduction étant impossible, vous « avez eu recours à la fraude, à un crime, à un faux ; « je sais qu'elle a été victime d'une infernale intrigue, « qu'elle a cru devenir votre épouse lorsque vous la « déshonoriez.

« Je sais tout, et j'ai mes preuves. J'ai mes titres de « bâtarde; j'ai vos faux, j'ai toutes vos infamies écrites « et signées de votre main.

« C'est ici qu'il faut payer vos folies de jeunesse, « monsieur le comte! Il me faut ma dot, à moi, votre « fille aussi. J'ai long-temps langui dans la misère, je « me suis vouée à une indigne condition, à un état ré- « prouvé, moi, qui ai du noble sang dans les veines! « J'en suis lasse.

« Demain je viens frapper à votre porte avec mon « avocat; je vous appelle devant les tribunaux; je livre « aux juges tous ces affreux secrets, et je demande place « à votre foyer, à votre fortune, à votre nom, sous votre « couronne de comte.

« Choisissez entre ce procès et l'union que je réclame ; « choisissez entre une alliance que votre crédit peut

15 *

« décorer, et un scandale dont rien n'effacera la tache ;
« car je puis succomber dans ma demande, mais non
« pas dans ma vengeance. La loi peut me donner tort,
« mais les juges et le public n'en écouteront pas moins
« ma plainte. Ils entendront, et ils verront. Dès que nos
« deux noms seront prononcés, Paris, qui les connaît
« tous deux, sera attentif ; on s'intéressera à moi qui
« suis la faible, l'opprimée ; à moi, qui raconterai ma
« dramatique histoire ; à moi, qui pleurerai sur ma
« mère, qui vous accuserai, qui vous confondrai avec
« un impitoyable acharnement. Vous avez des envieux,
« des ennemis, ils ne manqueront pas de saisir cette oc-
« casion. Ainsi quelle que soit l'issue de ce procès, hors
« du palais vous l'aurez perdu ; vous y aurez laissé
« l'honneur. Le titre de faussaire sera ajouté à vos titres,
« votre blason subira cette flétrissure. Et si, malgré la
« honte dont vous serez couvert, votre fortune et votre
« rang restent intacts, toute ambition du moins vous est
« désormais interdite, l'avenir sera fermé pour vous ;
« l'oubli sera votre seul espoir, la retraite votre seul
« asile ! »

Un homme qui prélude ainsi n'est-il pas déjà un
grand écrivain ?

Trouverez-vous dans nos conteurs du jour un récit
mieux fait que *Le Docteur*, inséré dans la *Revue de
Provence* ? Trouverez-vous des pages plus riches de
style, plus spirituelles, que celles consacrées à la ville
d'Aix ?

M. Eugène Guinot nous a, lui aussi, abandonnés ;
il signe, dans la *Revue de Paris*, de charmants articles ;
c'est encore un vol que nous a fait Paris.

L. MÉRY. — M. Louis Méry, frère du poëte, en-
richit parfois, et trop rarement, un journal, d'intéressantes chroniques, puisées dans notre histoire méridionale, mine inépuisable pour celui qui sait la fouiller.
Sérénus Aubert (1349), *Blanche de Simiane* (1407),
François Rostang (1666), et surtout, *Une Émeute à
Marseille sous Louis XIV* (1655), lue à la société de
statistique, annoncent un écrivain de talent et d'érudition ; quelquefois il se rapproche de nos jours : *M. Sau-
zet, instituteur primaire à Marseille, Les Illuminés
à Marseille*, lui ont inspiré des pages piquantes. Le
style de M. L. Méry est large, plein, abondant, riche
d'images, de pompe et de coloris ; nourri de fortes
études et du dix-septième siècle, M. Louis Méry a
pour la langue un respect inviolable, immense mérite
aujourd'hui et dont on ne peut être trop reconnaissant ;
son goût excellent, sa connaissance profonde des grands
modèles, le tiennent en garde contre les insupportables
innovations du jour ; son âge, l'impulsion donnée au siècle par Chateaubriand, et à laquelle chacun obéit plus
ou moins, souvent sans s'en douter, l'empêchent de se
traîner sur les routes trop connues de l'ancienne littérature ; ce jeune chroniqueur a beaucoup lu, beaucoup
réfléchi, beaucoup appris ; il écrit avec conscience, et

ses feuilletons ne sont pas de ceux que l'on parcourt à peine, et que l'on oublie le lendemain. L'*Émeute à Marseille* serait une bonne fortune pour une grande *Revue ;* que M. L. Méry imite l'exemple de M. Guinot, qu'il réunisse ses feuilles éparses à la branche d'où elles sont tombées, qu'il nous donne un recueil de chroniques, nous lui promettons un succès flatteur ; car enfin Marseille se connaît au beau et au bon, et elle lui sera doublement reconnaissante, d'abord d'avoir fait un excellent ouvrage, puis de ne l'avoir pas abandonnée.

M. L. Méry est l'un des fondateurs de la société de statistique de Marseille ; il l'a présidée la première année. Son imagination, surabondante de poétiques pensées, ne s'effraie pourtant pas à la vue d'une page hérissée de chiffres et de signes algébriques; calculateur habile, écrivain noble et correct, chroniqueur savant, M. L. Méry ajoute encore à l'illustration d'un nom connu de toute l'Europe.

BERTEAUT.—M. Berteaut a, comme M. L. Méry, le tort de circonscrire son talent dans les bornes d'un journal ou d'une revue. — Ces jeunes gens suivent le siècle : ils croient que le temps des livres n'est plus, qu'il n'y a qu'un seul livre aujourd'hui, le journal, livre terrible en effet, mais fort incomplet, quoi qu'on en dise, Protée qui revêt toutes les formes, qui échappe à tout et à tous, et qui égare tant de jeunes têtes. Mais qu'un bon ouvrage paraisse cependant, il lutte d'abord contre l'indifférence et le journal, et puis il en triomphe. Que M. Berteaut sache donc s'élever au-dessus de la mode, qu'il mette à la confection d'un livre le talent dont il nous a donné des preuves dans des feuilletons, dans la *Revue de Provence*, dans le *Leben sie Wohl*. — *Le Journal d'un Négrier, souvenirs de voyage*, ses fragments sur le drame, lus à l'Athénée, ne doivent être que les préludes de succès plus durables, la préface d'un bon ouvrage, tel que l'auteur est capable d'en faire. Ce n'est pas la province qui arrête son essor, c'est le feuilleton qui lie ses ailes.

CARLE. — M. Ad. Carle a peu écrit, mais tout ce que nous connaissons de lui est plein d'un esprit vif et piquant; tels sont *Les Fâcheux en voyage*, insérés dans le *Leben sie Wohl*, dont il est un des éditeurs, et la préface, un peu longue peut-être, de ce même recueil; c'est un causeur aimable qu'on ne peut se lasser d'écouter. Il est étonnant qu'avec tant d'esprit, d'ironie et de sarcasme, M. Carle ait pu soupirer une ballade aussi suave de sensibilité que celle de *Marietta :*

> Tes gazes, ton schall, ta dentelle,
> Cette parure où je te voi,
> M'ont fait dire: «Ce n'est pas elle,»
> Et cependant c'était bien toi;
> Dis, quand je m'offris à la vue,
> Quel malaise t'inquiéta !
> Pourquoi me fuir?.... Tu t'es perdue,
> Poveretta!

Marietta, Dieu te pardonne,
Mais ton vieux père vit encor,
Ta mère, bénis la Madone,
Vers le Ciel a pris son essor.
Ta faute à ces rives te lie ;
C'est pour jamais que tu quittas
Notre village d'Italie,
      Poveretta !

Toi, si sage ! qui l'eût pu croire !
Modeste, ton œil se baissait,
Et dans ta chevelure noire
La tige des fleurs s'enlaçait ;
Parmi l'essaim des jeunes filles
Dont pas une ne t'imita,
Tu t'élevais pure et gentille,
      Poveretta !

Depuis, ce beau visage pâle
Que de lèvres l'ont outragé ?
De ton sein l'air pur qui s'exhale
Que de bouches l'ont échangé ?
Point de passant qui ne connaisse
Tes plus doux charmes qu'il goûta ;
Pour du pain tu vends ta jeunesse ;
      Poveretta !

Si le soir, au port de Marseille
S'élève un chœur napolitain,
Dis, est-il doux à ton oreille
D'en recueillir l'accord lointain ?
Ce chœur respecté des orages,
Chaque marin qui le chanta
Le redira sur nos rivages,
      Poveretta !

Adieu ; mais, va, je saurai taire
Ton cœur d'ange sitôt flétri ;
Adieu ; nous quittons cette terre
Pour notre golfe plus chéri.
Au jour, nous tirons loin du môle
La goëlette qui nous porta ;
Tu pleures.... Que Dieu te console,
Poveretta !

Sans doute il se trouvera des censeurs assez sévères pour souligner quelques rimes insuffisantes, et même entièrement fausses ; mais, pour nous, nous déclarons n'avoir rien trouvé de plus gracieux chez nos plus aimables romanciers :

Quelques ombres, quelques défauts
Ne déparent point une belle.
. . . .
Le suffrage de la nature
L'emporte sur celui de l'art.

(GRESSET.)

DELORD. — M. Taxile Delord a ouvert, avec M. Carle, une route nouvelle, par la publication du *Leben sie Wohl;* s'ils n'ont pas tenu tout ce qu'ils ont promis, c'est qu'il est difficile d'inventer et de perfectionner à la fois; c'est qu'on ne peut toujours être sévère envers des amis qui demandent une place; il n'y a de remarquable, dans ce recueil, que le *Souvenir de voyage* de M. Berteaut, *Robert-le-Diable à Mansfeld* par M. L. Méry, et *Lovely* par M. Delord lui-même. Si on n'eût admis que des morceaux de ce mérite, ce serait un bon ouvrage, et il est loin de l'être. Mrs Carle et Delord nous ont montré le chemin ; ils ne l'ont pas débarrassé de tous ses obstacles, mais ils ont gagné de primauté ; grâces leur soient rendues.

Lovely est un de ces romans intimes, comme on dit aujourd'hui, de la famille du *Lambert* de M. de Balzac ; *Robert Patient* est un être d'exception, mais sans invraisemblance ; c'est une de ces imaginations maladives à la *René*, et qui n'ont rien de commun avec *Candide*. La première enfance, les rêves, les mélancoliques amours du héros, sont racontés avec un rare bonheur de style.

Quelques mois auparavant, M. Delord avait lu à l'Athénée des Souvenirs de voyage, qui obtinrent et méritaient d'unanimes applaudissements.

M. Delord semble passionné pour la littérature allemande ; qu'il prenne garde de se briser contre cet écueil. Nos dramaturges et nos romanciers ont beau faire, le français n'aura jamais rien de commun avec le germain, il est loin des Schiller, des Goëthe, des Klopstock ; à chaque pays ses mœurs, et par conséquent sa littérature ; car « la littérature est l'expression de la société. » A chaque pays ses richesses ; nous n'avons rien à envier à nos voisins ; notre part est belle ; tenons-nous-en là.

CLAPIER. — Tout ce qu'écrit M. Clapier est grave et profondément pensé ; on voit qu'il s'efforce de maîtriser son imagination ; c'est comme malgré lui que son style s'empreint de poétiques couleurs ; je connais peu de morceaux d'éloquence et de philosophie supérieurs à l'*Essai sur l'improvisation*. En quelques pages, l'auteur nous fait parcourir les siècles anciens et modernes, et, en passant, caractérise les hommes fastiques d'un de ces traits puissants qui restent dans la mémoire, parce qu'ils sont vrais et fortement dessinés :

« Gerbier n'avait pu se soustraire complètement à « l'influence du grand siècle ; il y avait dans toutes ses « paroles, une sorte d'arrangement et d'apprêt, dans « son action et dans son attitude, je ne sais quelle « coquetterie ; sa chaleur et ses entraînements étaient « moins les brusques élans du génie qu'un effort de « l'art ; on admirait, on applaudissait, quelquefois ce-« pendant on hésitait encore.

« La nature avait beaucoup fait pour Mirabeau ; elle « lui avait prodigué toutes les qualités de l'improvisa-« teur, une âme ardente, une imagination fougueuse, « l'enthousiasme des grandes choses, une voix puissante « et un front dominateur ; les hasards de son existence « orageuse avaient peut-être plus fait encore. Ces lon-« gues luttes où l'avaient poussé les persécutions d'un « père, et les égarements de ses passions, avaient forti-« fié son âme et développé ses talents ; l'habitude des « discussions judiciaires lui avait donné ce sang-froid,

« cet à-propos, cette vivacité de réparties qui le ser-
« vaient si merveilleusement ; c'est là qu'il avait appris
« le secret de l'amère ironie et de la puissante invective ;
« qu'il avait connu l'art des démonstrations rigoureuses
« et des mouvements entraînants.....

« Certes, l'assemblée constituante ne manquait pas de
« talents remarquables. Qui parla jamais avec plus
« d'abondance et de facilité que l'abbé Maury ? Qui fit
« preuve d'une raison plus ferme que Mounier ? L'é-
« nergique concision de Cazalès, la discussion ingé-
« nieuse et pressante de Barnave, n'étaient ni sans puis-
« sance ni sans autorité ; que leur manquait-il pour
« égaler Mirabeau ? Cette parole vive et prompte qui
« brillait comme un éclair au milieu des orages de l'as-
« semblée, cette véhémence de langage, ces élans sou-
« dains qui électrisaient. Tous étaient orateurs habiles,
« Mirabeau seul fut improvisateur.

« Vergniaud avait transporté à la tribune les souve-
« nirs et les formes des orateurs de l'antiquité ; sa phrase,
« toute cicéronienne, se déroulait avec une sorte de ma-
« jesté tranquille ; son discours était comme une mélo-
« pée harmonieuse dont on éprouve l'enchantement
« sans se rendre compte du mystère qui l'a produit.

« Lord Bolingbroke déploya le premier, en Angle-
« terre, cette facilité qui depuis y semble devenue vul-
« gaire ; malheureusement, les vicissitudes continuelles
« d'une vie dissipée affaiblirent l'éclat de son talent :
« l'homme qui aurait été le plus fait pour être un grand

« orateur, ses fautes, et les circonstances dans lesquelles
« il a vécu, l'ont enlevé à cette gloire.

« L'éloquence de Pitt prenait sa source dans une rai-
« son supérieure ; elle en avait le calme, la puissance et
« l'élévation. Fox obéissait plutôt aux inspirations d'une
« âme ardente. »

Puis, M. Clapier donne des préceptes admirables de
justesse et de précision, revêtus d'un style noble, souple, majestueux ; quelquefois même son imagination
l'emporte hors d'un sujet didactique ; écoutez le poète :

« Qui n'a ressenti ce trouble secret qu'inspire une
« grande pensée, quand elle apparaît tout-à-coup ; d'a-
« bord, incertaine, vaporeuse ; puis, brillante de lu-
« mière, et se développant aux regards étonnés comme
« un horizon sans limite ! A cet instant de création, je
« ne sais quel enthousiasme enivrant s'empare de l'in-
« telligence, exalte toutes les facultés ; une vie plus ex-
« pensive semble l'animer ; les images, les sentiments,
« les pensées se pressent devant elle ; l'œil devient bril-
« lant ; le front se colore ; l'âme croit un instant ne plus
« toucher à terre.

« Ce moment, tout d'enchantement et de volupté,
« n'est pas celui de l'improvisation ; l'âme est trop émue,
« trop occupée de ses sensations intérieures, pour pou-
« voir s'épancher au dehors.

« Insensiblement, cette agitation se calme, et de ce
« bouillonnement intérieur, il ne reste plus qu'un mou-
« vement salutaire qui suffit à l'improvisateur.

« Alors, qu'il se lève, le front brillant encore d'un
« rayon affaibli de cette inspiration qui l'animait ; quel
« intérêt il inspire! Comme chacun lui souhaite d'heu-
« reuses pensées et des paroles faciles! Une sympathie
« secrète l'unit à tous ceux qui l'écoutent ; il lit dans
« leurs regards ce qu'il doit dire et ce qu'il faut taire ;
« ce silence, ces yeux tournés vers lui, agitent son âme ;
« il s'échauffe lui-même de l'exaltation qu'il excite ; du
« creux de sa poitrine éloquente, la parole jaillit impé-
« tueuse, pathétique ; et c'est par l'enthousiasme qu'il
« achève la conviction. »

Je voudrais citer davantage encore, mais je crois
avoir donné une idée suffisante de ce magnifique discours, qu'il ne faut pas juger cependant par lambeaux.

M. Clapier a publié deux ouvrages qui lui font honneur ; c'est une compilation, mais non comme celles de
l'infatigable Trublet. Avocat éloquent lui-même, versé
dans la langue anglaise, ses deux collections, l'une qui
renferme, sous le titre de *Barreau français,* les plus
beaux plaidoyers de ses prédécesseurs ; l'autre qui,
sous le titre de *Barreau anglais,* contient les plus remarquables discours des avocats anglais ; ces deux collections, dis-je, lui assureraient une place distinguée
parmi les hommes de goût, si ses propres ouvrages ne
l'avaient inscrit déjà au nombre des bons écrivains.

DUFEU. — M. Dufeu a débuté par une brochure,
Lamartine et Béranger ; jeune homme admirateur

presque exclusif du chantre des *Méditations*, il voulait combattre ce qui lui paraissait un blasphème; unir ces deux grands noms est, à ses yeux, une insulte contre l'amant d'Elvire; Béranger n'est qu'un *chansonnier enjoué, folâtre, acerbe, caustique, frondeur;* pour Lamartine seul toutes ses admirations, tout son amour, tout son culte. Certes, nous ne chercherons pas à décider une question assez oiseuse, qui ressemblerait trop à ces longs et inutiles parallèles académiques passés de mode depuis long-temps; mais cette question, M. Dufeu l'a discutée avec un grand talent de style; nourri de son auteur de prédilection, il lui sacrifie le *chansonnier;* son opuscule n'est lui-même qu'une élégie qui reflète assez heureusement la manière de Lamartine; le mérite de l'expression en est le premier mérite, car il est impossible de partager toutes les idées de M. Dufeu; sa conclusion est-elle bien juste? « Nous voyons dans Bé-« ranger le poëte populaire, soumis à l'influence de l'o-« pinion commune sur le talent individuel, et dont les « œuvres, tout empreintes des passions politiques, ne « sauraient avoir un succès durable; car, passagères « comme les événements qui les inspirent, elles s'effa-« cent et disparaissent dans le mouvement rapide des « esprits..... Béranger charme les loisirs de ses con-« temporains par des œuvres futiles que verra s'éteindre « un demi-siècle de postérité. »

Trouve-t-on là un seul trait de la grande figure poétique de Béranger? Et ailleurs: « Un des plus grands

« mérites littéraires est, sans contredit, la création d'un
« genre. Ce mérite, Béranger ne l'a pas ; de glorieux
« succès avaient déjà illustré cette carrière ; les Panard
« et les Collé avaient flétri les vices ou les ridicules de
« leur époque par les traits malins et hardis de leur
« verve acérée. »

Panard et Collé opposés à Béranger ! Panard et Collé
ses illustres précurseurs ! Comme l'admiration est aveugle quand elle est exclusive ! Oh ! ce n'est point ainsi
que notre grand maître caractérise le *chansonnier*, dans
sa belle préface des *Études historiques*.

« Sous le simple titre de chansonnier, un homme est
« devenu un des plus grands poëtes que la France ait
« produits ; avec un génie qui tient de La Fontaine et
« d'Horace, il a chanté, lorsqu'il a voulu, comme Ta-
« cite écrivait. — En général, M. de Béranger a pour
« démon familier une de ces Muses qui pleurent en
« riant, et dont le malheur fait grandir les ailes. »

C'est ainsi que le génie juge le génie ; M. de Chateaubriand, qui a parlé de tous et de tout, n'en a jamais
dit autant de Panard et de Collé.

Du reste, si nous n'examinons que le mérite littéraire
de M. Dufeu, nous le croyons assez grand pour faire
pardonner ces inconcevables assertions.

En 1832, M. Dufeu lut quelques discours à l'Athénée ; Lamartine, Ch. Nodier, Joseph Agoub, trouvèrent un orateur digne de les analyser et de les juger.
Son talent avait grandi depuis son opuscule, et il est à

regretter qu'aujourd'hui il garde le silence. Ces discours ont paru dans un journal de Marseille, et l'on y reconnut une grande verve de style, riche, éblouissant, passionné, plus poétique que bien des poésies, mais trop chargé d'un luxe d'épithètes qui n'ajoutent rien à la pensée, et se contredisent parfois. Si l'on veut faire connaître la manière de M. Dufeu en ce qu'elle a de bien, on n'est embarrassé que du choix; voici deux pages prises au hasard, et qui serviront en même-temps à faire connaître Agoub :

« En reproduisant à nos yeux l'histoire de l'antique « Égypte, avec toutes ses variétés de types et de carac- « tères, ses mœurs, ses institutions politiques et indus- « trielles, ses grandes vicissitudes sociales, ses éclatantes « péripéties, ses phases diverses et alternatives de pros- « périté nationale ou d'abaissement social, Agoub s'est « placé dans une région supérieure; il a conçu l'histoire « comme la concevait Bossuet, le Tacite chrétien du « 17me siècle. Armé du flambeau de la philosophie, il « pénètre, avec son regard observateur et profond, dans « les causes les plus cachées, les ressorts les plus secrets « qui ont présidé à l'élévation ou à l'abaissement des « empires; pour lui, l'histoire des siècles est une vaste « trame dont il tient en main tous les fils. A toutes les « profondeurs de la science, à une érudition étonnante « et qui tient du prodige, il allie au plus haut degré « l'éloquence du style et l'éclat du savoir. Ce n'est plus, « comme dans l'école ancienne, l'histoire, répertoire

16

« stérile, énumération insignifiante et fastidieuse des
« événements passés ; c'est l'histoire vivante et animée,
« drame palpitant qui s'agite sous nos yeux. Là, tout
« est mouvement, tout est vie. Le passé ressuscite et se
« confond avec le présent. Les événements se pressent
« et se succèdent ; les empires s'effacent et disparaissent ;
« d'autres surgissent et s'élèvent du sein même de leurs
« débris. Et dans ces disparitions successives de peuples
« et de nations, dans ces chocs et ces fracas des empires,
« une intelligence invisible, mais manifeste, dirige tous
« les ressorts de la société, la conduit et là pousse au
« terme ignoré de sa destinée.

. . . .

« En résumant nos réflexions sur le talent historique
« de M. Agoub, nous pouvons dire que l'antique Égypte
« a trouvé en lui un digne et éloquent historien. L'his-
« toire a été pour lui un véritable sacerdoce. Il y a ap-
« porté le zèle et le culte des temps primitifs. Il est arrivé
« de là que sa parole est tombée de haut sur les intelli-
« gences . . . .
. . . . « Elle a retenti dans le cœur de
« l'homme, et y a réveillé mille échos ! Auguste et vé-
« nérable, l'Égypte, avec ses débris épars et les frag-
« ments mutilés de ses monuments gigantesques, repre-
« nant une nouvelle vie dans ces pages tristes, mais su-
« blimes, comme la destinée des empires qui tombent,
« comme les cataclysmes suprêmes des nations, elle a
« rappelé à l'homme tout le néant de ses grandeurs !

« Chaque pierre tombée de ses édifices, chaque pan de
« ses murailles abattu, chaque brin d'herbe qui fris-
« sonne au sein de ses ruines, l'a plongé dans une vague
« tristesse ou une religieuse terreur. On aime à voir
« ainsi l'historien, évoquant les annales des siècles qui
« s'écoulent, nous les montrer, tantôt dans l'éclat de
« leur primitive splendeur, tantôt nous dérouler le ta-
« bleau de leurs interminables luttes ; et, au spectacle
« imposant de leur orgueilleux triomphe, faire succéder,
« comme une effrayante péripétie, la pompe funèbre
« du néant. Cet enseignement du passé n'est point stérile
« pour l'avenir ; car souvent l'avenir et le passé se con-
« fondent, et le pronostic infaillible du second se trouve
« quelquefois dans le premier. »

Il y a beaucoup de passages écrits ainsi ; dans celui-
ci, le défaut que je signalais a presque entièrement disparu ; on n'y trouve point ce chaos d'épithètes homo-
gènes ou antithétiques, et se heurtant au hasard. Nous
ne ferons qu'un reproche à l'auteur ; il traite fort légèrement l'école historique ancienne, et pourtant il a assez
de goût, de talent et de savoir, pour résister à l'impulsion du siècle, quand le siècle a tort. Que M. Dufeu
ferme l'oreille aux cris du système nouveau, qu'il juge
par lui-même, et il rendra justice alors à ce qu'ont fait
de grand et de beau les historiens des temps passés.

C. ROUMIEU. — M. Cyprien Roumieu s'est mon-
tré, dans son livre intitulé *Plus d'échafauds!* écrivain

élégant et logicien habile ; la chaleur du style n'a rien enlevé à la force de la dialectique , mérite fort rare , et que ne connaissent guère les philosophes allemands. La question traitée par M. Roumieu est grande et belle ; elle peut être résolue différemment par nos publicistes, mais on ne peut la débattre avec plus de talent et d'intime conviction. Peut-être le style est-il parfois déclamatoire ; lorsque l'on sent profondément, lorsque c'est un ouvrage de conscience et d'humanité qu'on écrit, lorsqu'on lutte avec des lois antiques pour les faire disparaître de notre code, il est difficile de ne parler jamais que le langage d'une froide raison , et de le dépouiller de tout ornement étranger. M. Roumieu cite , dans ses notes, des pages de Charles Nodier et de Victor Hugo, qui , de même que Lamartine dans un *Discours à la Société de la morale chrétienne*, ont agité la question plus en poëtes qu'en législateurs ; si c'est là un défaut , M. Roumieu le partage de temps en temps avec ces grands écrivains. — Nous n'avons pas le courage de le lui reprocher.

. Enfin, si la phrase n'était pas trop banale, nous dirions que notre compatriote a fait à la fois un bon livre et une bonne action.

COLIN et RAYNAUD. — Duché de Vanci , qui eut la survivance de Racine à St-Cyr, et n'en fut pas entièrement indigne, puisque il a fait *Absalon* et de beaux cantiques sacrés , Duché, l'ami de Pavillon et de

J. B. Rousseau, joua un rôle assez considérable à la cour du grand roi ; protégé par Mme de Maintenon, elle le donna pour secrétaire à son neveu le duc d'Ayen, et Duché fit avec les princes le voyage d'Espagne lorsque, en 1700, le duc d'Anjou alla faire valoir le testament de Charles II. C'est le compte-rendu de ce voyage, écrit par l'auteur d'*Absalon*, que nous ont fait connaître Mrs Colin et Raynaud ; ces lettres étaient encore inédites, et méritaient d'être mises au jour ; cette sorte de narration plaît à un certain choix de lecteurs avides des plus petits détails, et j'avoue que je suis du nombre.

Mrs Colin et Raynaud ont fait précéder la relation écrite par Duché, d'une biographie simple, élégante et pleine d'intérêt ; quelques notes savantes viennent, toujours à propos, au secours du texte, en donnant la clef de certaines allusions qu'il serait difficile de comprendre.

Les *Lettres inédites de Duché de Vanci* sont un des livres les plus curieux qui depuis long-temps aient été publiés.

BURAT-GURGY. — Auteur de quelques romans publiés à Paris, tels que *La Prima Donna et le Garçon Boucher*, *Le Lit-de-camp*, etc., etc., M. Burat-Gurgy avait débuté parmi nous par un poëme intitulé : *Un Duel sous Charles IX.* La facilité, l'aisance du style, l'art du dialogue, distinguent cette production pleine d'originalité ; l'intrigue est peu de chose ; l'inté-

rêt presque nul ; trop de figures passent confusément
sous les yeux du lecteur ; mais la grâce des détails , souvent hors-d'œuvre , la physionomie bien conservée de
l'époque qu'il décrit , ont fait de cette espèce de drame
un ouvrage remarquable.

MONTGRAND. — Si nous ne nous étions interdits
de parler de la vie politique de nos écrivains , nous con-
sacrerions une noble page à celle de M. de Montgrand.
Pendant plus de quinze années qu'il fut revêtu de la
première magistrature de Marseille, il sut arracher des
éloges aux personnes les plus opposées à ses opinions.
On ne peut suspecter la véracité de M. Augustin Fabre
quand il loue les hommes de la restauration , et son jugement a toujours été favorable à M. de Montgrand.
« Son administration aussi éclairée que vigilante, dit-il ,
« favorisait tous les établissements utiles, etc. »
Démissionnaire en 1830, M. de Montgrand consacre
aux lettres les jours qu'il consacrait jadis au bien public.
Lorsque la police vint faire chez lui, à la campagne,
une visite domiciliaire, elle trouva, pour toute preuve
de conspiration, le manuscrit d'une traduction des
I promessi Sposi. Émigré dès 1790 , et retiré à Vérone,
M. de Montgrand vécut dix ans en Italie , et étudia,
non-seulement en voyageur, mais en artiste, la belle
langue de Dante, d'Alfieri et de Monti; aussi sa traduction de Manzoni est celle qui reproduit le mieux
les beautés de ce délicieux roman; nous en avions déjà

deux traductions ; j'ai parlé de M. Rey-Dusseuil ; la seconde, par M. de La Tour, est la mieux écrite. Le style
de M. de Montgrand est moins pur et moins soutenu,
mais sans lui, les personnes qui ne savent pas l'italien,
ne connaîtraient qu'imparfaitement Abbondio, Cristo-
foro, Renzo, l'*Innominato*, et cette suave et sereine
figure de Lucia ; elles n'auraient pas une idée complète
de Frédéric Borromée, de ces magnifiques et terribles
scènes de l'émeute, de la famine et de la peste. Le nouveau traducteur a lutté habilement contre les difficultés
de l'original, et elles étaient grandes. Le style de Manzoni n'est point uniforme ; tantôt d'une élégante simplicité, tantôt suave d'onction ou d'amour, il s'élève
tout-à-coup jusqu'au sublime ; il a fait en outre des em-
prunts aux mille dialectes des provinces d'Italie ; le
toscan, le milanais, le lombard, le romain, le vénitien
même, lui ont prêté tour-à-tour leurs expressions fleu-
ries, faciles, fortes, énergiques, familières, populaires
même chaque fois que la pensée avait besoin de leurs
secours. M. de Montgrand, nourri de son modèle,
qu'il a lu avant de traduire, (chose assez rare chez les
traducteurs, témoin La Harpe qui ne savait pas un mot
de portugais) a triomphé de ces obstacles dont ne s'é-
taient pas même douté ses devanciers.

Dans un article fort remarquable sur le travail de
M. de Montgrand, la *Gazette du Midi* lui reprochait
d'avoir rendu *untori* par *oigneurs ;* le critique semble
proposer à la place celui d'*empoisonneurs*, mais ce n'est

point là une traduction fidèle, et je ne crois pas qu'on doive rejeter le mot *oigneurs :* « la langue française, « disait Voltaire, est une gueuse fière à laquelle il faut « faire l'aumône malgré elle ; » puis le devoir du traducteur n'est-il pas d'employer l'expression qui rend le mieux la pensée de l'auteur ?

M. de Montgrand a traduit le titre, ainsi que l'avaient fait ces prédécesseurs, par *Les Fiancés ;* ce n'est là pourtant ni le titre, ni le sujet du roman, *I promessi Sposi; Les Prétendus* seraient, je crois, une traduction plus fidèle. Du reste, ceci n'est pas un reproche ; c'est à peine une observation que nous soumettons à la sagacité de M. de Montgrand.

P. DAVID. — Ce fut une cruelle destinée que celle de Paul David ; enfant insouciant plein d'esprit et de gaieté, artiste passionné pour les lettres et la musique, il est mort comme le fils de Fontanes, lui, si peu fait pour les querelles politiques, et que, dans son heureuse légèreté, il ne comprenait peut-être pas ; lui, si peu fait pour les pensées sérieuses, lui, qui voyait le siècle tout entier représenté, non par les écrivains politiques, mais par Chateaubriand, V. Hugo, Rossini et Meyer-Beer ! Lui, qui ne connaissait, qui n'aimait de la vie que les enivrements de l'artiste, les joies du poëte, les rêves de feu du musicien ! Pauvre jeune homme, égaré, trompé par son siècle, il se jetait parfois dans la mêlée, dans la guerre civile du feuilleton politique, et cela, avec remords, avec dégoût, car un pressentiment lui disait sans doute qu'il y trouverait la mort; une pensée intime lui disait que là n'était point sa mission! Mais pourquoi chercher à vous peindre celui que vous avez tous connu? car, expansif et ingénu, il était bien facile à connaître. Pourquoi d'ailleurs refaire ce qui déjà a été si bien fait?

« Paul David, marseillais, est mort à Marseille, le « 16 juillet 1834, à peine âgé de 27 ans.

« David n'était pas, et ne pouvait être un homme de « parti; c'était un artiste, dans la plus complète accep- « tion du mot. Qu'ai-je besoin, répétait-il souvent, de « me mêler de politique? C'est l'amusement de ceux « qui s'ennuient; moi, je me plais à tout; avec un air « nouveau d'opéra, je passe ma journée; je sais par « cœur Mozart, Meyerbeer, Rossini, Hérold, Auber; « je puis me chanter le premier opéra venu, sans ou- « blier une note. Il y a un démon qui me pousse à la « politique, malgré moi, et la politique aujourd'hui me « fait peine, et m'ennuie à la mort.

« Ce démon, c'était la fatalité!....

« David est mort pour une distraction de sa vie, pour « un épisode dédaigné par lui au milieu de ce tourbillon « mélodieux qui le ravissait au ciel, et le rendait si in- « différent au stupide fracas de la rue. Pauvre enfant « qui a été si peu connu, parce qu'on ne lui a pas donné « le temps de devenir homme; tête évaporée, pleine de « défauts d'écolier, cœur excellent jamais complice de

« la tête! Il est mort à son entrée dans le monde, comme
« son oncle Della-Maria, le grand musicien! Della-
« Maria lui avait légué son talent musical; mais il y a
« donc une fatalité de sang cachée dans tous les dons du
« génie! Le legs ici a été complet. L'oncle avait péri de
« mort tragique et violente; rien n'a été détourné de
« l'héritage; le neveu a tout reçu!

« A vingt-deux ans, David était à Paris, déjà lancé
« dans le monde heureux et brillant des artistes. Là, ses
« jours étaient une extase perpétuelle; il vivait dans
« cette sérénité d'émotions que donnent les beaux-arts;
« et, il faut le dire, jamais la musique n'eut un audi-
« teur plus fervent, plus intelligent que lui, au balcon
« de l'Opéra, au Conservatoire, aux loges de Favart,
« nul cœur n'a jamais eu des pulsations plus douces;
« aurait-il songé à se faire un nom, lui? Le nom
« des autres lui suffisait; il ne prit la plume que pour
« exalter le talent, sans songer au sien; il faisait des
« feuilletons dans les journaux de Paris, non avec l'idée
« commune de gagner de l'argent, (il n'a jamais retiré
« une obole de tant de choses qu'il a écrites!) mais pour
« ouvrir une écluse à toutes les formules d'enthousiasme
« qui l'oppressaient au sortir de l'opéra; pour mêler ses
« bravos d'enfant connaisseur aux critiques des Aristar-
« ques vieillis dans le feuilleton; pour émettre avec or-
« gueil quelques idées d'appréciation qu'il croyait neu-
« ves, et qui l'étaient bien souvent; et surtout, pour se
« servir de son feuilleton comme d'un passeport auprès

« d'un grand artiste, et lui dire: lisez, c'est moi qui ai
« fait cela, moi, un écolier échappé de la classe, moi, le
« neveu de Della-Maria; et il s'en revenait tout radieux
« après avoir parlé face à face à Meyerbeer; l'auteur de
« *Robert* lui avait serré la main, Rossini lui avait écrit
« des lettres charmantes; il vivait long-temps d'une forte
« joie sur ces nobles émotions; il s'en entretenait avec
« lui-même, lorsque les confidents manquaient; il se
« faisait des rêves d'avenir, où il se voyait l'ami intime
« des illustres compositeurs, se mêlant à leurs plaisirs,
« à leurs repas, à leurs fêtes, s'enivrant de leurs succès,
« se réservant le bonheur de les enregistrer, et toujours
« s'oubliant lui-même, heureux même au fond du cœur
« de cette touchante abnégation. Cet avenir lui était
« déjà acquis; vous allez voir la fatalité! . . . . .

. . . .

. . . .

. . . . « Je n'ai rien vu de plus touchant que
« le convoi funèbre de David; je n'ai jamais vu couler
« autant de larmes; sur sa tombe, deux discours ont été
« prononcés, ce sont deux suppléments à l'Évangile. La
« foule brillante de notre jeunesse se pressait en pleu-
« rant autour de ceux qui lisaient ces pages funèbres;
« c'était de la désolation, du vrai désespoir. L'heure
« était propice aux douleurs de la tombe; le soleil se
« couchait derrière les montagnes du golfe voisin, au
« moment même où le cercueil descendait dans la fosse.
« Les derniers rayons illuminaient les heureuses et

« calmes collines où David chantait la veille, où il avait
« salué le soleil couchant, ce soleil le dernier de sa vie !
« Puis la foule s'est éloignée silencieuse ; chacun songeait
« aux êtres que David laissait sur cette terre, à ce père
« si vertueux, à cette mère à jamais désolée, à ces deux
« existences, hier encore si heureuses, dans la maison
« secrète où l'on n'entend aucun bruit de la foule, où
« régnait tant de quiétude, tant de sérénité religieuse.
« — Oh ! des malheurs si grands, si inattendus, si peu
« mérités, font douter un instant de la Providence,
« puis, à force de réflexions et de désespoir, ils vous ré-
« concilient avec Dieu ! »

(MÉRY.)

David n'était pas musicien seulement ; son âme ardente se passionnait pour tous les arts ; il savait raisonner peinture ; sa mémoire étonnante était nourrie de la
littérature ancienne et de celle de nos trois siècles ; il en
parlait avec goût et savoir. Sa notice sur Beaumarchais,
lue à l'Athénée, en 1829, est pleine d'idées neuves et
ingénieuses, ainsi que sa lettre sur le *drame*, adressée
à son ami Berteaut ; tous ses feuilletons de musique ou
de littérature pétillaient d'esprit.

Son malheur exige que nous jetions un voile sur le
Mistral, journal qu'il avait fondé, débauche d'un esprit original, mais trop vif et sans retenue, qui lui fit
beaucoup d'ennemis, parce que le public ne demande
point si l'écrivain est un homme fait ou un enfant, si un

peu d'indulgence ne le ramènerait pas dans des voies meilleures. On s'emparait froidement de ses indiscrètes saillies, oubliées par lui-même une heure après, et c'était une arme qu'il avait fournie contre lui. — Mais ceux qui savaient le comprendre disaient : c'est un enfant; il lui faut le temps et l'expérience. — L'un et l'autre lui ont manqué !

HISTORIENS. — Nous voici arrivés aux historiens, aujourd'hui notre plus belle gloire avec les poëtes; nous n'avons rien à envier aux autres villes de France.

THIERS. — Les journaux se sont occupés assez de la biographie de M. Thiers ; à eux ses anciens articles du *National*, à eux Grand-Vaux, à eux la loi contre cette presse dont il fut un des plus ardents défenseurs ; sa vie politique nous est entièrement étrangère, heureux de n'avoir point à juger le Ministre et l'homme d'État ; ses œuvres littéraires nous appartiennent seules, et ici notre tâche est facile.

Déjà M. Thiers s'était fait connaître dans son pays par deux éloges de Vauvenargues qui trompèrent la partialité des académiciens, refusant de couronner un écrivain dont ils ne partageaient pas les opinions. Les juges décernèrent le prix au second éloge dont l'auteur ne s'était pas fait connaître, tour de force qui présageait une grande flexibilité de talent.

Depuis, M. Thiers se jeta, à Paris, dans les rangs de

l'opposition, et ce fut avec éclat; le *Constitutionnel*, les *Tablettes*, sa coopération à divers journaux, lui firent un nom qui devait s'élever d'une coudée à l'apparition de l'*Histoire de la Révolution française*.

Certes, nous n'avons nulle sympathie pour les idées émises dans ce magnifique ouvrage, mais nous osons le proclamer un de nos chefs-d'œuvre. Nous ne nous prosternons point devant le génie de Danton, mais nous reconnaissons que son apologiste a épuisé tous les trésors du style pour peindre cette sombre figure qu'on dirait échappée aux cercles infernaux de Dante. Nous n'adorons point Mirabeau, mais nous savons admirer avec quelle perfection de talent, si ce n'est de vérité, l'artiste a su buriner son portrait. Nous rejetons ce qu'on appelle *l'école fataliste*, car il ne nous est pas donné de rester froids devant le crime ou la vertu, mais nous avouons que jamais cause injuste n'a trouvé un défenseur plus habile, plus éloquent. On peut n'avoir aucune sympathie pour l'homme, et le dire hautement un écrivain de génie. Juste une fois, le *Journal des Débats* a loué les talents de l'auteur de l'*Histoire des Francs*, ce beau livre écrit dans une prison; eh bien! rendons au *Journal des Débats* politesse pour politesse; il a eu des paroles d'éloges pour un des nôtres, soyons justes pour un des siens. Mais à quoi bon nos éloges, à nous? Une grande voix s'est élevée, la voix qui a créé le siècle, et elle a dit: « MM. Thiers et Mignet sont les chefs de l'é-« cole fataliste. M. Mignet a resserré dans un ouvrage

« court et substantiel le récit que M. Thiers a étendu sur
« de plus larges limites. M. Mignet a tracé une esquisse
« vigoureuse, M. Thiers a peint le tableau. Les campa-
« gnes d'Italie forment dans l'ouvrage de M. Thiers un
« épisode à part qui suffirait seul pour assigner à l'auteur
« un rang élevé parmi les historiens. »

(Préface des Études historiques.)

On peut admirer, je crois, celui que Chateaubriand
a ainsi salué. Nous ne parlerons point de M. Thiers
comme orateur ; quelle que soit notre impartialité, elle
pourrait échouer ici à notre insu. Taisons-nous.

CAPEFIGUE.— M. Capefigue, avant de se placer
sur la même ligne que M. Thiers, avait aussi coopéré à
la rédaction de plusieurs journaux ; c'est toujours là le
début. *La Quotidienne*, *Le Messager*, sous M. de
Martignac, plus tard *Le Temps*, dont il rédigeait le
bulletin, accusèrent chez lui une grande variété de style
et d'opinions politiques. Couronné trois fois à l'académie des inscriptions et belles-lettres, il révéla tout son
talent dans l'*Histoire de Philippe-Auguste*, ouvrage
d'un mérite éminent sur une époque peu comprise jusqu'alors, et qui est resté le meilleur de M. Capefigue.
Puis vint l'*Histoire de St. Vincent de Paul*, couronnée, mais écrite trop rapidement.

Les travaux de M. Capefigue sont graves ; il écrit

avec une patience de bénédictin. « Il est, dit Chateau-
« briand, du nombre de ces jeunes savants qui n'écri-
« vent aujourd'hui qu'après avoir lu. »

Les premiers volumes de l'*Histoire de la Restauration* annonçaient un système de modération et d'impartialité dont il nous semble que l'auteur s'est depuis un
peu écarté. Cependant, sans opinion politique bien prononcée, n'étant ni à Paul, ni à Apollo, ni à Céphas, il
pouvait plus qu'un autre rendre justice à chacun.

Le premier mérite de M. Capefigue n'est pas dans le
style; on voit qu'il écrit vite; mais quand il s'attache à
tel ou tel épisode, qu'il en parle avec amour, son style
grandit, et atteint presque la perfection. En général,
la clarté, si non la correction et l'élégance, n'est jamais
en défaut. Il excelle dans les portraits; celui de La
Fayette a été cité partout. Il est difficile de désem-
brouiller plus habilement les questions financières, talent que possède aussi M. Thiers, dans son *Histoire de
la Révolution*. M. Capefigue ne perd jamais son sujet
de vue; dans le labyrinthe des détails les plus minutieux, il conserve toujours le fil d'Ariane, mérite qu'on
admire dans Voltaire. Son esprit de sagacité lui fait juger de tout sainement, quand il n'est point sous l'influence des passions de l'époque ou des bruits de salons.

Lorsque M. de Lamartine vint à Marseille, les premiers volumes de l'*Histoire de la Restauration* avaient
paru; nous lui parlâmes des Marseillais qui tiennent
un rang distingué dans les lettres. « Que pensez-vous ,

« lui dis-je, de l'*Histoire de la Restauration* de M. Ca-
« pefigue? — Je ne la connais pas; je n'ai lu que celle
« publiée en ce moment par M. Pasquier. — Eh bien !
« c'est de celle-là que je vous parle; M. Pasquier n'en
« est nullement l'auteur. — C'est impossible. — Je sors
« de chez M. Capefigue; il m'a fait lire un chapitre ma-
« nuscrit intitulé : *Bruits de salons*, et qui doit paraître
« dans la livraison prochaine. Vous aurez été trompé
« par l'anonyme qui s'intitule *Homme d'État*. On at-
« tribue aussi cet ouvrage à M. Decazes. — Je le sais,
« répondit le poëte; mais comment a-t-on pu s'y mé-
« prendre? M. Decazes, quoique ayant beaucoup d'es-
« prit, ne saurait écrire ainsi; puis tout n'est pas à sa
« louange. D'ailleurs, tant mieux pour M. Capefigue,
« cette histoire met le sceau à sa réputation. »

Alors M. de Lamartine fit un éloge si pompeux de
cet ouvrage, que je fus étonné, bien que j'en reconnaisse
tout le mérite. Je lui dis que l'auteur avait l'intention
de le refondre quand il l'aurait terminé, et qu'il aurait
sondé l'opinion publique. « Qu'il s'en garde bien, s'é-
« cria-t-il ! Il ne fera jamais mieux ! » Puis il ajouta :
« J'ai un regret en partant pour mon long voyage; c'est
« de ne pouvoir suivre les publications successives d'un
« si beau livre. » Le poëte en revenait sans cesse à M.
Pasquier; j'eus beaucoup de peine à le désabuser.

Nous ne parlerons pas de *Jacques II à St.-Germain*,
roman indigne du talent de M. Capefigue. — Écrivain
laborieux, occupé d'études sévères et utiles, M. Cape-

figue mène plusieurs ouvrages de front ; son *Histoire constitutionnelle de France* est un chef-d'œuvre de patience, de labeur et de savoir.

A. FABRE. — Nous avons émis notre opinion sur l'*Histoire de Marseille* par Ruffi, histoire qui fait honneur à ce vieil écrivain, mais qui est incomplète et souvent fautive. C'est surtout lorsqu'il s'agit des premiers temps, que la supériorité de M. Augustin Fabre est incontestable ; il les a racontés avec clarté et précision ; il a su y mettre cet esprit de bonne critique inconnu à Ruffi ; partout où leurs avis diffèrent, la victoire demeure au nouvel historien ; M. Fabre a sauvé l'aridité du sujet par les ressources d'un style élégant et pur ; lorsque les matériaux étaient insuffisants, il y a suppléé par des rapprochements historiques, présentés avec logique, jamais avec paradoxe. Il ne s'occupe guères des médailles, des inscriptions, des monuments, parce que Ruffi et son continuateur n'avaient rien laissé à désirer sur ce point ; M. Fabre n'a point eu l'intention de lutter contre ses devanciers, il a voulu donner un livre complet, national, et il a atteint son but.

Nous le remercions d'avoir combattu avec force un préjugé historique, d'avoir remis Libertat à sa place, et de l'avoir appelé *un assassin sans courage* ; à nos yeux, la fin n'excuse point le moyen.

Lorsque M. Fabre arrive à nos jours, on voit qu'il est pressé d'en finir ; ses derniers livres sont écrits avec

précipitation ; puis, se rencontrait une immense difficulté, et nous n'oserions dire qu'il en a triomphé. Il
fallait que l'historien se prémunît contre toute préven-
tion politique ; l'a-t-il fait ? qu'il ne fût qu'historien ;
cette haute mission ne l'a-t-il pas un peu méconnue ?
Il a écrit sous des influences de parti ; il a des paroles
exclusives d'éloge ou de blâme pour des hommes et
des choses qui méritaient une étude plus approfondie.
Si nous ne nous étions fait une loi de nous abstenir de
toute politique, nous demanderions à M. Fabre s'il juge
aujourd'hui la Restauration aussi sévèrement qu'en
1830 ? N'avouerait-il pas qu'il s'est trompé en disant :
« La prise d'Alger inspirait de l'audace au parti rétro-
« grade, qui pensait que cet événement glorieux lui se-
« rait de quelque profit ? » On a fait justice de cette as-
sertion, et c'est à peine si elle traîne encore parfois dans
les stupides colonnes du *Constitutionnel*. Le nouveau
pouvoir, dont M. Fabre a salué la venue avec tant d'enthousiasme, n'est-il pas le parti vraiment rétrograde ?
— Mais il nous fallait l'expérience, et nous ne l'avions
pas.

Ne se montre-t-il pas ensuite bien rigoureux envers
Marseille dont il croit les annales terminées ? Nous nous
associons à ses vœux de réconciliation générale, mais
nous ne pouvons penser que notre grande et belle ville
ait cessé de jouer un rôle dans l'histoire. « La centrali-
« sation funeste qui pèse sur toutes les communes de
« France, dit-il, sera tôt ou tard diminuée, car c'est

17*

« un vœu général que déjà l'on exprime avec quelque
« énergie. » Eh bien donc! laissons faire au temps, et
Marseille reprendra ce rang qu'elle a déjà reconquis
dans la littérature.

L'*Histoire de Marseille* est un bon ouvrage, à part
quelques erreurs de bonne foi, qui n'en sont pas moins
des erreurs; nous pensons que cette histoire n'est plus
à refaire.

M. Augustin Fabre est un des membres les plus distingués de la société de statistique; toutes ses études ont
pour objet Marseille, son histoire; ses chroniques, ses
besoins du moment; et Marseille reconnaissante paie de
son estime celui qui prend ses intérêts avec tant de zèle
et de talent.

Mrs Fabre et Chailan publient une *Histoire complète du Choléra*, riche des plus savantes observations,
écrite avec beaucoup de charme de style.

RABBE. — Alphonse Rabbe mourut le 31 décembre 1829; il avait, comme tant d'autres, débuté dans
les journaux de sa ville natale; puis, il se fit un nom à
Paris par ses *Résumés historiques*, qu'il mit à la mode,
et dont s'empara la médiocrité. La France fut bientôt
accablée de *Résumés*, dont la plupart n'étaient que
d'anciens livres abrégés, tronqués, morcelés, sans goût,
sans choix et sans savoir.

Nous empruntons à la *Revue de Provence* un article nécrologique, dont nous pourrions débattre la jus-

tesse et la vérité, car nous n'avons jamais bien compris
comment Rabbe avait mérité tant de réputation :

« Alphonse Rabbe est mort à Paris, à l'âge de 43 ans ;
« il laisse assez d'ouvrages remarquables pour avoir
« droit à un rang très-distingué parmi les premiers his-
« toriens de l'époque ; mais quelques années de vie en-
« core, et il se serait révélé à ses contemporains sous le
« côté le plus populaire de son admirable talent ; Al-
« phonse Rabbe aurait été notre Walter-Scott. Dans
« son organisation complète, il avait pris, pour débuter
« avec profit, le genre alors en vogue ; car, ainsi que
« tous les littérateurs artisans de leur fortune, et pour
« lesquels la première condition est de vivre, il s'était
« vu forcé de subir le joug de la mode littéraire, avant
« qu'une existence calme et dégagée de tous soucis do-
« mestiques, lui permît de se placer au-dessus de la
« mode par quelque publication de longue haleine,
« faite dans le silence du cabinet. Toutefois, hâtons-
« nous de dire que les Résumés historiques de Rabbe,
« malgré les exiguës proportions du genre, ont été ce
« qui a paru de plus complet et de mieux écrit dans
« cette volumineuse collection.

« C'est par les œuvres d'art ou de pure imagination
« que Rabbe serait arrivé à la popularité ; chose si douce
« pour un écrivain. Son roman de la *Sœur grise*, pres-
« que terminé, et dont bien des lectures particulières
« ont été faites, eût excité en France un enthousiasme
« général. On sait que le manuscrit lui fut dérobé chez

« lui par une coupable malveillance, et qu'il a renvoyé
« d'un jour à l'autre, jusqu'à sa mort, le travail si pé-
« nible d'une recomposition d'ouvrage perdu. On nous
« fait espérer qu'on recueillera bientôt, pour une pu-
« blication posthume, toutes les feuilles éparses, confi-
« dentes des pensées de Rabbe, et dans lesquelles écla-
« tent tant de magie de style, tant de coloris, tant d'ima-
« gination ! C'est un projet qui est dans le vœu des amis
« des lettres, dans le nôtre surtout, qui nous glorifions
« de compter Rabbe parmi les écrivains qui honorent
« notre belle Provence. »

Victor Hugo a adressé à l'ombre de Rabbe une pièce
de vers, dans ses *Chants du crépuscule* :

> Hélas ! que fais-tu donc, ô Rabbe, ô mon ami,
> Sévère historien dans la tombe endormi !

Nous croyons que le poëte a un peu exagéré le mérite
de l'historien ; nous ne pouvons dire, avec le biographe
cité, que le temps lui a fait défaut ; Rabbe est mort à
43 ans ; il avait passé l'âge où l'on crée ordinairement
ses plus beaux ouvrages.

TIRAN. — M. Melchior Tiran, après avoir aidé
M. Capefigue dans ses recherches historiques, et obtenu
de lui quelque impartialité dans le grand ouvrage sur
la Restauration, a publié enfin sous son nom seul deux
volumes pleins d'intérêt ; *La Russie, pendant les guer-*

res de l'empire, était un sujet non encore traité, et devait être le complément de tant d'écrits sur cette prodigieuse époque. M. de Ségur avait épuisé tous les trésors de notre langue pour chanter notre gloire et nos malheurs, mais l'histoire de la Russie, pendant cette fatale année, n'avait point été faite ; nous ne connaissions que celle de notre grande armée. M. Tirau s'est présenté avec les mémoires de M. Domergue, ancien régisseur des théâtres de St-Pétersbourg et de Moscou; de piquantes anecdotes, racontées avec une rare simplicité de style, ont fait le succès de ce livre, qui nous initie aux mystères de la politique russe, et nous fait connaître le caractère, les mœurs et l'intérieur de ce peuple, bien mieux que ne le feraient les plus profonds traités de diplomatie.

Savants. — Marseille compte avec orgueil parmi ses savants M. Toulouzan, un des plus habiles collaborateurs de la *Statistique des Bouches-du-Rhône*, et connu par d'importants articles dans les journaux ou revues scientifiques; M. Hubaud, qui a voué ses études à la bibliographie, auteur d'un Complément au Dictionnaire de Fournier, dont il relève les erreurs avec tout le talent d'un homme versé dans cette partie; M. Cousinéry, consul de Salonique en 1793, qui fournit de précieux documents au *Voyage en Grèce* de Choiseul-Gouffier, et donna, dans la belle *Histoire des Croisades* de M. Michaud, la suite des médailles des princes croisés en Palestine; M. Blancard, qui dédia à l'empereur, en 1805, un *Manuel du commerce des Indes-Orientales et de la Chine*, livre très-estimé des économistes.

Nous devons aussi un souvenir à M. Textoris, mort il y a quelques années, médecin en chef des armées de mer, puis président de la société royale de médecine de Marseille, et auteur de l'*Étude sur les eaux*, qui eut un grand succès. Les hommes de lettres, auxquels ce sujet était étranger, reconnurent pourtant un vrai talent de style; l'homme bienfaisant, le philanthrope, se révèle à chaque page de ce livre.

M. Cauvière, aussi médecin, a donné quelques séances de géologie, et, dans ses discours, l'élégance du style se joint à la profondeur de la science et de la pensée.

En 1833, l'Europe savante perdit un jeune naturaliste dont le nom avait déjà un grand retentissement. M. Polydore Roux partit, en 1831, avec le baron allemand Hugel, pour explorer l'intérieur de l'Afrique; après avoir parcouru la Haute et la Basse-Égypte, la Nubie, les bords de la Mer-Rouge, après avoir formé une riche collection d'oiseaux, de poissons, d'insectes, de reptiles, etc., après avoir travaillé pour la gloire et pour la science, il trouva son tombeau loin de sa patrie.

C'est à lui qu'on doit notre cabinet d'histoire naturelle; écoutons M. Barthélemy, si bien fait pour apprécier les talents et les nobles travaux de son prédécesseur:

« Le zèle, l'activité, le savoir de M. Polydore Roux « se déployèrent admirablement dans l'intérêt de l'éta-

« blissement dont il était le créateur, et c'est par une
« correspondance établie sur les divers points du globe,
« c'est surtout par des échanges des produits méridio-
« naux, faits avec discernement et d'une manière avan-
« tageuse pour la ville, qu'il réunit en peu d'années ces
« nombreux oiseaux indigènes et exotiques, ces mam-
« mifères, ces reptiles, ces poissons, ces crustacés, si
« prodigieusement variés, qui composent aujourd'hui
« l'ensemble des collections du cabinet d'histoire natu-
« relle (1). »

C'est à quarante ans que Polydore Roux dit adieu à
la gloire qu'il rêvait et à laquelle il avait acquis le droit
de croire, et à la science qui fut la passion de toute sa
vie.

ACADÉMIE. — Comme nous ne parlons ici que des
personnes vivantes, ou mortes de nos jours, nous n'a-
vons rien à dire de l'Académie. Un jour cependant elle
leva à demi la tête du fond de son cercueil ; ce fut le
26 juin 1832, lorsqu'elle fit à M. de Lamartine les
honneurs d'une séance quasi publique. Et quand le
président eut prononcé son discours, quand M. Toulouzan eut donné lecture de son *Origine des Hindoux*,
quand le poëte eut fait entendre ses *Adieux à Marseille*, qui sont dans la mémoire de tout le monde,
alors tout fut dit ; l'académie se recoucha dans sa bière,

(1) *Notice nécrologique sur M. P. Roux*, par M. Barthélemy,
conservateur du Musée d'histoire naturelle de Marseille.

s'y plaça aussi commodément que possible, et se remit à goûter les délices d'un sommeil profond que nul ne songe à troubler.

M. Lautard, auteur de savantes lettres sur Marseille, porta le dévouement jusqu'à écrire l'histoire de cette société, et mérita quelque reconnaissance, vu les difficultés d'un sujet tout négatif, et le talent avec lequel il fut traité. Lutter avec une étonnante patience contre l'aridité d'un pareil travail, en faire surgir parfois une ombre d'intérêt, c'était un véritable tour de force; c'était plus qu'on ne devait exiger. Il a donné un démenti au vieil axiome: *nihil de nihilo.*

SOCIÉTÉ DE STATISTIQUE. — Dès 1827, quelques hommes de talent fondèrent la société de statistique; Mrs L. Méry, A. Fabre, J. Julliany, Marius-Gimon, P.-M. Roux, etc., ont bien mérité de ceux pour qui la science et les lettres sont quelque chose.

JOURNAUX. — Sous la Restauration, les journaux commencèrent à prendre chez nous quelque extension. Le *Phocéen*, le *Nouveau Phocéen*, le *Frondeur marseillais*, le *Spectateur marseillais*, le *Caducée*, etc., parurent et disparurent tour-à-tour; le *Messager* seul s'asseoit depuis onze ans sur leurs débris; le *Nouveau Phocéen*, feuille lycanthrope, n'avait point de chance de durée; l'*Écho provençal*, feuille dégoûtante et préfectoriale, était rejeté même des royalistes; il tomba avec son patron. M. Feissat, mort il y a peu de temps, se mit, par le *Sémaphore*, dans les rangs de l'opposition; les tracasseries du préfet firent vivre son journal.

Le véritable temps du journalisme à Marseille, c'est le nôtre; 1830 a vu surgir plusieurs feuilles quotidiennes, les unes de l'opposition, les autres pour combattre cette opposition, et toutes rédigées avec talent. La *Gazette du Midi* s'est déclarée franchement légitimiste; c'est le journal de Marseille qui comprend le mieux les intérêts de localité, et qui s'en occupe davantage; toute politique, elle parlait peu littérature avant la loi Fieschi, et c'était un mal; aujourd'hui le cercle qu'il est permis de parcourir est restreint; nous y avons gagné quelques feuilletons :

*** . . . . . Hæc otia fecit.

C'est elle qui a enregistré les premiers essais d'un jeune homme qui depuis a révélé un si beau talent dans le livre intitulé : *La Mer*.

Le *Garde national*, défenseur de l'autorité, a reçu souvent les inspirations de M. Méry, et consigné dans ses feuilletons les intéressantes chroniques de M. Louis Méry; sous le rapport du style, sa rédaction ne laisse rien à désirer; bien des journaux de Paris ne le valent pas.

Le *Sémaphore*, aujourd'hui *tiers-parti*, renferme souvent des articles bien faits, mais sa politique est difficile à définir et à comprendre.

Le *Peuple souverain* ne pouvait espérer une longue existence; Marseille n'est pas démagogue.

Le *Messager*, rédigé par M. Fabrissy, fondateur du journalisme à Marseille, peut opposer à ses confrères la phénoménique longévité de onze ans.

Une foule de petits journaux, le *Lustre*, l'*Étincelle*, l'*Avant-scène*, l'*Entr'acte*, le *Dimanche*, l'*Album*, brillent et s'éteignent tour-à-tour, quelquefois ensemble, comme des feux follets.

De 1829 à 1830 parut la *Revue de Provence*; elle contient d'excellents articles signés Polydore Bounin, Paul David, Berteaut, Augustin Fabre, Toulouzan, Guinot, l'abbé Martin, Clapier, etc.; mais quel qu'en fût le mérite, elle tomba, écrasée du poids de l'indifférence publique; presque tous les autres départements ont leurs revues, et aucune n'était supérieure à la nôtre.

ARTISTES. — Avant d'en venir à nos poëtes, disons un mot de nos artistes. Tout le monde connaît M. Champein, le doyen des musiciens, depuis la mort de Gossec; à 13 ans, il avait composé une *Messe* et un *Magnificat*; en 1779, l'opéra du *Soldat français*; en 1781, la *Mélomanie*; en 1789, le *Nouveau Don Quichotte*; en 1804, les *Trois Hussards*; en 1808, *Menzikoff*; puis l'*Avare amoureux*, fait en vingt-quatre heures. M. Champein a obtenu d'enivrants succès; jamais compositeur ne fut plus applaudi; depuis longtemps il jouit et vit de ses souvenirs; il ne produit plus rien. Il est né en 1753.

Richaud-Martelly, que Marseille n'a point encore oublié, paraissait avec éclat sur la scène, et l'enrichissait de ses *Deux Figaro*; l'académie le recevait dans son sein, et il charmait ses séances par des contes pleins de grâce et d'esprit, lus avec une rare perfection.

Marseille s'émeut encore au souvenir du *Requiem* de Chérubini, exécuté dans l'église des Prêcheurs, pour l'anniversaire de la mort de Beethoven. « C'était notre « bataille d'Austerlitz, s'écriait l'infortuné David, et « cette bataille, nous l'avons gagnée! » Puis, quelques jours après, fut joué sur notre grand théâtre *El Gitano*, et l'on applaudit avec orgueil un opéra écrit et composé à Marseille. Le *Requiem* et *El Gitano* furent deux grands pas de mouvement intellectuel.

M. Bénédit, jeune et chaleureux musicien, s'est fait un nom même à Paris. Le conservatoire l'a couronné souvent.

On remarque chaque année au salon d'exposition, des dessins, des paysages, qui annoncent parmi nous un grand goût pour les arts; nous n'apprendrons rien aux Marseillais en leur citant les tableaux d'histoire de M. Aubert, les intérieurs de M. de Fontainieu, l'atelier de M. Aubert, si habilement retracé sur la toile par M. Papéty, les portraits si ressemblants, peints ou dessinés par M. Portet, les paysages si frais, si finis, si pittoresques de M. Joseph Crozet, et les tableaux si remarquables de M. Pellicot.

Nous avons vu, dans l'atelier de M. Romégas, un

tableau destiné à l'exposition prochaine ; le sujet est une marine sur les côtes de Barbarie ; les naturels du pays se rassemblent sur le rivage, et se préparent au pillage du brick *le Faune* ; on sait quel fut le sort de nos compatriotes entre les mains des Cabyles. La pensée qui a présidé à ce beau travail est pleine d'intérêt, et traduite fort heureusement sur la toile. Pensée et exécution font le plus grand honneur à l'artiste, si connu déjà par de délicieux paysages.

M. Espercieux est célèbre par ses bustes de Raynal, de l'impératrice-mère, par ses statues de Napoléon, de Corneille, de Molière, de Racine, et surtout par celle de Sully. « Les productions de ce sculpteur, dit un bio-« graphe, se distinguent par un style mâle et sévère, et « par une pureté antique, plutôt que par l'élégance des « coupes, et la grâce des poses. »

Mais notre grande gloire artistique, c'est Chanuel.

Que pourrions-nous dire après M. Joseph Autran ? Nos paroles seraient bien froides, bien pâles, à côté des paroles brûlantes et colorées du jeune poëte. Écoutez-le : il trace d'abord l'historique de la *Vierge d'argent*, puis :

« Marseille entière, s'écrie-t-il, sait qu'après de nom-« breuses et impuissantes tentatives, les artistes de Paris « déclarèrent ne pouvoir couler la statue qu'on leur « demandait, et dont M. Cortot avait donné l'admirable « modèle. Il fallait donc se résoudre à garder la Vierge « de bois ou de carton colorié ; car comment en obtenir

« une autre? Il existait bien un certain procédé pour
« faire une statue d'argent à coups de marteau; mais
« où le trouver ce marteau qui pût en venir à bout?
« M. Chanuel sortit de son ombre, et dit: le voilà!

« Il faudrait maintenant vous le montrer cet homme,
« enfermé durant longues années dans un atelier soli-
« taire, et cherchant une création céleste dans un lieu
« qui avait quelque chose d'infernal. Il faudrait y com-
« pter ces douze mille coups de marteau par jour, s'ef-
« forcer de comprendre tout ce qu'il dut y éprouver
« d'émotions diverses, d'alternatives de crainte et d'es-
« pérance, alors qu'il n'en était encore qu'à l'ébauche
« de cette œuvre éternelle à créer, alors qu'elle sortait
« peu à peu du néant, alors que sa beauté commençait
« à apparaître. Heures rapides et frémissantes d'inspi-
« ration! Heures lentes et souvent trompées! Lui seul
« pourrait vous évoquer; lui seul surtout ferait com-
« prendre le mystère de ses instants de joie. Il nous a
« dit n'en avoir jamais senti de véritable que lorsque se
« dressait une invincible difficulté. Alors, loin de se
« laisser abattre, il reprenait haleine et courage!

« Plusieurs hauts personnages ont, en traversant
« Marseille, visité M. Chanuel dans son atelier. Tous
« ont admiré cet homme qui, la tête dans une fournaise
« ardente, travaillait, de l'aube au soir, avec un courage
« et une patience indicibles. M. de Lamennais lui-même
« l'est allé voir, et lui a dit en souriant: « Après tant de
« jours passés dans les flammes pour exécuter une œuvre

« sainte, Dieu vous exemptera sans doute du purga-
« toire. » Mot naïf d'un prêtre sublime, qui s'adressait
« à un homme à la fois sublime et naïf. Une telle anec-
« dote semble appartenir à la vie d'un artiste du moyen-
« âge.

« Enfin, le dernier des douze mille coups de marteau
« par jour venait de retentir; la statue était là.....
« Grande et belle de toute sa beauté, elle surgissait aux
« yeux de l'artiste. Il nous semble que M. Chanuel,
« dans l'extase du bonheur, dut tomber à genoux devant
« son œuvre, et rendre grâce à celle dont il venait d'a-
« chever la sainte effigie : nous l'eussions fait.

« La figure de la Vierge d'argent porte le type grec;
« on ne le retrouve pas plus pur dans les marbres anti-
« ques qui représentent une divinité dont le nom ne se
« prononce pas après celui de la reine des anges. »

Puis vient, toujours en beau style, le détail des per-
fections de la statue : . . . .

. . . .

« A voir les draperies descendre sur les pieds de la
« Vierge, à plis si riches et en même-temps si légers,
« dirait-on que ce sont là les plis à jamais fixés d'une
« tunique de métal, et ne croirait-on pas qu'il va suffire
« d'une brise pour les faire mollement onduler, et pour
« agiter sur le front de l'enfant sa chevelure si gra-
« cieuse?

« C'est cet enfant qu'on ne se lasse pas de contempler;
« à ses bras étendus, à sa pose inclinée, à son sourire

« ineffable ; il semble que de ses lèvres entr'ouvertes va
« sortir cette suave parole que le Sauveur n'a dite que
« plus tard : « Laissez les petits enfants s'approcher de
« moi. »

Un écrivain qu'il est inutile de nommer ici, a dit
depuis, en vers bien moins poétiques que la prose de
M. Autran :

> Prosternez-vous en silence,
> Un souffle peut déranger
> Ces cheveux où se balance
> Un voile blanc et léger,
> Et cette robe ondoyante
> A la brise frémissante
> Comme la feuille des bois ;
> Cette image révérée,
> De votre main effleurée,
> Palpiterait sous vos doigts.
>
> Les cheveux bouclés se jouent
> Sur le front pur de l'enfant ;
> On croirait qu'ils se dénouent
> Au doux caprice du vent ?
> Et sur sa lèvre un sourire
> Dont la grâce les attire
> Dit aux enfans de venir :
> «Approchez, le Ciel vous aime ;
> «Approchez, je viens moi-même
> «Vous aimer et vous bénir ! » (1).

(1) AU GRAND ARTISTE CHRÉTIEN, CHANUEL, NOTRE COMPA-
TRIOTE. (Vers insérés dans la *Gazette du Midi* du 18 juillet 1834.)
On voit que l'auteur s'est inspiré aux belles paroles de M. Autran.

18

Revenons à M. Autran, que nous n'aurions pas dû quitter.

« Il y a sur le front de l'enfant comme une prévision « des destinées futures de sa vie. La précoce et forte in- « telligence empreinte sur ce front, n'appartient qu'à « celui qui, tout jeune encore, avait une sagesse qui « confondait les sages.

« Pour donner une idée de sa beauté matérielle, nous « citerons seulement un fait très-caractéristique. Une « dame, une jeune mère, fière et justement fière de la « beauté de son enfant, voulut le mettre en parallèle « avec ce Jésus qui faisait tant de bruit. Elle ne pouvait « s'imaginer qu'un enfant de métal, fait à coup de mar- « teau, l'emportât sur son bel enfant plein de vie. Elle « le porte dans l'atelier de M. Chanuel ; mais à peine « l'eut-on dépouillé de ses vêtements et lui eut-on donné « une pose imitative de celle de Jésus, que la mère « poussa un cri de défaite, et jeta un voile sur la beauté « vaincue de son enfant.

« Voilà, pour le dire en passant, un charmant sujet « de tableau ; l'idée est neuve et comporte de beaux dé- « veloppements. Qu'en disent les peintres ?

« Si j'étais prince, je commanderais ce tableau au plus « habile pinceau de la capitale, pour en faire présent à « M. Chanuel. Qu'en disent les princes ?

« Revenons. La main de la Vierge qui soutient le « Jésus semble légèrement fatiguée par le divin fardeau ; « celle qui le retient est l'objet particulier de l'admira-

« tion des spectateurs. Il faut surtout, il faut la voir,
« cette main, aux reflets de la lampe nocturne ; on n'i-
« magine pas, lorsqu'on ne l'a vue qu'à la lumière du
« jour, tout ce qu'il y a de merveilleux dans cette chair
« vivante.

« On a observé dans l'arrangement du voile et des
« cheveux de la Vierge, une symétrie simple, qui rap-
« pelle les Madones que le moyen-âge a laissées à l'Es-
« pagne et à l'Italie.

. . . .

. . . .

« Le Ciel devrait, par protection spéciale, ordonner
« au temps de respecter cette image sainte, à l'égal des
« hommes. On voit que nous comptons sur le respect
« des hommes. De vieux révolutionnaires ont dit : *ce*
« *serait dommage.* M. Chanuel n'a rien entendu d'aussi
« flatteur.

« M. Chanuel est homme de génie et homme de foi ;
« disons mieux, il est homme de génie parce qu'il est
« homme de foi. Quelle autre pensée qu'une pensée re-
« ligieuse aurait pu l'animer durant son long travail ?
« Quelle autre inspiration qu'une inspiration divine
« aurait pu lui faire trouver les expressions célestes de
« ces têtes ? Qu'ils aillent les voir, ceux qui ne savent
« pas encore quel puissant auxiliaire le christianisme
« offre à la pensée humaine ? Le paganisme, avec ses
« fables enchantées, aurait-il jamais produit une œuvre
« semblable ; et quelle est la religion vivante aujourd'hui

« qui pourrait l'inspirer ? Serait-ce par hasard le pro-
« testantisme?

« Dans sa modestie d'artiste religieux, dans sa simpli-
« cité d'homme naïf, M. Chanuel disait : *J'ai voulu faire*
« *quelque chose pour Marseille.* Savez-vous, homme
« admirable, ce que c'est que votre *quelque chose* ?

« C'est tout ce que la pensée humaine peut concevoir
« de plus parfait, c'est l'apogée de l'idéal ; c'est ce qui
« caractérise les œuvres d'Homère, de Raphaël et de
« Beethoven ! »

C'est à regret que nous avons tronqué ces admirables
pages, que nous n'avons pas cité en entier cet hymne
d'enthousiasme pour Chanuel et pour son œuvre ; mais
nous croyons que ces beaux fragments suffisent pour
donner une idée de l'un et de l'autre ; et ils ne sont pas
inutiles à la gloire de M. Autran lui-même.

M. Combalot, l'éloquent prédicateur, a consacré à
M. Chanuel un article de journal, remarquable par la
chaleur du style et la justesse des observations.

POÈTES.

MÉRY ET BARTHÉLEMY. — Dans les dernières
années du dernier siècle, naquit à Marseille, un poëte
qui devait, vingt-cinq ans après, s'élancer à la célébrité
dès son début, comme d'un seul bond, et puis atteindre
la gloire. Déjà, il s'était fait connaître dans sa ville

natale par quelques pièces légères pleines d'esprit et de facilité, lorsque Paris, où la vie d'artiste est si enivrante, l'appela à ses joies et aux espérances de la gloire ; il ne résista point à l'entraînement, dit un adieu momentané à la mer, au beau ciel de son pays, et annonça sa présence dans la capitale par des épîtres satiriques qui occupèrent tous les journaux, furent lues de tout le monde et révélèrent un nom qui devait grandir de jour en jour. Ce nom était Méry et Barthélemy.

Nous n'avons point l'intention de le suivre dans toutes les phases de sa vie poétique ; qui ne se rappelle l'effet produit par l'apparition des *Sidiennes*, ces délicieuses satires (justes ou non, il importe peu) ; où la politique, ce mot aride, cette fade abstraction, emprunte le charme de l'harmonie, le prestige de l'expression, pour fixer dans la mémoire du lecteur les traits acérés dont le poëte flagelle les hommes du jour ? Où était jusqu'alors le modèle d'un style tel que celui-ci, prêté à Sidi-Mahmoud ?

> Ainsi, vers l'Occident, quelque temps retenu,
> Numide aventureux, voyageur inconnu,
> Je visitai Paris pour redire à Carthage
> Le merveilleux récit de mon pélérinage :
> Je croyais, député d'un monarque puissant,
> A la hauteur des Lis élever le Croissant,
> Et tourner au profit de la rive africaine
> Les trésors amassés dans ma course lointaine.
> Vain espoir ! J'ai trop vu la triste vérité,
> J'ai trop connu vos mœurs, trop souvent médité

Ce code où vos imans, législateurs en vogue,
A la place des lois gravent leur décalogue ;
J'ai trop bien reconnu l'intrigue en manteau noir
Escaladant sans bruit les marches du pouvoir,
Et je vous dis : Gardez vos lois et vos usages,
Comme les plus heureux, croyez-vous les plus sages ;
Mais ne vous flattez pas qu'un perfide conseil,
Des sujets de mon Dey trouble le long sommeil,
Appelle en nos cités, heureuses d'ignorance,
La sainte politique et les lois de la France.
J'aime mieux mille fois un farouche tyran
Qui foulant à ses pieds la Bible et le Coran,
Condamne sans détour au fil du cimeterre
Des sujets résignés dont il n'est pas le père :
J'aime mieux nos imans qui sur nos minarets
Annoncent la prière et s'endorment après,
Que ces hautains visirs, sans vertus, sans génie,
Qui, la Charte à la main, forgent la tyrannie,
Et ces prélats haineux qui, dans leurs saints palais,
Votent des lois de sang, au nom d'un Dieu de paix !

Méry et Barthélemy fut dès-lors regardé comme le
créateur de la satire politique, et après avoir préludé
ainsi à la renommée, il se l'assura par la *Villéliade.*
Quinze ou seize éditions s'écoulèrent rapidement, et si
la malignité publique fut pour quelque chose dans cet
étonnant succès, les hommes de lettres, qui ne se laissent
point aller à l'engouement général et qui jugent un livre
dans sa valeur intrinsèque, joignirent leurs suffrages
au suffrage universel ; ils reconnurent dans ce poëme
pétillant de tout l'esprit français, un style facile, d'une
pureté admirable, mérite déjà fort rare alors, une

grande science de l'art sans que l'art s'y montrât, et cet excellent comique que nous ne connaissons plus. Les amis de M. de Villèle, et sans doute M. de Villèle lui-même, avec sa haute raison, ne purent refuser un sourire à celui qui savait si bien saisir le ridicule *flagrante delicto* : le ministre ne pouvait pas plus s'offenser de ces spirituelles plaisanteries, que Claude Auvry ou Jacques Barrin ne s'offensèrent de celles de Boileau qui, comme on sait, fut enterré dans la Sainte-Chapelle, sous la place même du lutrin qu'il avait chanté.

L'ode à M. de Villèle dans le premier chant, l'apparition du bon abbé Terray

Qui travaillait si bien un royaume en finance ,

(VOLTAIRE.)

M* de l'institut expliquant un brouillard :

Ce que nous affirmons au nom de l'Institut. —
— Pendant qu'ils affirmaient, le brouillard disparut ;

le style surtout, pur, plein de sel, de malice et d'esprit, portèrent dans toute l'Europe le nom de notre compatriote. Et dès-lors se succédèrent avec rapidité les pamphlets politiques, *Les Jésuites, Rome à Paris, Le Congrès des Ministres, La Corbiéréide, La Peyronéide*, etc., etc. Mais Méry et Barthélemy avisa bientôt qu'avec son haut talent il ne devait pas s'enfermer dans un cercle si étroit, que l'aigle ne peut voltiger dans un bosquet, qu'il y est mal à l'aise, que ses vers, malgré leur beauté, tomberaient avec les circonstances. En effet, le temps a remis tout à sa place; M. de Villèle a disparu de la scène du monde, lui laissant le souvenir d'un de nos grands ministres; personne ne rirait aujourd'hui de ce dialogue si plaisant entre lui et M. de Peyronnet :

PEYRONNET.

Je veux à mon devoir fidèle,
M'envelopper dans ma vertu.

VILLÈLE (à part).

Voilà, voilà ce qui s'appelle
Être légèrement vêtu.

Personne ne rirait aujourd'hui, parce que M. de Peyronnet est dans les fers, parce que *à son devoir fidèle*, il s'est réellement *enveloppé dans sa vertu*, et qu'il nous donne le magnifique spectacle du courage, de la philosophie, et de l'amour de l'étude, aux prises avec un long malheur.

Notre poëte comprit tout cela, et prépara à sa gloire un monument plus durable.

Napoléon en Égypte parut.

Sourd aux règles étroites de d'Aubignac et de l'académie, rejetant les dérèglements romantiques, Méry et Barthélemy créa un genre de poëme dont on n'avait guère d'idée alors. Fidèle à l'histoire, il écrivit, comme Lucain, une éloquente gazette ; il suivit de ses beaux vers Bonaparte à Alexandrie, aux Pyramides, au Caire, au Désert, à Ptolémaïs, dans la mosquée hideuse de pestiférés, et à Aboukir ; et toujours il trouva, après Béranger, Hugo, Manzoni, Byron, Sedlitz, de grands traits pour peindre la merveilleuse image de *l'homme du destin.* Les adieux à la terre d'Égypte, le tableau qui déroule l'avenir de celui qui depuis fut Napoléon, inspirèrent au poëte des vers qui sont au nombre des beaux vers de notre langue :

Et vous, qui plus heureux, vainqueurs d'un long exil,
Aujourd'hui pour la France abandonnez le Nil,
Lieutenants du héros dès ses jeunes années,
A son noble avenir liez vos destinées ;
Un jour, sous son manteau semé d'abeilles d'or,
Géants républicains, vous grandirez encor !
Sa main, en vous jetant des fiefs héréditaires,
Chargera de fleurons vos casques militaires.
Eckmuhl, Montebello, Berg, Frioul, Neuchâtel,
Vous donnerez au camp un blason immortel !
Le glaive impérial, qui détruit et qui fonde,
Pour vous, en écussons, découpera le monde,
Et devant l'ennemi, sous le feu des canons,
D'un baptême de sang ennoblira vos noms!
Dans ce drame éclatant de quatorze ans de gloire,
Commencé sur le Nil, achevé sur la Loire,
Vous reverrez un jour vos généraux vieillis,
Soldats du Mont-Thabor et d'Héliopolis !
Vos drapeaux, qu'agita l'aquilon d'Idumée,
Marcheront les premiers devant la grande-armée ;

Vos pas ébranleront tout le Nord chancelant
Aux plaines d'Austerlitz, d'Iéna, de Friedland ;
Jours de fête où, perçant un rideau de nuages,
Le soleil dardera ses lumineux présages !
Bientôt des bords du Rhin vers l'Asie élancés,
Émules rajeunis de vos travaux passés,
Épouvantant des czars la sainte métropole,
Vous irez dans Moscou chercher les clefs du pôle,
Et quand, pour échapper à vos puissantes mains,
Le pôle, sous vos pieds, glacera les chemins ;
Quand les rois, secouant leur stupeur léthargique,
Convoqueront l'Europe aux champs de la Belgique,
Une dernière fois parés des trois couleurs,
Soldats, vous combattrez dans ce vallon de pleurs
Où la France, portant son dernier coup d'épée,
Tombera digne d'elle, au visage frappée ! ! !

Tout amant de la belle poésie retint les portraits des chefs de l'armée d'Égypte. Jamais la poésie descriptive ne s'éleva aussi haut que dans le chant du Désert, auquel on ne peut comparer que le treizième chant du Tasse :

Solitude infertile, où l'homme est seul debout !
Cercle démesuré, dont le centre est partout ! etc....

Si le poëte ne put atteindre à la sublime prose de Bonaparte, haranguant ses soldats en face des pyramides, c'est qu'une telle prose est intraduisible :

Sur ces monuments si vieux de renommée
Trente siècles debout contemplent votre armée !

L'homme avait dit : « Songez que du haut de ces
« pyramides quarante siècles vous contemplent! » Il ne
fallait pas toucher à ces immortelles paroles. Madame
Tastu, dans ses belles *Chroniques de France*, s'arrête
un instant, et donne la lettre de l'Empereur au Régent,
telle que nous l'a léguée l'histoire. La poésie de Napoléon n'est pas à refaire.

Peut-être une critique sévère ne se laisserait pas désar-
mer par tant de belles choses ; peut-être aurait-elle le
courage de dire que l'ouvrage n'est pas complet, qu'il
y avait encore de grandes inspirations à recevoir de *la
terre des prodiges ;* elle reprocherait à l'auteur, non ce
qu'il a fait, mais ce qu'il n'a pas fait ; elle dirait que le
poëme est écrit parfois avec trop de précipitation ; que
l'auteur y a jeté toute sa verve, mais ne l'a pas poli avec
toute la correction possible ; que parmi les vers délicieux
consacrés aux filles du Caucase, dans le chant de Mou-
rad-Bey, et aux Bayadères, dans le chant du Caire, il y
a des traits qu'un goût pur voudrait effacer ; mais ces
minutieuses chicanes échoueront contre les beautés
larges, pleines, harmonieuses de l'ensemble, et l'esprit
du lecteur sera toujours ébloui par la gigantesque figure
du général

dont la tête,
Sublime de repos, domine la tempête.

Méry et Barthélemy n'avait été jusqu'alors qu'un
admirable pamphlétaire ; *Napoléon en Égypte* l'éleva
au rang de nos grands poëtes.

A partir de ce beau livre, nous eûmes deux écrivains :

> Éternels compagnons dans les mêmes travaux,
> Forts de leur union, frères et non rivaux,
> Jusqu'ici dans l'arène à leurs forces permise,
> Leurs deux noms enlacés n'eurent qu'une devise :
> . . . .
> . . . .
> Puis leur Muse plus fière osa des chants épiques,
> Évoqua du milieu des sables africains
> Les soldats hasardeux des temps républicains,
> Et montra réunis en faisceau militaire,
> Les drapeaux lumineux du Thabor et du Caire.
> De leur cœur citoyen là fut le dernier cri.
> . . . . Et tandis que Méry
> Allait sous le soleil de la vieille Phocée
> Ressusciter un corps usé par la pensée,

Son frère d'armes, Barthélemy.

> Osa, vers le Danube égarant son essor,
> A la cour de Pyrrhus chercher le fils d'Hector.

> (BARTHÉLEMY. — *Défense du Fils de l'Homme.*)

Et de ce voyage naquit *Le Fils de l'Homme.* « L'i-
« dée principale, le plan et les détails de cet ouvrage,
« furent-ils conçus et arrêtés au moyen d'une corres-
« pondance très-active, de la même manière que deux
« joueurs d'échecs pourraient très-bien combiner et di-
« riger la partie, quoique placés à de grandes distances
« l'un de l'autre ? » *(Préface du Fils de l'homme.)*

Nous l'ignorons ; mais ce que nous savons, c'est que ce poëme renferme les plus beaux vers échappés à ces grands écrivains. Pureté de style, pompe des images, expressions nobles, puissance d'imagination, tel fut ce magnifique chant, la plus parfaite de leurs inspirations, qui fit condamner M. Barthélemy à mille francs d'amende et à trois mois de prison, du fond de laquelle il jeta un cri de menace et de désespoir.

La satire intitulée 1830 est d'une couleur sombre et grave ; ce n'est plus celle des *Sidiennes*, aussi a-t-elle perdu beaucoup de son charme. Son caractère sinistre présageait *Némésis*.

La première *Némésis* parut le 27 mars 1831, la dernière, le 1er avril 1832 ;

> La tardive déesse
> Qui frappe le méchant sur son trône endormi,
>
> (André Chénier.)

fournit une carrière d'une année, et jeta cinquante-deux fois ses vers brûlants à la face du nouveau pouvoir. OEuvre de politique et de littérature, nous ne parlons de cette œuvre étonnante que sous ce dernier rapport, et dès-lors, c'est un miracle de poésie. Boileau, qui riait de Cotin et de Scudéry, est un homme bon, doux et modeste, auprès de M. Barthélemy ; Juvénal a moins d'âcreté, il est bien moins acerbe et bien moins violent ; où était le modèle de pareils vers? Ils ont dépassé de beaucoup ceux de La Grange-Chancel. Ils en veulent aux hommes politiques, aux hommes littéraires, aux savants, aux ignorants, à M. Cousin et à Don Miguel, à M. Persil et au Pape, au siècle, au passé, à l'avenir, à tout et à tous. Et chaque semaine, il fallait improviser 300 vers, et se maintenir toujours à la hauteur des premiers, et grandir même, au risque de perdre la gageure; la gageure a été complètement gagnée.— A peine, fatigué de la lutte politique et du paradoxe, l'auteur se délassait-il bien rarement dans des compositions plus littéraires, telles que *Le Palais-Royal en hiver*, *La Némésis à Lamartine* qui inspira à ce dernier une de ses plus belles pièces; à peine s'arrachait-il aux misères du moment pour entonner un chant épique, tels que *La Fête du Soleil*, *La Statue de Napoléon*, pour adresser à Chateaubriand un hymne de gloire, et de délicieuses injures, plus flatteuses que l'éloge même; et quand le poëte se fut inspiré cinquante-deux fois aux événements du jour, quand il eut flétri de ses vers corrosifs les hommes du moment, quand son impitoyable mémoire lui eut rappelé toutes leurs palinodies, et *leur cynisme d'apostasie*, quand il eut assez parlé aux passions, « ma « tâche est finie, » dit-il, et il rentra dans le repos, nous laissant, non plus cinquante-deux pamphlets admirables, mais un phénomène littéraire.

Le talent et les défauts de M. Barthélemy se retrouvent dans la *Némésis*; le vers est fort, coloré, plein, majestueux, riche d'épithètes, mais ne peut-on lui re-

procher l'abus et le luxe même de ces épithètes ? « Ne
« comprendra-t-on jamais, disait Voltaire, combien le
« substantif est souvent ennemi de l'adjectif, quoiqu'ils
« s'accordent en genre, en nombre et en cas ? » Le
rhythme est beau, mais un peu monotone ; jeté toujours
dans le même moule, moule admirable, il est vrai ; les
vers tombent deux à deux, comme ceux de Voltaire, et
c'est le seul rapport qu'aient entre eux ces grands poëtes.
La rime est étonnamment riche, mais parfois elle est
achetée par l'oubli de l'expression juste ; on dirait des
bouts-rimés remplis sans efforts, mais enfin on dirait
des bouts-rimés. Il serait facile de donner des preuves
de ce que j'avance. Un autre reproche plus sérieux est
celui de peintures cyniques qui ne devraient point se
trouver dans un livre aussi grave, et s'annonçant comme
ayant une mission à remplir. *Le Député ministériel*
est dégoûtant de saletés.

Némésis n'en vivra pas moins comme chef-d'œuvre
de verve, de fécondité et de poésie.

Il n'en est point ainsi de la traduction de *L'Énéide*;
jamais homme de génie ne méconnut plus malheureusement sa vocation ; jamais un grand poëte ne fit plus
tristes vers ; jamais traducteur ne comprit moins son
auteur, ne le tronqua, ne le parodia aussi indignement.

On a vu quelle est mon admiration pour M. Barthélemy ; aussi, malgré la note hautaine jetée dans son
3me livre, je dis sans crainte que son travail ne vaut rien.
Peut-être ai-je une vengeance à exercer ; lorsqu'on an-

nonça ce grand ouvrage, bien des personnes s'écriaient :
Il n'en sortira pas! Quel rapport entre Virgile et l'auteur de *Némésis*? — Et moi, je répondais avec une
intime conviction : Le génie de notre compatriote est si
flexible, il aime tant Virgile, il le connaît si bien, qu'il
va nous le rendre tel qu'il était avant M. Delille!
Attendons. — Nous avons attendu, et moi, enthousiaste
de M. Barthélemy, moi, son défenseur contre ceux qui
doutaient de son génie, j'ai été cruellement déçu; j'ai
perdu ma gageure et mes illusions.

Il serait trop long d'argumenter pour prouver la
faiblesse de cette traduction; celle de Delille, pâle, fautive, incomplète, est encore bien supérieure. « J'adopte,
« je crée un système, s'écrie M. Barthélemy. » C'est
bien, nous ne blâmons pas le système, mais la manière
dont il est suivi. Delille était un grand paraphraseur,
et en cela même il était un peu virgilien; M. Barthélemy ne paraphrase pas, lui; il traduit vers par vers,
mais avec effort, sans grâce, sans abandon; et puis rendre ainsi Virgile ligne par ligne, mot par mot, n'est-ce
pas en quelque sorte l'abréger? N'est-ce pas renouveler
le sacrilége de La Mothe contre Homère? Gaston lui-même est moins mauvais. Nous ne citerons rien, car
il faudrait citer presque tout, mais nous remarquerons
une singulière inadvertance. Le nouveau traducteur
nous dit à propos de ce vers délicieux :

Et vera incessu patuit Dea....

que ses prédécesseurs se sont trompés en rendant *incessu*
par le mot *marcher,* que les déesses glissent et ne mar-
chent pas ; c'est une critique de Delille :

Elle marche , et son port révèle une déesse.

Voici la traduction de M. Barthélemy :

Et la divinité se révèle en marchant !

Mieux vaut encore Delille.
    Ce dernier traduit ainsi :

                        Tant dut coûter de peine
    Ce long enfantement de la grandeur romaine !

le

    Tantæ molis erat romanam condere gentem !

et M. Barthélemy :

    Tant fut lent à fonder le colosse romain !

Comparez.
    Par respect pour ce beau talent, nous ne continuerons
pas le parallèle ; du reste au moment où je corrige ces
épreuves (le 20 juin 1836) il n'a paru encore que cinq
livres ; espérons qu'une critique saine , que des amis dé-
voués , auront éclairé le traducteur. Que M. Barthélemy se console d'ailleurs ; lorsque Pierre Corneille fit

Théodore et Andromède, il était encore dans la force
de l'âge; puis, il se releva de toute sa hauteur dans
Rodogune et dans *Sertorius*.

Pendant que M. Barthélemy improvisait ses cinquante-deux poëmes, M. Méry ne gardait pas le silence;
il avait aidé, dit-on, son frère d'armes dans sa gigantesque entreprise. Déjà il avait fait paraître, sous son
nom seul, les *Scènes méridionales* et *Le Bonnet vert*;
depuis, retiré à Marseille, il enchantait de ses lectures
l'Athénée, le théâtre, le cercle des Beaux-arts; il ne
négligeait jamais une occasion de chanter la gloire d'un
artiste disparu; Boyeldieu, Hérold, trouvèrent en lui
un panégyriste digne d'eux; Marseille répète encore ces
hymnes funèbres.

M. Méry signe chaque jour, dans la *Revue de Paris*,
dans les revues musicales, dans les journaux, des articles pétillants d'esprit et d'originalité, ornés d'une
grande magie de style, et des pompes de l'imagination;
à côté de l'épigramme, du trait comique et de la pensée
riante, la pensée grave, forte ou mélancolique; c'est
Horace mêlant aux roses les cyprès, au sourire les larmes; c'est Voltaire et Chateaubriand; ces deux grands
maîtres ont fait M. Méry; il a su par cœur d'abord le
premier, et l'a désappris dans le second.

Son étonnante organisation l'a rendu encore un merveilleux improvisateur. Parlez-nous des Sgricci, des
Bentucci, des Cicconi, des Stenterello, qui ont à leurs
ordres une langue flexible, toute rimée, toute poétique,

parlée et chantée à la fois ; citez-nous M. de Pradel avec
ses centaines d'inconcevables tragédies, je dirai même
avec ses spirituels bouts-rimés ; tout cela n'est pas M.
Méry. Vous êtes deux, ou trois, ou vingt, autour d'une
table, et vous lui dites : Improvisez. Et il écrira autant
de vers que vous voudrez sur le sujet et le mètre donnés,
et (chose étonnante !) la main du prote ne fera rien perdre à la beauté de ces vers, si pleins, si harmonieux, si
richement rimés. Vous le savez, tout n'est pas bon pour
le poëte ; à l'un il faut la solitude du cabinet, à l'autre
la solitude des bois, à celui-ci le bal et ses lumières
éclatantes, et ses parfums de femmes et de fleurs, à
celui-là la promenade par un beau soleil ou par un beau
clair de lune, à cet autre l'atelier de l'artiste avec ses
cris, son désordre, son tumulte. Rien n'est plus inutile
à M. Méry ; l'inspiration est toujours là ; qu'il pleuve
ou qu'il fasse soleil ; que son esprit soit préoccupé, ou
léger de pensées sérieuses, n'importe ; la poésie coule
toujours de son âme, sans effort et sans étude.

Ceci est peu croyable ; eh bien ! celui qui écrit ces
lignes l'a vu, et lorsqu'il entendait citer par le public
une belle pièce de vers, imprimée dans un journal ou
dans une revue, il la reconnaissait pour avoir été faite
la veille, sous ses yeux, en un quart d'heure.

Méry et Barthélemy est notre représentant aujour-
d'hui, et Marseille est fière de sa gloire, qui rejaillit
sur elle avec tant d'éclat.

Après ce grand nom, nous allons en citer de moins

19 *

brillants sans doute, mais qui nous sont chers encore, et qui prouvent que la patrie des Trouvères est toujours la plus fertile en belles inspirations.

DAUMIER. — M. Daumier renouvela la merveille du Menuisier de Nevers, mais il est fort supérieur *au Virgile au rabot,* comme l'appelaient ses contemporains; maître Adam n'a guères composé que quelques chansons bachiques, pleines de verve et d'incorrection; il n'en est pas ainsi du vitrier marseillais, mais, moins philosophe qu'Adam Billaut, il ne résista point au désir d'être applaudi dans la capitale; il y trouva des amis, des protecteurs, et une place qui lui permit de se livrer à son goût pour la poésie. Il débuta par *Une Matinée de Printemps,* remplie de grâce et de fraîcheur; ce poëme fut suivi d'*Agénor,* de quelques pièces fugitives, et d'une tragédie de *Philippe II,* où l'on trouve un talent original et même cultivé.

AGOUB. — Égyptien de naissance, Joseph Agoub doit être compté cependant au nombre de nos compatriotes; il a passé ses dernières années parmi nous, c'est parmi nous qu'il a composé la plus grande partie de ses ouvrages. Déjà M. Dufeu nous l'a fait connaître comme historien, quelques lignes de M. Autran compléteront son article:

« M. Joseph Agoub, dont la mort précoce vint affli-
« ger la science et les lettres, en octobre 1832, était

« d'origine égyptienne. Tout enfant, il avait pu con-
« templer les merveilles de cette terre qui a été nommée
« la terre des prodiges. Sans doute c'est l'aspect d'une
« nature dont les beautés ont fait l'admiration de tous
« les voyageurs ; c'est la vue de tant de monuments qui
« attestent la puissance des races primitives, et dont
« l'origine n'est pas moins mystérieuse que les signes
« symboliques tracés à leur surface ; c'est surtout la
« chaleur féconde du soleil d'Orient qui avait développé
« l'instinct poétique dans l'âme du jeune Agoub. Aussi
« l'enfant du Caire fut-il parmi nous un objet d'étonne-
« ment, lorsqu'il arriva sur nos bords à la suite des glo-
« rieux débris de notre armée d'Égypte. Admis dans
« nos colléges, il s'y montra intelligent et actif entre
« tous ses compagnons d'étude. Au sortir de l'école,
« divers essais de poésie dithyrambique le révélèrent au
« monde littéraire. Un de ces poëmes, dédié à Madame
« Dufrénoy, lui valut l'amitié de cette femme distin-
« guée, dont le nom ira à la postérité sur l'aile d'une
« chanson de Béranger.

« En même temps qu'il se livrait à ses études de
« poëte, M. Agoub professait l'arabe littéral dans une
« école annexée au collége de Louis-le-Grand. Il s'était
« consacré avec un véritable zèle à l'enseignement de
« cette langue qui avait été celle de ses premières an-
« nées, et dont chaque syllabe était pour lui tout un
« souvenir de patrie. Par malheur, dès cette époque,
« l'ardeur qu'il apportait dans tous ses travaux com-

« mençait à altérer ses forces physiques ; son âme était
« de la trempe de celles qui dévorent leur enveloppe.
« Toutefois, l'ardent jeune homme tirait peu d'inquié-
« tude de ce dépérissement de sa santé ; son regard por-
« tait plus loin que l'horizon de sa vie, et, avec une
« énergie toujours nouvelle, il se livrait à des études
« dont la sphère s'élargissait sans cesse. . . . .

 « Pourtant il fallut céder aux conseils de ses amis qui
« le pressaient de quitter Paris, et de chercher, sous un
« ciel meilleur, un repos nécessaire. Le choix du poëte
« mourant se fixa sur la Provence ; notre climat lui of-
« frait plus d'une ressemblance avec celui de sa patrie ;
« il vint à Marseille, mais le mal avait fait de tels pro-
« grès que tout remède était devenu impuissant ; et il
« n'eut que la consolation d'avoir rapproché sa tombe
« des rivages où le sort avait placé son berceau. »

 Après avoir cité une admirable page d'histoire : « ce
« passage, qu'un poëte seul peut avoir écrit, ajoute M.
« Autran, me dispense de donner des fragments des
« divers essais lyriques insérés vers la fin du volume. »
Il nous reste donc, à nous, à faire connaître Agoub
comme poëte.

 Le dithyrambe sur l'Égypte est un chef-d'œuvre.

. . . .
. . . .

Jadis par ses beaux-arts, son exemple et sa gloire,
La Grèce instruisit Rome, et Rome l'univers ;
Mais qu'eût été sans toi la Grèce et sa mémoire !

Elle dormait encore au fond de ses déserts ;
　　L'obscurité, l'ignorance profonde
　　L'enveloppaient. Tu parles.... A ta voix ,
　　Paraît Cécrops, sortant du sein de l'onde ;
Il lui porte tes dieux, ta sagesse, tes lois ;
La Grèce alors naquit, et tu fus à la fois
La mère de l'Attique et l'école du monde !

Sous ton char triomphal que de sceptres brisés !
Tu foulais en marchant les trônes écrasés ,
　　　Et quand de l'orgueilleuse Athènes ,
Humble et fragile encor, s'élevait le berceau ,
L'univers admirait tes pompes souveraines ;
Sur ton front colossal rayonnait le faisceau
　　　De toutes les grandeurs humaines !

Ta gloire luit encore à travers le tombeau ;
Sur la plage déserte où tes sables s'agitent
　　　Que de peuples évanouis !
Ils passent, ton nom reste ; ils meurent, tu survis !
Les siècles conjurés en vain se précipitent,
　　　Et s'acharnent sur tes débris !....

D'un ravage incomplet leur fureur te mutile !
　　　La faulx, la faulx même du temps
　　　Qui s'étonne d'être fragile ,
Frappe et se brise ; assis sur ses vieux ossements
　　　Ton cadavre reste immobile !

De nombreuses cités, des royaumes puissants
Ont péri comme toi, mais d'éternelles ombres
　　　Ont dévoré leur souvenir ;
Et leur vaste tombeau n'a pu t'ensevelir !....
Ta tête soulevant le fardeau des décombres,
Se dresse et parle encore aux siècles à venir !

. . . .
. . . .

    Jadis sous les temples antiques
Les rois venaient s'asseoir à tes solennités ;
On n'entend plus la voix de tes fêtes publiques,
Et la fange a couvert tes muettes cités !

    Ah ! sur le front de tes portiques
Quand tes prêtres gravaient des emblêmes magiques,
Durant ces premiers jours de tes prospérités,
Ils confiaient sans doute aux burins prophétiques
    Tes futures calamités !

. . . .
. . . .

    Sortez de la tombe poudreuse,
    Réveillez-vous, mânes de Sésostris !
Secouez du trépas la nuit injurieuse,
Et montant du cercueil jusqu'au trône des airs,
      Que votre ombre majestueuse
      Plane encore victorieuse
      Sur les cités et les déserts !

    Des Musulmans les cohortes avides
    Au Nil esclave ont imposé des fers !
Mânes libérateurs, tonnez sur ces pervers,
D'un souffle renversez leurs phalanges timides,
      Et debout sur les pyramides
      Dictez des lois à l'univers !

Après avoir lu de tels vers, Fontenelle demanderait-il encore : « Qu'est-ce qu'un dithyrambe ? N'est-ce pas « pis qu'une ode ? »

La Lyre brisée, Jenny ou les derniers moments, sont des morceaux étincelants de verve et suaves de

sensibilité. Tout le monde connaît *La Pauvre Petite* ,
romance popularisée par Romagnési :

Fuis de Colin les discours dangereux , etc.

Grange était l'ami d'Agoub ; il lui adressa une épître
qui est au nombre de ses meilleures : Et toi , lui disait-il,

Et toi, qui sur nos bords convive littéraire,
Dotas notre Hélicon d'une Muse étrangère,
Toi, dont les nobles chants lèguent à l'avenir
Des travaux de Memphis l'éloquent souvenir,
Et qui, nous disputant les palmes poétiques,
As célébré du Nil les merveilles antiques,
Poursuis! Déjà la gloire écoute tes accents, etc.

Le grand orientaliste, le grand historien, le grand
poëte, la mort a tout brisé avant le temps !

AYCARD. — Si Joseph Agoub est venu chercher
des inspirations sous notre beau ciel, M. Marie Aycard
est allé, au contraire, demander les siennes au ciel brumeux de la capitale ; appelé à Paris par son talent, il a
écrit long-temps en vers avant d'oser s'élever jusqu'à la
prose, et ses *Ballades provençales* commencèrent à lui
faire un nom ; le caractère de ses poésies est la grâce ;
il les revêt d'une douce fleur de langage et d'un charme
d'expression peu communs ; on peut en juger par sa romance de *Trilby, ou la Batelière du lac Beau :*

L'onde du lac sous ma rame étincelle,
Du doux zéphir le souffle caressant
Bien loin du bord emporte ma nacelle,
Le feu jaillit sous le flot blanchissant;
Déjà du soir je vois briller l'étoile;
Quel Dieu vainqueur m'emporte malgré moi?
Loin de Douglas qui dirige ma voile?
Gentil lutin, mon lutin, est-ce toi?

Quand les glaçons hérissent les campagnes
Et que l'hiver a durci les ruisseaux,
Quand l'Écossaise au sein de nos montagnes
Près du foyer fait bruire ses fuseaux,
Qui fait sortir de la flamme éclatante
Ce bruit soudain, objet d'un doux effroi?
Qui rompt le fil que tient ma main tremblante?
Gentil lutin, mon lutin, est-ce toi?

Qui fait verdir la mousse printanière?
Des blanches fleurs qui parfume l'émail?
Qui de Douglas préfère la chaumière
Aux nobles tours du vieux château d'Argail?
Et maintenant dans ma barque immobile
Quel feu léger voltige autour de moi?
Qui vient glisser sur ma rame inutile?
Gentil lutin, mon lutin, est-ce toi?

Souvent la nuit, dans l'ardeur de mes songes
D'un jeune Dieu je vois les traits charmants,
Jusqu'au matin ces gracieux mensonges
De leur erreur savent flatter mes sens.
Quand, tout brillant d'éclat et de lumière,
Je vois un Dieu venir offrir sa foi
A blanchelette et simple batelière,
Gentil lutin, mon lutin, est-ce toi?

Depuis, M. Marie Aycard a publié un roman historique; je dis *historique*, parce que c'est le mot qui dési-
gne le genre, mais l'histoire est un peu altérée dans *Le
Comte de Horn*. Ceux qui liront l'ouvrage comme un
simple roman, trouveront des scènes dramatiques, des
situations neuves sans être forcées, une grande puissance
d'intérêt, et ce qui fait vivre un livre, c'est-à-dire, un
style passionné, simple, chaleureux tour-à-tour, et
exempt du néologisme affecté de nos jours. *Le Comte
de Horn* est assuré d'une renommée durable.

GIMON. — Depuis long-temps M. Marius Gimon
garde le silence; collaborateur à plusieurs journaux,
dont il rédigeait surtout la partie théâtrale, lauréat à
notre académie, un avenir s'ouvrait devant lui, il l'a
rejeté. Son *Épître à un Journaliste de province*, son
Ode sur la Chevalerie, *L'Orgueil du poëte*, *Byron*,
chant lyrique, et autres compositions de mérite, nous
donnaient le droit d'espérer en leur auteur.

Lorsque M. de Lantier fut couronné sur notre théâtre, où l'on jouait l'*Impatient*, M. Gimon improvisa
quelques couplets, en l'honneur du poëte nonagénaire,
et qui furent couverts d'applaudissements.

Éditeur, en 1825, d'un recueil de vers qui ne parut
qu'une fois, M. Gimon avait montré un goût éclairé
dans cette compilation, qu'il avait enrichie de ses propres inspirations.

DEIGLUN. — M. E.-C. Deiglun père, instituteur, a publié quelques poëmes pour l'enfance; *Joseph* et *La Peste de Marseille* sont recommandables par une grande simplicité de style, qui les met à la portée des jeunes lecteurs; mais l'auteur n'aurait pas dû pousser la négligence jusqu'à faire rimer *fortunée* et *désirée*, *Sichem* et *Ruben*, *Ruben* et *lien*, *Judée* et *contrée*, *Phocée* et *renommée*, etc., etc.; c'est réduire la rime au-delà de sa plus minime expression, et comme ces vers sont destinés au concours des prix de mémoire, cela donne aux enfants une idée fausse de nos règles poétiques.

M. Deiglun est encore auteur d'un traité de l'art épistolaire qui a su atteindre la seconde édition, et peut-être d'une véritable utilité; ce travail mérite quelque reconnaissance de ceux qui s'occupent d'enseignement; les vœux de M. Deiglun ne vont pas plus haut: « J'ai « voulu, dit-il, me rendre utile; je me suis borné, dans « le poëme de Joseph, plutôt à la précision des faits et « aux réflexions qu'ils fournissent, qu'à de riches des-« criptions, et à des vers sublimes, car de jeunes élèves « sont souvent incapables d'apprécier des ouvrages d'un « haut style, et ne récitent que péniblement de tels « morceaux de poésie. »

Grâces soient rendues à l'instituteur qui s'occupe consciencieusement de ses élèves; il en est tant aujourd'hui qui n'en font qu'un état!

REYBAUD. — Quel que fût le théâtre choisi par M. L. Reybaud, son nom ne fût point resté dans l'obscurité. Ami de Méry et Barthélemy, il a souvent imité très-habilement leur manière dans des épîtres politiques. Il a attaché à la *Némésis* une préface qui nous révèle un esprit de critique plein de justesse et de goût, et nous donne de précieux détails sur les travaux de M. Barthélemy : « A le voir ainsi courbé sur son œuvre, dit-il, « j'ai souvent éprouvé pour lui des vertiges et des saisis-« sements. Il me faisait l'effet d'un voyageur suspendu « à pic sur un précipice, d'un couvreur qui longe les « dernières ardoises d'une toiture, d'un aéronaute qui « plonge dans l'air sur la foi de son parachute. »

L'épître à M. de Martignac, par M. L. Reybaud, est au nombre de nos bonnes satires politiques.

NÉGREL-FÉRAUD. — Lorsque nous avions un fantôme d'académie, M. Négrel-Féraud faisait souvent les frais de ses séances ; c'est là qu'ont été lus l'*Épître à ma Patrie* (1817), l'*Épître aux Voyageurs* (1820), le *Chant lyrique sur la naissance du duc de Bordeaux* (1821) ; un style pur et correct est le principal mérite de cet écrivain, qui n'a point répudié les bons modèles et les leçons du goût ; son vers est classique et n'en est pas moins bon. Ami de Dorange, son collègue dans une société littéraire, *le Portique*, M. Négrel adressa à son ombre une ode pleine de verve et de sensibilité ; on y remarque surtout les strophes suivantes :

Dorange , à ton heure dernière
J'entendis ces touchants adieux ;
Tu devais finir ta carrière
Comme un cygne mélodieux.
Tu pleures la gloire future
Ravie à tes brûlants désirs ;
Exilé des champs qu'il regrette,
Tel, à sa moisson imparfaite,
Virgile adresse ses soupirs.

. . . .

Ainsi de la gloire idolâtre,
Des Muses amant malheureux,
Jadis le jeune Malfilâtre
Finit ses destins rigoureux.
Presque ignoré pendant sa vie,
Son nom triompha de l'envie
Sitôt qu'on le vit expirer,
Et la volage Renommée
Donne à sa cendre inanimée
L'encens qu'il n'a pu respirer.

. . . .
. . . .

Vainement ma voix vous implore,
Restes chéris, mânes sacrés !
Par ma lyre inconnue encore
Vous ne serez point honorés ;
Mais loin des flammes du Tartare,
Près de Virgile et de Pindare
Vous oublierez vos longs tourments ;
Et moi, je serai sur la terre
Comme cet arbre solitaire
Qui pleure sur les monuments !

M. Négrel-Féraud est un des principaux collaborateurs à la *Statistique des Bouches-du-Rhône*, ce grand ouvrage si complet et si national.

VAN-GAVER. — Les revues méridionales ont recueilli souvent les inspirations de M. Jules Van-Gaver; l'ode intitulée: *La Gloire*, adressée à Lamartine partant pour l'Orient, est une de ses compositions les plus heureuses.

Lorsque la harpe du prophète
Pleure ou menace sous tes doigts,
Quand les cèdres courbant leur tête
Ont cru reconnaître ta voix;
Lorsque oubliant la corde sainte,
A ta voluptueuse plainte
S'éveillent les échos d'amour,
Et que sur une molle plage
Ta main effleurant le rivage
Y cueille les roses d'un jour;

Barde chrétien! amant poëte!
Lyre vivante du Seigneur!
Toujours ta bouche est l'interprète
Des mystères de notre cœur.
Chante! nos âmes retentissent,
Nos mains, nos larmes applaudissent,
Nous soupirons de tes soupirs,
Quand, dédaignant un siècle impie,
Ta parole pleine de vie
Dit l'hymne des pieux désirs.

Tu vas donc sur le sol magique
Des dieux et de la liberté,

Fouiller la cendre poétique
De l'immortelle antiquité;
Au doux parfum de son génie,
Quels flots de suave harmonie
Ouvriront tes lèvres de miel!
Songe que cette vieille terre
Est la même où chantait Homère,
Inspiré par le même ciel!

. . . .
. . . .

Ainsi dans ton pélérinage,
Comme Harold, de gloire entouré,
Trouveras-tu quelque rivage
Où ton nom ne soit honoré?
Mais dans sa sauvage harmonie,
L'enfant d'Albion, noir génie,
Semble le chantre de l'Enfer,
Et toi, ton âme poétique
Est comme cette urne mystique
De saints parfums embaumant l'air.

Pleure! chante! prie ou console!
Prophète, tonne! amant, gémis!
Au prestige de ta parole
Toujours nos cœurs seront soumis!
Nous surtout, fils de Massilie,
Par ta présence énorgueillie,
O chantre des saintes amours!
Comme un culte gardons l'image
Du grand Trouvère de notre âge
Sur la terre des Troubadours!

Voilà de la véritable poésie. — *Le Cimetière*, plein

de philosophie et de grâce, peut soutenir le parallèle avec *La Gloire* :

Adieu, froids monuments, terme de nos alarmes,
J'ai vu votre néant, et j'ai séché mes larmes !
L'Eternité guérit les mortelles douleurs ;
Venez, vous qui pliez sous vos peines cruelles,
Confiez, comme moi, vos souffrances rebelles
Aux sépulcres consolateurs !

T. BOSQ. — M. Théophile Bosq s'est placé, par une brochure de 5o pages au plus, parmi ceux en qui la province met le plus d'espérances. C'est du fond d'un village obscur, c'est au milieu des soins tout matériels que réclame une école, et presque sans nulle étude des auteurs du jour, que le jeune homme sentant la poésie déborder de son âme, l'a exhalée comme malgré lui dans un chant d'amour qui étonne par les grâces et la fraîcheur du style. L'analyse de cet hymne ravissant est difficile à saisir, l'expression en est le premier mérite, et à peine l'imagination s'est-elle donné la peine de créer une légère fable. Une femme seule pouvait, avec cette seconde vue qui sait trouver un lien mystérieux dans des pensées un peu vagues et confuses, et avec cet abandon et ce charme de style qui la caractérisent, nous faire connaître tout le mérite de *Noéma, ou les amours d'un Ange.* — Écoutons l'auteur des *Poésies de l'âme* parlant d'un livre dont la manière a plus d'un rapport avec la sienne ; écoutons un poëte jugeant un poëte :

« La poésie véritable est une révélation que l'âme ne
« peut renfermer sans en être brisée :

«Chantons pour consoler ce qui gémit en nous.

« C'est là sans doute le sentiment auquel nous devons
« *Noéma*. L'auteur a jeté son œuvre à la publicité, sans
« orgueil, sans espoir, sans rêves de gloire ; il est poëte,
« véritable poëte, et n'a fait que suivre l'impulsion ir-
« résistible, voilà tout ; et pourtant, si jamais la répu-
« tation, la célébrité furent méritées, c'est sans doute
« cette fois. Essayons d'indiquer les traits principaux de
« ce poëme ; nous demanderons ensuite au lecteur si ce
« n'est pas là l'ouvrage d'un homme qui possède un ta-
« lent bien élevé ?
« *Les* anges (1) *voyant la beauté des filles des hom-*

(1) On lit dans le texte : « Videntes filii Dei filias hominum
« quòd essent pulchræ, acceperunt sibi uxores ex omnibus, quas
« elegerant. »
Ces mots *filii Dei* ont été traduits et expliqués de diverses manières ; Lactance, *le Cicéron chrétien*, l'historien Josèphe, saint
Justin-le-Martyr, dans son Apologie, saint Clément d'Alexandrie,
Tertullien, saint Cyprien, saint Ambroise, ont soutenu que le
mot hébreu *elohim* devait se rendre par *les anges;* de là, disent-
ils, sont nés les démons, de là la chute des mauvais anges, de là
naquirent les géants, de là enfin l'astrologie, et selon Tertullien
(De idolatriâ, cap. 9) les drogues dont les femmes se servent
pour entretenir leur beauté.
D'un autre côté, saint Chrysostôme, saint Cyrille d'Alexandrie,
saint Augustin, enfin presque tous les Pères de l'Église ont prouvé

« *mes, se choisirent des épouses parmi elles.* (Génèse,
« ch. VI, vers. 2.) Telle est l'épigraphe de *Noéma*, et sur
« le champ elle indique le lieu et l'époque de la scène.
« L'ange Eldoa, exilé du Ciel, mêle à sa nature éthérée
« quelque chose des humaines faiblesses ; il voit Noéma,
« l'aime, et, pendant le sommeil de la vierge, vient
« faire entendre à son âme un hymne d'amour que le
« Ciel seul pouvait lui dicter, et que la voix d'un ange
« pouvait seule faire entendre :

« Comme l'esprit du soir qui passe sur la terre
« Inonde de fraîcheur le vallon solitaire,
« Fait soupirer le cèdre et le souple palmier,
« La terre sous son vol se ranime et palpite
« Comme sous un frisson de volupté s'agite
    « L'aile tremblante du ramier.

« L'astre du jour, que voile une cime ombragée,
« De sa flamme limpide en rayons partagée
« Sillonne des vallons la transparente nuit.
« Tout lutte entre le jour et le morne mystère ;
« Dans chaque ombre pénètre un rayon de lumière,
    « Et dans chaque silence un bruit.

« Oh terre ! que le jour est doux dans tes vallées !
« Quel mystère est au fond de tes nuits étoilées !

que par *filii Dei* on devait entendre les descendants de Seth, et
par *filiæ hominum* les descendants de Caïn.

Le Chaldéen, Olcaster, Louis de Dieu, Salomon Jarchi, Fagius,
et autres savants génésiaques, ont lu : *les fils des princes voyant*,
etc.

«De quel nœud ineffable as-tu su me lier!

«J'ai tant bu ton air pur, tes parfums et tes larmes,

«Que j'oublirais les Cieux en contemplant tes charmes,

«Si les Cieux pouvaient s'oublier!

«De tes plus forts liens pour enchaîner mon âme

«J'ai respiré l'amour dans le sein d'une femme;

«De ce vase épuré comme il sort enivrant!

«Voyez-la! voyez-la, celle sur qui je veille!

«Elle est comme l'agneau qui sans crainte sommeille

«Dans un paturage odorant.

. . . .

. . . .

«Et, comme un front penché sur une eau transparente,

«Plus mon œil plonge au fond de ton âme innocente,

«Plus j'aime à contempler cette source d'amour;

» Et je ne sais alors par quel désir étrange

«J'aimerais mieux que Dieu m'eût pétri de ta fange

«Que des rayons vivants du jour!

«Ah! si ton cœur trop pur pour des amours humaines

«Peut des amours du Ciel respirer les haleines,

«La terre que ton pied foule est le Ciel pour moi!

«Et nul désir d'en haut n'élèvera mes ailes,

«Et je veux échanger mes heures éternelles

«Pour une vie auprès de toi.

. . . .

« En tronquant ainsi cet hymne suave, nous ne pou-
« vons en donner qu'une idée bien incomplète.

« Noéma s'éveille, et le réveil ne dissipe pas le rêve
« flatteur qui la berçait. Eldoa se révèle, le cœur de la

« vierge l'avait compris. Quelle douceur, quelle ten-
« dresse dans leurs discours !....

« Mais tandis qu'Eldoa, oublieux des merveilles
« éternelles, s'enivre de l'amour d'une femme, une
« autre émanation céleste, un autre ange, son frère et
« son ami, vient jeter un remords dans son cœur. Dès-
« lors l'amour ne lui suffit plus ; la pensée du Ciel, de
« ses biens suprêmes dont il s'est privé, se réveille pro-
« fonde et puissante ; il a mesuré tout le bonheur de la
« terre, il en a senti le vide et le néant...... Hélas ! la
« satiété, telle est la fin de tout bonheur terrestre !...
« Voici les chants qu'Eldoa fait succéder à l'hymne
« d'amour :

« Secouez les parfums de ce monde profane ;
« Fuyons loin d'un soleil qui dévore ou qui fane ;
« Ne vous repliez point sous de mortels liens,
« O mes ailes, quittons ces lugubres vallées,
« Pour mes regards de feu ces âmes trop voilées,
          « Ces soupirs, vains échos des miens.

. . . .

« Un mot tombé du Ciel sur l'immobile extase
« A réveillé la lie au fond du même vase,
« Au sein de mon bonheur a germé le remord,
« Et de son doux aspect j'ai détourné la face ;
« Car dans les voluptés, ici-bas, toujours passe
          « Un funèbre parfum de mort !

« Eldoa remonte aux voûtes éternelles, mais sa ten-

« dresse n'abandonne point Noéma ; et, quand son
« existence se ploie sous le fardeau de la douleur, il
« l'enlève au Ciel sur ses ailes.

« On sent qu'un tel ouvrage échappe à l'analyse qui
« ne peut que le décolorer et le gâter ; mais cependant
« n'est-il pas facile de sentir au fond de tout cela la vé-
« ritable poésie, la poésie pleine d'harmonie, d'onction,
« de sentiment ; et quand on songe que M. Bosq a vécu
« dans un village où sa jeunesse s'est usée dans les pra-
« tiques pénibles et glaçantes de l'enseignement, on est
« frappé d'étonnement ; sans doute les livres saints ont
« été pour lui une source d'inspirations ; sa Noéma rap-
« pelle souvent l'admirable épithalame de Salomon....

« Si justice est rendue à M. Bosq, son livre lui don-
« nera gloire et profit, si non ce sera la société que nous
« plaindrons, non le poëte ; on n'est pas poëte ainsi sans
« s'être fait un monde d'impressions, de sentiments,
« d'êtres idéals, sans doute, mais qui suffisent pour
« consoler de la désolante réalité de la vie. »

(Mlle Eulalie FAVIER.)

Maintenant, si nous osions ajouter quelques mots à
ce compte-rendu si juste et si bien fait, nous dirions
que la première partie de *Noéma* est de beaucoup supérieure à la seconde, qui n'en est guère que la répétition ; comme le style est presque tout l'ouvrage, l'auteur ayant épuisé d'abord la magie des mots, ne l'a plus

retrouvée ensuite, et, en outre, le fonds manquait ici
totalement.

Que M. Bosq donne plus de clarté à sa pensée, plus
de vérité à ses images; qu'il s'inspire toujours à la Bible,
d'où il a tiré déjà tant de richesses; qu'il demeure dans
son heureuse ignorance de l'école moderne; qu'il ne
désespère pas enfin de l'avenir, de l'art et de lui-même,
et, un jour, nous saluerons avec joie un grand poète.

A. MAURIN. — M. Albert Maurin est un des
derniers venus parmi nous; bien jeune encore, il s'est
laissé aller à la poésie avec tout le charme et l'enthousiasme de son âge; elle est pour lui une espèce de
culte, car il ne comprend encore que la vie idéale; la
vie morale, positive, il la connaîtra trop tôt; ce n'est
que dans un monde extérieur que voyage son imagination d'artiste. A lui donc les songes riants, la vie impossible, mais belle et pure; à lui la poésie et ses enchantements; à d'autres, hélas! la tribune et les journaux,
à d'autres les heures de sécheresse et d'aridité, à d'autres les amères déceptions!

Si le jeune âge est le plus propice à la poésie, on ne
peut attendre de lui la correction minutieuse, la pureté
de formes, les hautes pensées philosophiques d'un
homme familiarisé avec son art dont il s'est rendu le
maître. Ici, au contraire, la poésie s'empare du jeune
écrivain, et lui impose ses allures irrégulières, mais
plus franches, plus naïves peut-être, par cela même

qu'elles sont moins étudiées; la correction qui fait vivre les ouvrages, viendra plus tard. Contentons-nous de trouver aujourd'hui ce feu poétique, *estro*, comme disent les Italiens, que l'art seul ne pourrait donner.

« *Les Feuilles de printemps*, dit l'auteur dans sa « gracieuse préface, sont adressées à ceux dont l'âme « n'a pas encore perdu tout le parfum de leurs jeunes « années, et qui se souviennent des fraîches croyances « dont on berçait leur enfance. »

Nous pourrions citer quelques morceaux qui annoncent le germe d'un véritable talent, tels que *Le premier Soleil de l'année*, *L'Esquisse*, ou *A ma ville natale*; nous aimons mieux faire connaître une pièce inédite:

DERNIER RAYON.

Ite, rime dolenti.
PETRARCA.

Le romarin de la colline
Parfume son lit de gazon
Lorsque le soleil qui décline,
Le soir, se penche à l'horizon;

Ainsi la lyre du poëte,
Quand le soleil de ses amours
Aux mourantes lueurs qu'il jète,
Semble près de quitter ses jours,

C'est que son accord qui sommeille
Comme l'arome dans sa fleur,
Au souffle des maux se réveille
Et dort aux rayons du bonheur.

Pourquoi faut-il que je te chante,
Vierge égarée en mes sentiers,
Sur cette lyre frémissante
Que je déposais à tes pieds?

Oh! que n'est-elle encor muette,
Puisqu'il faut payer tous ses sons,
Chaque volupté de poëte
Par un de tes moelleux rayons!

Et que m'importent harmonie,
Gloire, néant dans le néant!
La palme promise au génie
Ne vaut pas une fleur d'amant.

Je suis la plante parfumée,
Et voyant pâlir mon soleil,
J'exhale ma plainte embaumée,
A son dernier rayon vermeil.

O Vierge des amours candides,
Tu délaisses mon avenir!
De mon luth aux cordes timides
Les chants seront ton souvenir.

Et comme le flambeau nocturne
Que l'ombre allume dans les cieux,
Lorsqu'à l'albâtre de son urne
Cède le soleil radieux,

De ton amour, soleil de l'âme,
Voyant le rayon qui s'enfuit,
Ce souvenir, paisible flamme,
Sera le flambeau de ma nuit!

M. Alb. Maurin a inséré dans différents journaux des articles fort bien écrits, tels que *Puget*, la *Chronique de l'abbaye de St.-Victor*, un *Voyage à la Ste.-Baume*, et qui prouvent qu'il peut s'élever avec succès jusqu'à la prose.

Quand un auteur n'a pas vingt ans, et qu'il débute ainsi, on peut, sans craindre de l'égarer par de faux éloges, lui battre des mains; que M. Alb. Maurin étudie les bons modèles, qu'il ne suive qu'avec une extrême précaution les écrivains du jour qui ont perdu tant de jeunes têtes, et quand son talent sera mûri par la réflexion, surtout par l'habitude de la vie, il pourra devenir cher à l'orgueil de son pays (1).

BOUNIN. — Avant de chercher à apprécier les œuvres de M. Polydore Bounin, félicitons-le d'un genre de mérite trop rare encore, et presque inconnu à l'époque où il publia ses premiers essais; c'est de les avoir confiés à un éditeur de province; le premier il a bravé l'écrasant préjugé, il a lutté avec courage contre la défaveur attachée à tout ce qui ne sort pas des presses de la capitale. C'est que ce jeune poëte aime avant tout la ville où il naquit; les *Essais poétiques*, très-joli volume in-18, débutaient et se terminaient par une ode à Mar-

(1) Depuis que cet article est écrit, M. Albert Maurin nous a promis un nouveau volume de poésies, intitulé : *Chants lyriques*. L'auteur de cet *Essai* a lu le manuscrit, qui tient tout ce qu'avait promis le premier ouvrage de M. Maurin.

seille ; les *Poésies et Poëmes*, beau volume in-8°, débutent par *Ma Provence; Mère et Patrie* sont les mots qui toujours firent vibrer avec le plus d'amour le cœur de notre compatriote ; *Patrie*, nom que le bon Plutarque ne trouvait pas assez doux encore, et qu'il voulait changer en celui de *Matrie*, parce que, disait-il, nous devons plus d'amour et de reconnaissance à nos mères qu'à nos pères.

Les *Essais poétiques*, recueil charmant qui rappelait la manière de Lamartine, furent bientôt suivis du chef-d'œuvre de M. Bounin, *Le Serment de l'Épouse*, qui nous a offert le phénomène de deux éditions épuisées en province. C'est un drame en trois actes, la Rose, le Baiser, le Poignard; récit, dialogue, meurtre, amour, volupté, horreur, rien n'y manque; *Les Baisers* sont un chant d'amour échappé à Lamartine ; dans *Le Poignard*, il y a du Shakespeare, et si jamais on disait à M. Bounin :

> Jamais tu ne seras poëte,
> Ton aile tend au Ciel, et le Ciel te rejète!

M. Bounin présenterait pour réponse *Le Serment de l'Épouse*, avec sa fraîcheur de coloris, la foule de ses vers heureux, son intérêt dramatique, et sa belle exécution.

Le Serment de l'Épouse fut comme une sorte de transition entre les *Essais poétiques* et les *Poésies et Poëmes*. C'est dans ce dernier et beau volume que se

trouve *La Pervenche*, qui commence avec tant de grâce
et finit par de mélancoliques images :

> Oh ! que ne suis-je toi, solitaire Pervenche !
> Que n'ai-je ton front bleu de verdure voilé,
> Et ta molle senteur, et ta tige qui penche
> Au-dessus des ruisseaux un alice étoilé ! etc....

Puis viennent des fragments de poëmes inachevés,
(un jeune homme entreprend beaucoup et finit peu)
tels que *L'Agonie*, *Les Forbans*, *Le Réprouvé*, qui
appartiennent à l'école de V. Hugo.

En général, le caractère des poésies de M. Bounin
est tantôt cette amertume, ce dégoût des choses de la
vie ; tantôt ses sentiments délicieusement mélancoliques,
qu'ont mis à la mode Byron et Lamartine. Il est possible
que, jeune encore, il soit désillusionné de tout ; à vingt
ans aujourd'hui nous sommes blasés déjà ; déjà nous
avons notre passé, nos souvenirs, nos regrets, j'allais
dire nos remords. Est-ce notre faute à nous ? Prenez-
vous en à Voltaire et à son siècle, qui nous ont légué le
doute, la raillerie, le ricannement ; puis, quand nous
avons ricanné, que nous reste-t-il ? La froide et impas-
sible réalité, ou une erreur de matérialisme mille fois
plus cruelle encore.

Nous aimons à croire que notre jeune compatriote
n'en est pas à cette halte de la vie pire que la mort ; il a
beau s'écrier :

> Rien ici-bas ne fixe mon envie,
> Comme les Juifs sur Dieu j'ai craché sur la vie....
> Tombe sur moi la mort !

Nous aimons à croire qu'il a saisi le désespoir, qu'il l'é-
treint, qu'il le caresse avec tant d'amour, seulement
comme moyen poétique, puissant dans l'art de remuer
les fibres les plus secrètes de notre cœur. Ne nous plai-
gnons pas, du reste, car c'est en grande partie à ce sentiment vague, exhalé en pensées énergiques ou en images
touchantes, revêtues presque toujours d'un style brillant, varié, plein de coloris, c'est, dis-je, à cette ineffable ou désespérante rêverie, que nous devons de trouver de la poésie dans un volume de *Poésies et Poëmes*.

Le chef-d'œuvre du recueil, comme style, est *Le
Château de Julhan :*

Comme l'herbe a couvert tes portes condamnées,
Et la mousse tes murs brunis sous les années,
Solitaire Julhan, monotone séjour,
Où nul bruit ne naît plus quand s'éveille le jour,
Où le lierre envahit de racines furtives
La salle des festins, déserte de convives,
Où les troncs pétillants du chêne et du noyer,
Le soir, n'échauffent plus la pierre du foyer !

— S'il est des sons encore ouïs en ton silence,
C'est le vent seulement qui gémit, et balance
La pâle giroflée aux fentes de tes murs ;
C'est le crapaud livide, hôte des joncs impurs,
Ou peut-être enivré de purpurines baies,
Quelque merle sifflant sous l'épine des haies.
Mais où sont dans tes murs les rumeurs d'autrefois ?
Et ces notes surtout, cette naïve voix
Qui, vers l'heure où des airs la fraîcheur matinale
Rend plus douce à sentir la rose virginale,

Ou bien encor, le soir, quand les vents embaumés
Ont cessé de puiser aux calices fermés,
S'élevaient dans les cieux, suavement mêlées
Sous les doigts d'une fille, amour de ces vallées?
. . . .
. . . .
Et là-bas, sous ce chêne, ombrage souverain,
Qu'as-tu fait de la danse aux bruits du tambourin,
De tes maîtres heureux quand la main caressante
Épanchait et les dons et la joie innocente
Aux pauvres laboureurs des coteaux d'alentour?

—Hélas! le chêne va lui-même avoir son tour!
Son tronc vide se creuse, et ses branches séchées
Bientôt n'enverront plus leurs feuilles détachées
Au gouffre dévorant où vont, avec les jours,
Feuilles et jeunes gens, chênes et hautes tours!

Un jour, M. Bounin a suivi son inspiration telle qu'il l'a reçue; un jour il a oublié ces disputes d'écoles, graves comme celles des Uranistes et des Jobelins au temps de Voiture, et il a fait le *Château de Julhan.*

Je prêtai le volume de M. Bounin à M. de Lamartine, qui me répondit, en me le rendant: « J'avais vu des « extraits dans la *Revue de Paris*; ce jeune homme a « bien du talent, mais il ira au-delà de la licence *hugo-* « *nienne*; il errera dans le vide, quoique né avec de « très-grands moyens; c'est fâcheux, dites-le-lui. »

Nous aimons à juger de haut, la poésie surtout; nous trouvons insipide, inutile et trop facile de souligner des mots impropres, des hémistiches fautifs, mais nous dirons pourtant que M. Bounin affectionne et prodigue trop les mots *est-ce pas?* qui n'ont rien de gracieux ni de poétique. Quant aux hiatus éhontés tels que *çà et là*, *qu'il y ait*, *il y a*, intrépidement répétés trois fois en sept vers, nous nous tairons. M. Bounin sait mieux que nous ce qui en est; c'est un système bon ou mauvais que nous n'approuvons pas, parce que nous n'en comprenons pas l'avantage; c'est nous ramener à la poésie de Villon et des trois Marot, et non à celle de Corneille, et la dernière, à tout prendre, vaut mieux. Du reste, les défauts et les qualités de M. Bounin se trouvent résumés dans ces vers de Lamartine adressés à M. de Ste.-Beuve :

> Sous ce vernis trop vif qui fatigue la vue,
> Sous cette vérité trop rampante ou trop nue,
> On y sent ce qu'à l'art l'homme demande en vain,
> Ce foyer créateur où couve un feu divin,
> Feu dont les passions alimentent la flamme,
> Chaleur que l'âme exhale et communique à l'âme;
> Devant le sentiment le goût est désarmé,
> Et mon cœur ne retient que ce qui l'a charmé!

Chaque trait de ce tableau est parfaitement applicable au volume des *Poésies et Poëmes*.

La *Revue de Provence* renferme deux excellents morceaux de prose de M. Bounin : le *Voyage à la Ste.-Baume*, et *Ceyreste;* ce dernier récit est écrit d'un style charmant, auquel le goût n'a rien à reprocher, il est plein d'une gracieuse et philosophique mélancolie.

M. Polydore Bounin est un des écrivains dont Marseille est le plus fière.

DURAND. — Mrs Durand et Bignan sont les deux poëtes de nos jours le plus souvent couronnés dans les académies ; lauréat plusieurs fois aux jeux floraux, à l'académie de Marseille, à celle de Cambray, etc., etc., notre compatriote se plaît à déconcerter la curiosité publique ; toutes les sociétés littéraires ont retenti des noms de Durand, Holmon-Durand, Mondurange, Durangel, etc., calcul que nous ne comprenons pas, mais qui n'ôte rien au mérite de cet écrivain. Son poëme de *La Gloire*, son *Assomption*, seraient au nombre des bons vers de notre langue, si on ne pouvait leur reprocher une certaine redondance et une affectation de mots sonores qui parfois tiennent lieu d'idées. La facture en est large, pleine, pompeuse, d'un excellent goût. Ami de Victor Hugo, M. Durand a su pourtant éviter les défauts si bizarrement calculés de ce beau génie ; il dépendrait de lui de monter au rang des auteurs dont les œuvres sont connues de tous, et dont le siècle s'entretient. Académicien de Marseille, ses vers ont souvent consolé les auditeurs des insipides lectures de nos industriels, gens fort estimables d'ailleurs.— Lors de la demi-séance donnée à M. de Lamartine, M. Durand lut une belle

méditation poétique, qui suffira pour donner une idée
de sa manière :

Muse des derniers temps, qui, triste et solitaire,
Vas foulant à l'écart des tombes, des débris,
Qui, les pieds dans le sang, de ton regard austère,
Comme une femme ardente à quelque noir mystère,
Sembles interroger des mots au Ciel écrits ;
Muse, qu'aucune sœur ne suivra sur la terre,
Tes chants furent toujours les seuls que j'ai chéris !

Oui, j'aimais ce Byron, qui, près des mers antiques,
Fit entendre les sons de sa lyre d'airain,
Qui, comme un mendiant assis aux saints portiques,
Pour le Dieu qu'il niait avait de purs cantiques,
Qui, maudissant ses jours, s'y reprenant soudain,
Et tordant sa pensée en rêves fantastiques
Frappait tout ce qui fut de son noble dédain.

O Muse ! j'aime aussi le poëte sublime
Dont les hymnes pieux sont un écho du Ciel,
Dont le cœur, tourmenté d'une souffrance intime,
Pour exhaler des chants tous les jours se ranime
Aux accords pénétrants des harpes d'Israël :
Athlète que la gloire a choisi pour victime,
Ardente à l'enivrer de nectar et de fiel.

Oui, j'aime de tes chants le sauvage mystère,
Ta voix pleine de pleurs.... Muse des derniers temps !
Mais quand l'orage immense au loin bat sur la terre,
Dis, ô fille des Cieux ! dis-moi, qu'y viens-tu faire ?
Dieu t'a-t-il confié ses ordres importants ?
Viens-tu pour présider aux lois d'une grande ère ?
Viens-tu dire au chaos : je t'aime et je t'attends ?

Des vieux enseignements des choses primitives
Il ne reste plus rien.... Au gré des Aquilons
Tous les peuples du monde ont débordé leurs rives.
Écoute se heurter tant de voix fugitives
Comme les bruits confus du soir dans les vallons.
Nul n'entraînera plus les foules attentives,
On admire un moment ; puis chacun dit : Allons !

— Allons !... Où donc vont-ils ? Qu'ils le disent eux-mêmes,
Ces prophètes nouveaux, ces sublimes esprits ?
Qu'ils murmurent trois mots de leurs puissants systèmes,
Eux, qui pour les vieux temps n'ont que des anathèmes,
Eux, par qui les héros, les sages sont proscrits ;
Qui, se passant du Ciel et de ses lois suprêmes,
Ont fait à notre orgueil de si chétifs abris !

Ah ! quand dans tous les cœurs la Foi n'est plus qu'un rêve ;
Quand le savoir de l'homme est un de ses grands maux ;
Quand pour tout entraîner nul géant ne se lève ;
Quand nul martyr ne peut expirer sous le glaive,
Parce qu'aux yeux mortels tout est vrai, tout est faux ;
Quand tout tombe et s'éteint, faute d'un peu de sève,
Comme le chêne usé dans ses derniers rameaux :

Alors, ô Muse, alors en son mâle courage
Loin du monde il se faut enfermer noblement,
Sans s'informer jamais des progrès de l'orage,
Sans daigner demander s'il s'arrête, ou ravage,
Si du monde écroulé quelque coin se défend ;
Il faut, seul, tout entier, échapper à son âge,
Comme autrefois Caton à César triomphant.

O Muse ! si jamais j'ose toucher ta lyre,
Ce sera sans témoin.... Pour l'inonder de pleurs,

Pour exalter en moi cet orgueil où j'aspire,
Pour ravir ma pensée au vulgaire délire,
Pour sonder bien avant l'énigme des douleurs,
Et pour que mon esprit vole au céleste empire
Avec un dernier hymne, et couronné de fleurs!

On s'imagine aisément l'effet de ces vers prononcés en présence de Lamartine, qui ne les eût pas désavoués; l'illustre poëte put croire un instant que notre académie était réellement une société littéraire.

AUTRAN. — Ce ne serait point sans une sorte d'embarras que je me disposerais à parler de M. Joseph Autran, si je n'avais formé le dessein de ne dire que la vérité, ou du moins ce que je crois la vérité; Joseph Autran est mon ami, et l'on n'attribuera point cependant mon opinion aux illusions de l'amitié; il est bien doux de faire l'éloge d'un écrivain, lorsque la plus stricte vérité est d'accord avec l'affection qu'il inspire. Si l'on trouvait mes éloges exagérés, je répondrais comme on répondit au philosophe qui niait le mouvement; on marcha devant lui : moi, je citerais.

Né sous ce soleil du Midi qui colore l'imagination, et, comme il le dit lui-même dans son beau langage, bercé aux chants des flots qui se mêlaient à ceux de sa nourrice, J. Autran sentit la poésie bien avant de savoir ce que c'est que la poésie; et quand le moment fut venu où, tourmenté du besoin de l'exhaler, il fallut qu'il l'exprimât par des mots, c'est à la mer et au soleil,

21 *

ses deux grands maîtres, qu'il consacra ses premiers chants, hymnes d'amour et de reconnaissance. Parler de la patrie porte toujours bonheur, et la patrie d'Autran le récompense de sa tendresse filiale, en inscrivant son nom au rang de ceux dont elle est fière.

C'est à vingt ans qu'il nous a dotés de son livre de *La Mer,* beau livre inspiré par notre ciel, écrit feuille à feuille sur nos rivages, qui a lutté de front avec l'indifférence publique, arraché des éloges aux journaux de la capitale, et obtenu un triomphe bien flatteur; M. Gérusez, professeur à la faculté des lettres, lut devant un nombreux auditoire l'ode du *Déluge*, et l'auditoire éclata en applaudissements; c'était la première fois peut-être que la Sorbonne gagnait de primauté, et accueillait un livre avant qu'il eût été sanctionné par la voix populaire.

L'auteur de *La Mer* n'est pas un de ces jeunes hommes qu'on salue de cette phrase banale: *il donne des espérances;* dès qu'il eut révélé son talent, on reconnut que la prophétie de Lamartine était réalisée, que l'enfant de vingt ans était déjà un grand écrivain, et nous nous écriâmes: Un poëte nous est né!

L'ouvrage débute par les *Impressions de la mer au lever du soleil,* sujet immense, et l'art n'a point été au-dessous du sujet; puis vient le *Déluge*, le chef-d'œuvre d'Autran, et qui ne déparerait point un volume signé Hugo ou Lamartine. C'est là que se trouvent ces strophes admirables:

Alors, à travers les campagnes,
On vit, comme de grands troupeaux,
S'enfuir vers les hautes montagnes
Les peuples, chassés par les eaux;
Vers des retraites inconnues
On vit jusques au sein des nues
S'élancer les pâles humains,
Et, surprises dans ces retraites,
Les mères lever sur leurs têtes
Leurs enfants tremblants dans leurs mains.

En vain les vierges chancelantes,
Des flots conjurant le courroux,
Leur tendirent des mains tremblantes.
En se roulant sur leurs genoux;
Sourde à toute voix qui l'implore,
L'onde impitoyable dévore
Tout ce qui s'oppose à son cours;
Et déjà, sans reprendre haleine,
Elle a franchi la vaste plaine.....
Et sa fureur monte toujours!

. . . .

Triomphez donc, vagues sublîmes!
Chante ta victoire, Océan!
Tu foules sous ton pied les cimes
Et du Caucase et du Liban;
Dans ton sein les cèdres superbes
Se sont courbés comme des herbes
Et tremblent comme des roseaux;
Ta vague est partout répandue,
Tu promènes sur l'étendue
La masse immense de tes eaux.

Mais en proclamant ta victoire,
Hâte-toi surtout d'en jouir,
Car l'heure unique de ta gloire
Sera prompte à s'évanouir.
Bientôt, abaissé de ce faîte,
Tu devras rendre ta conquête,
Et redescendre de si haut ;
Pour que ton onde se retire,
Il faut un souffle du Zéphire
Et la volonté du Très-Haut.

Le Zéphir souffla ; les ténèbres
Qui planaient au loin sur les flots,
Repliant leurs ailes funèbres,
Rentrèrent dans leur noir chaos !
Rappelé par l'antique abîme,
L'Océan découvrit la cime
Des monts foulés par son orgueil ;
Et la terre enfin dévoilée
Comme une veuve consolée
Quitta ses vêtemens de deuil.

Alors le Maître des orages
Entr'ouvrant les portes des Cieux,
Fit éclater dans les nuages
Les splendeurs d'un arc radieux ;
La terre dans cet arc immense
Admire un signe de clémence,
Tandis que l'Océan dompté
Ne voit dans le céleste emblême
Qu'un joug suspendu par Dieu même
Sur son front en vain révolté !

Viens donc avec des cris sauvages,
Vieil Océan, reviens toujours,

Reviens battre de tes rivages
Les inexpugnables contours ;
Mais qu'à jamais il te souvienne
Que la puissance souveraine
En vain n'impose pas ses lois,
Et qu'en vain ton flot se soulève
Contre les sables d'une grève
Qu'il ne franchira pas deux fois!

Quelle voix de poëte ! Cela est beau comme l'antique, et grand comme la Génèse. Nous voulions citer les meilleures strophes, et nous nous sommes pris à citer presque toute la pièce.

Les Nuages et *La Tempête* peuvent soutenir le parallèle avec *Le Déluge. Les Alcyons* sont une élégie pleine de grâce et de la plus douce mélancolie :

Lorsque le souffle de l'orage
Sur les blancs contours de la plage
Roule la vague en tourbillons,
J'aime à venir sur cette rive
Écouter votre voix plaintive,
Alcyons, tristes alcyons!

. . . .

. . . .

L'aquilon des nuits qui murmure
Le long des grands bois sans verdure
Ou dans les vieux palais déserts,
Peut seul égaler en tristesse
Vos chants qu'accompagne sans cesse
Le long gémissement des mers.

Dans leurs nids d'algues et d'écume
Reposent, frêles et sans plume,
Les tendres fruits de votre amour,
Et quand l'onde au loin les repousse,
Ils usent leur voix faible et douce
A réclamer votre retour.

Mais, comme aux derniers jours d'automne
Les feuilles que l'arbre abandonne
S'en vont roulant sur les sillons,
Tels, au souffle du vent qui passe,
Vous disparaissez dans l'espace,
Alcyons, tristes alcyons!

En général, J. Autran aime les sujets qu'il peut imprégner de sa religieuse mélancolie; *Les Alcyons*, *La Mer Morte*, *Escousse et Lebras*, un de ses chefs-d'œuvre, *Une petite mendiante dormant un soir à la porte d'un hôpital*, *Le Cimetière abandonné*, voilà ses tableaux de prédilection, féconds en pensées touchantes et saintes, revêtues toujours d'un style brillant et d'une merveilleuse pureté.

Croiriez-vous que le poëte de vingt ans ait trouvé, après Byron, Hugo, Lamartine, Manzoni, de grandes et nouvelles images pour chanter la plus poétique infortune qui ait jamais été offerte au génie du Barde? — Écoutez :

Qu'était-il au berceau? Que fut-il à la tombe?
Un humble enfant sans nom, un captif sans secours ;
Le jour où l'on se lève et le jour où l'on tombe,
Sont pour lui deux vulgaires jours.

Mais entre ces deux jours, comme sur un abîme,
Il sut jeter un pont immense et radieux,
Et lorsqu'il fut debout sur cette arche sublime,
    Il atteignait presque les Cieux.

Maintenant, à jamais banni de notre monde,
Il dort, enveloppé par le gouffre des flots;
De tout un Océan il faut que la voix gronde
    Pour forcer son ombre au repos!

Naguères il fallait la vague infranchissable
Pour fixer sans retour sur un étroit cercueil,
Cet étrange proscrit qu'un exil implacable
    Tenait vivant sur son cercueil!

C'est qu'il avait long-temps d'un glaive qui dévore
Sur la tête des Rois secoué les éclairs,
Et lorsqu'il fut tombé, les Rois craignaient encore
    Qu'en foudre il ne tordît ses fers.

. . . .
. . . .

«Que fait sur ce rocher, dont la crête sauvage
«D'un ouragan pour nous est l'éternel présage,
    «Que fait-il ce soldat anglais?»
Il garde un prisonnier que garde l'Atlantique,
Et que garde la mort — Sentinelle stoïque
    Que nul ne corrompra jamais!

Nous l'avouons, nous qui aimons les poëtes, et qui
les lisons beaucoup, nous n'avons vu nulle part une
plus belle poésie.

Le plus grand éloge à donner à M. Autran, et qui était bien difficile à mériter, c'est son inviolable respect pour la langue. Son style est d'une étonnante pureté, phénomène à une époque de dévergondage de mots et de pensées, quand une littérature *échevelée*, pour employer la risible expression du siècle, s'attache à crisper les nerfs, et à parler le patois de l'Huronie. Honneur donc à notre poëte! Il a prouvé que *correction et inspiration ne s'excluaient pas.*

Remercions Autran de n'avoir point désespéré de l'art; un journal de Paris *(Le Rénovateur)* disait dans un compte-rendu de *La Mer*: « La foule devrait sortir « de son indifférence, en matière de poésie, à l'appari- « tion d'un talent aussi réel; elle devrait battre des « mains au jeune poëte. Si une œuvre qui renferme tant « d'espérances, et renferme tant d'avenir, ne reçoit « d'elle qu'un froid accueil, c'est à désespérer quiconque « aspire à voir ses laborieuses veilles payées d'un peu de « renommée poétique. On étouffe au berceau ce qu'il y « a de mérite et de talents inédits. C'est créer les Gil- « bert et les Chatterton au sein d'une jeunesse ardem- « ment éprise de belles études et de glorieuses pensées. »

Quand on débute comme Autran, quel riche et brillant avenir s'ouvre devant soi! La foule peut être indifférente; mais *arceo profanum vulgus;* un si beau talent trouvera toujours des âmes d'élite qui le comprendront.

MADEMOISELLE EULALIE FAVIER. — Ici se présente une question tellement rebattue, tellement niaise et oiseuse, que nous ne la discuterons pas. Les femmes ont-elles le droit d'écrire? M. de La Touche, avec son style incisif, a dit: non, et Mlle Sophie Mazère lui a si bien répondu, dans la *Revue européenne*, que nous renvoyons le lecteur à ces belles pages; pour nous, notre opinion est trop formelle pour que nous essayions de l'entourer de preuves et d'arguments. Quand au milieu de nos graves et tristes préoccupations, dans une époque de folie et de malheur, s'élève une voix pure qui nous parle de foi et de poésie, ce n'est pas sans étonnement que nous la distinguons à travers les mille voix des passions mauvaises qui bouleversent le siècle; elle nous arrache, comme malgré nous, à nos pensées du jour, à notre déplorable réalité, à nos amères déceptions; et si c'est une femme dont la muse, pieuse et solitaire, vient nous visiter dans cet état de souffrance vague qui est la maladie de l'époque; si, comme Marie, elle verse le parfum sur les plaies sociales que nous nous sommes faites; oh! alors, l'enchantement est complet; alors surtout nous rendons grâce à cette religion qui calme les tempêtes du cœur, et qui fait le poëte.

Parmi la foule de leurs inconcevables erreurs, les Saint-Simoniens ont rencontré quelque chose d'ingénieux; ils ont chargé la femme de prêcher leur doctrine, et s'ils lui eussent confié le soin de prêcher la vérité, leur œuvre eût été bonne; une voix de femme a une douceur et une harmonie auxquelles il est difficile de résister; elles ont de nos jours un beau rôle à remplir, et elles l'ont compris. Notre belle pléiade de femmes poëtes a reçu un éclat nouveau par la publication des *Poésies de l'âme;* rarement la foi religieuse a-t-elle trouvé un interprète aussi noble, aussi mélodieux que Mlle Favier.

Ouvrez son volume; il débute par *La Prière*, admirable inspiration qui nous présage déjà un talent plein de grâce, d'élévation et de souplesse; c'est l'effusion d'une âme pieuse et méditative qui se plaît aux songes du Ciel, qui, pour toute joie, ne connaît que la prière, pour tout bien, ne désire que d'être écoutée de Dieu; et c'est à peine alors si, un souvenir lui arrivant de la terre, perdue qu'elle est dans les hautes contemplations, elle demande d'être comprise par l'homme; ses vœux sont plus élevés, car elle sait que, fille du Ciel, c'est au Ciel que la poésie doit renvoyer ses hymnes d'amour, d'espérance, ou de douleur.

. . . .

Prions! Voici la nuit: de mon âme oppressée
C'est l'heure de bannir toute vaine pensée.
Prions: car la prière est douce au cœur souffrant;
A cette heure d'amour l'univers se recueille;
Oh! c'est un chant divin qui passe sous la feuille,
  Qui frémit dans l'eau du torrent!

. . . .

Que l'hymne de la nuit vibre sous la feuillée,
Que l'écho le redise au fond de la vallée,
Qu'il monte dans les airs, comme les flots d'encens
Devant le tabernacle où ta grandeur se cache
Te portent les soupirs que ton amour arrache
    Aux faibles cœurs de tes enfants.

O Dieu, tout mon amour! O Dieu, toute ma joie!
Ce n'est que dans ton cœur que mon cœur se déploie;
Sans toi, tout est douleur, mystère, désespoir;
Toi seul as pris le soin de m'expliquer le monde;
C'est toi qui m'as montré dans cette nuit profonde
    L'étoile brillante du soir.

. . . .

Gloire, fortune, amour, séduisantes images,
Ces biens sont ici-bas semblables aux nuages
Que ta sublime main disperse au sein des cieux;
Sous ces traits enchanteurs dont les peint la nature,
Tandis que j'admirais leur brillante structure,
    Ils disparaissent à mes yeux.

. . . .

Sois béni! Je te vois dans la nature entière;
A mon œil ébloui tu verses la lumière,
D'un éclatant émail tu décores les fleurs;
C'est toi, qui de l'ormeau rajeunis la verdure,
Qui donnes à l'oiseau sa voix touchante et pure
    A la brise ses sons flatteurs.

A toi, seul infini, seul puissant, seul suprême
Que toute créature et te conçoive et t'aime,
Que tu remplisses seul le vide de mes jours,

'Que mon âme s'exhale en un long chant de fête,
N'admire que ton nom, et sans cesse répète :
A toi, toujours ! toujours !

Voilà, certes, une belle préface pour un livre de
poésies. Aussi Chateaubriand, V. Hugo, Lamartine,
ont battu des mains à celle qui se présentait avec les
Poésies de l'âme au siècle désenchanté. « Charmé de la
« poésie sans en connaître les secrets, lui écrivait l'au-
« teur de *René*, je vous remercie de ces strophes har-
« monieuses composées à la vue de cette mer qui baigne
« les rivages de la Grèce, et sur laquelle, comme vous,
« les Muses ont promené leurs regards. — Je ne suis,
« mademoiselle, ni un grand poëte, ni un grand homme ;
« je suis un homme sincère, très-reconnaissant de la
« bienveillance qu'on lui témoigne, un homme très-
« sensible aux talents, et toujours prêt à leur applaudir. »

Le Barde du Midi, Reboul de Nîmes, Reboul le
grand poëte, s'est joint aux organes de la presse pour
saluer cette étoile nouvelle. M. Poujoulat lui a consacré
un de ces articles si judicieux, si bien faits, dont il en-
richit les colonnes de la *Quotidienne*.

Quand on songe que c'est en province, sans autre
étude que la Bible et Chateaubriand, que Mlle Favier
est parvenue à cette hauteur de talent, on se prend à
croire que la poésie est moins un art qu'une révélation ;
ce qui le prouverait encore, c'est que parfois l'art est
un peu oublié dans ce beau recueil ; l'auteur n'a pu plier
toujours sa verve chaleureuse aux sévères exigences de

la correction, la correction que le génie le plus puissant n'a pas le droit de violer! Mais jugeons de haut; n'oublions pas ce que disait Montaigne : « La bonne, la su-« presme, la divine poésie, est au-dessus des règles et de « la raison. Quiconque en discerne la beaulté d'une veue « ferme et rassise, il ne la veoid pas, non plus que la « splendeur d'un esclair : elle ne practique pas nostre « jugement, elle le ravit et ravage. »

On a reproché à Mlle Favier un vague, quelque chose d'indéterminé qui jette sur ses pensées une espèce de voile mystérieux; mais c'est Mme Desborde-Valmore; mais c'est là toute la femme! Ses impressions sont incertaines et confuses; ouverte à tous les sentiments, son âme s'épanche au hasard dans de rêveuses compositions, toujours nées du moment, jamais calculées; et pourquoi ne serait-ce pas un charme de plus dans ces poésies délicieusement empreintes de ce parfum qui révèle la femme? Ce lien caché que l'on demande, cette suite, cette logique, cette secrète combinaison de l'art, où les trouverez-vous? Sera-ce dans Lamartine, le grand maître?

Du reste, si le beau volume dont nous parlons n'est pas à l'abri de tout reproche grammatical, de toute chicane de mots, il montre la science du rhythme dans ses variétés, une flexibilité riche d'élégance et de noblesse; les strophes tombent avec grâce, et jamais ne déconcertent l'oreille; le mouvement poétique est large, plein, harmonieux; il se déroule avec une sorte de majesté soutenue, et surabonde de pensées douces, ravissantes, revêtues du prestige de l'expression ; les citations ne manqueraient pas pour en fournir la preuve, et obtenir grâce pour quelques fautes de négligence.

Qu'on lise donc *Le Coin du feu*, *Une Ruine*, *Le Watch-man et la Jeune Fille*, *La Sensitive*, *La Jeune Mère mourante*, *Mélodies du soir*, *Le Sermon*, *La Rose alpine*, etc.; et l'on n'aura pas le courage d'être sévère.

Un des principaux mérites de Mlle Favier est de savoir peindre la nature ; on voit qu'elle l'a étudiée avec amour, et qu'elle l'a retenue ; ses tableaux sont vrais, et il faut beaucoup aimer les champs pour en saisir ainsi les nuances, les charmes et les mélodies. Si ceci était un feuilleton, une annonce, nous citerions quelques-unes de ces délicieuses descriptions ; mais les *Poésies de l'âme* sont connues et appréciées ; nous voulons ici, non pas aider à leur succès, mais le constater. Rendons grâce aussi à Mlle Favier de n'avoir pas désespéré de nous, d'avoir fait hommage de ses poésies aux lieux qui les ont inspirées ; rendons-lui grâce d'avoir écouté les vœux du public, en ne les tenant point enfermées dans le secret du gynécée ; il a fallu combattre long-temps, il est vrai, pour les obtenir ; la voix de Lamartine, celle de Méry, ont triomphé enfin de la modestie de l'auteur. Celui qui écrit ces lignes a joint sa faible voix à celle du chantre des *Méditations* et des *Harmonies ;* il ne se flatte point d'avoir été pour quelque chose dans la détermination de Mlle Favier ; mais il transcrit ici une épître qu'il lui adressa, non pas qu'il croie ces vers bons, mais afin qu'on lui aumône un peu de reconnaissance pour avoir pris les intérêts de la France littéraire, et aussi, pour terminer par des vers un ouvrage où les vers jouent un si grand rôle.

A Mlle Eulalie FAVIER.

(*Septembre* 1834.)

Souvent dans la nuit embaumée
Plus belle que le plus beau jour,
A l'âme rêveuse et charmée
La brise tiède et parfumée
Semble apporter des mots d'amour.

Serait-ce le souffle des anges
Qui frémit dans l'obscurité?
Un nuage aux soyeuses franges
Glisse, et je vois fuir en losanges
Un feu de sa route écarté ;

Dans ce mystérieux silence
Scintillent les étoiles d'or ;
Et la mer avec indolence
Mouille la plage, et se balance
Comme un jeune enfant qu'on endort.

Oh ! dans cet instant de féerie,
Qu'un frémissement de roseau
Interrompe ma rêverie,
Et se mêle dans la prairie
Au soupir tendre de l'oiseau,

Alors mon âme délivrée
Du triste poids d'un monde vain,
S'élance à la voûte sacrée,
Et d'un nouveau jour éclairée
S'enivre d'un charme divin.

Ainsi, fille de l'harmonie,
Jeune Muse aux nobles accents,
Si ta voix par le Ciel bénie,
Interprète de ton génie,
Murmure des mots ravissants,

Si quelque note fugitive
Sur le souffle du vent du soir,
Frappant mon oreille attentive,
Gémit un son qui la captive
Sous le pin où je viens m'asseoir,

Alors, ivre de poésie,
J'adore et je tombe à genoux;
Je goûte à longs flots l'ambroisie;
Mon âme répète, saisie,
Ton chant mélancolique et doux.

La nature paraît plus belle
Quand le vent m'apporte ta voix;
A mes yeux la nuit étincelle
De plus de feux; elle révèle
Plus de mystère dans les bois.

Plus fraîche est la fraîche aubépine,
L'air est plus pur, plus parfumé;
La fleur plus mollement s'incline
Sur sa tige, et sur la colline
Le thym frémit plus embaumé!

Mais pourquoi, de tes chants avare,
Me berces-tu seul de ta voix?
Peux-tu craindre le sort d'Icare?
Cinq fois rivale de Pindare,
Corinne le vainquit cinq fois!

Viens! il est tant de cœurs dans les fanges du monde
Que la vie a couverts d'obscurité profonde!
Viens! Il est tant de maux que tu peux consoler!
Viens! Le Ciel t'a donné l'harmonie enivrante
Pour verser le dictame à toute âme souffrante,
Pour bénir sa lumière et pour la révéler!

Tes cheveux flottant sur ta lyre,
Parais à nos regards charmés;
Enivre-nous de ton délire,
Dis-nous, car tes yeux savent lire
Ces signes d'or que Dieu sur sa route a semés,
Dis-nous le Ciel et son mystère,
Les profondeurs de son amour,
Et dis à l'homme solitaire,
A l'homme égaré sur la terre,
Que ses maux, ses plaisirs, ses rêves, sont d'un jour.

Oh! viens! car ce Dieu bon qui t'a donné la flamme
A placé près de nous, et pour guider nos pas,
Deux êtres adorés, divins, l'ange et la femme;
L'un abrite, là-haut, sous ses ailes, notre âme,
Et l'autre l'enchante ici-bas!

La réponse à cette épître se trouve dans les *Poésies
de l'âme*, sous le titre de *Une Heure de méditation.*
Si nos paroles n'ont pas été entièrement inutiles, si elles

ont aidé à vaincre les modestes incertitudes de Mlle Favier, nous avons bien mérité de nos compatriotes.

Quoique les *Poésies de l'âme* soient entre les mains
de tout le monde, nous ne pouvons résister au plaisir
de remettre sous les yeux du lecteur une des plus délicieuses pièces de ce délicieux recueil :

IMPRESSIONS DU VENT DANS LA SOLITUDE.

J'entendais mugir dans l'espace
De l'hiver le vent orageux;
Je sentais son souffle de glace
Glisser jusque dans mes cheveux;

Son insaisissable musique
Résonnait sur mes noirs vitraux,
Mêlée à l'accord fantastique
Des esprits de l'air et des eaux.

Sylphes légers, fraîches Ondines,
Êtres fugitifs et charmants!
Vous mêliez des notes divines
A ses vagues gémissements!

Mais dans ces sons remplis de charmes
Je trouvais encor la douleur;
Esprits, connaîtriez-vous les larmes
Amer breuvage de mon cœur?

Et tandis que je vous écoute,
Un noir penser vient m'assaillir,
Car je suis la funèbre route
Où toute voix est un soupir!

Aujourd'hui, pleine d'existence,
Assise aux lueurs d'un feu clair,
J'aime à recueillir en silence
Ces chants qui m'arrivent de l'air ;

Mais je me dis : sur la poussière
Des êtres que j'ai tant aimés,
Ce vent agite encor la terre
Et leurs os presque consumés !

Ils sont là ! Jamais le nuage
Qui tient la foudre dans ses flancs ;
Jamais le vent froid de l'orage,
Et ses éclairs, et ses volcans ;

Jamais le sombre oiseau qui fouille
Dans les cendres du monument,
Ne donneront à leur dépouille
Le plus léger frémissement.

Quoi ! Morts ! Quoi ! jamais dans ma vie
Qu'ils remplirent de tant d'amour,
Je n'entendrai leur voix chérie
Me dire : « Aimons encore un jour !

« Ce vent qui résonne sonore
« Nous l'écouterons avec toi,
« Avec toi nous dirons encore
« L'hymne du soir au divin Roi.

« Écoute ce souffle qui passe
« Comme un aérien soupir,
« Et qui t'arrive de l'espace,
« Tendre comme un doux souvenir.

«C'est nous qui passons dans la brise,
«Qui t'apportons ce doux accord;
«Notre chaîne seule se brise
«Sous les doigts glacés de la mort!

«Nous sommes là sous la feuillée,
«Notre âme vers toi se répand;
«Nous t'embaumons la fleur mouillée,
«La fleur au calice odorant!......»

Mais non! A la nuit, à l'aurore,
Je prirai seule, et je dirai:
Voyons quelques soleils encore,
Puis, auprès d'eux, je dormirai!

Alors, vainement sur ma cendre
Le vent du soir frissonnera;
Ce bruit, que je cherche à comprendre,
Sans me réveiller passera!

Et si les froides giboulées
Humectent les fleurs du tombeau;
Si sur leurs corolles mouillées
Le soleil reparaît plus beau;

Si le flot qui hurle ou qui pleure
Sur la plage vient furieux;
Si la voix sonore de l'heure,
Grave, s'élance vers les Cieux;

Si le nuage éclate ou gronde,
Si l'éclair jaillit de son sein;
Si l'orage abîme dans l'onde
La barque partie au matin;

Moi, morne, insensible, glacée,
Sous le sépulcre froid et lourd,
Je reposerai délaissée.......
Mais mon âme aura vu le jour !

Nous allons fermer le cercle d'art et de poésie que nous parcourons depuis long-temps ; quelques vers inédits et improvisés sur un *album* par Mlle Favier, seront nos adieux au lecteur ; le lecteur ne s'en plaindra pas :

S'il faut mêler ma fleur de poésie
A ces fleurons où brillent les talents,
Venez, mes vers, fils de ma fantaisie,
Poser ici vos mètres chancelants ;
Votre fraîcheur, dans mon âme glacée
Évoque encore un touchant souvenir ;
Songe léger que garde ma pensée,
J'avais quinze ans, je rêvais d'avenir !

J'avais quinze ans ! Une feuille légère
Reçut mon nom si long-temps ignoré,
Mes rêves d'or, gracieuse chimère,
Brillant rameau par le temps défloré !
Fortune, amour, plaisirs, jeunesse, gloire,
Illusions aux reflets séduisants,
Pour mon bonheur, que ne puis-je encor croire
Ce que par vous je rêvais à quinze ans !

Mais tout a fui ! Mon avenir s'efface,
Le présent glisse, et vide est le passé !
A peine encor me reste-t-il la trace
De ce printemps où l'orage a passé !

Bientôt, hélas! le vent froid de la tombe
Viendra glacer mes restes endormis ;
Que me faut-il avant que je succombe?
L'espoir de vivre au cœur de mes amis !

Nous avons terminé ce monument, peu durable sans
doute, et faiblement exécuté, mais élevé avec une foi
d'artiste à la gloire littéraire de notre pays ; de plus habiles réussiront mieux :

On le peut, je l'essaie, un plus heureux le fasse.

En forçant un peu les dates, en considérant la célèbre
Altovitis comme poëte du 17ᵐᵉ siècle (elle n'est morte
qu'en 1606), je pouvais commencer mon livre par celle
que les écrivains du temps nommèrent, dans la naïveté
de leur style mythologique, la quatrième Grâce et la
dixième Muse, et le terminer à Mˡˡᵉ Eulalie Favier;
une femme aurait présidé aux premiers essais de notre
littérature ; une femme aurait clos la liste de tant de
noms célèbres qui, dans une période de 236 ans, ont
protesté contre le mépris qu'on affecte pour la ville lé-
gataire des Grecs et de leur goût pour les beaux-arts.
D'Urfé, Mascaron, d'Hozier, Puget et Plumier, repri-
rent l'œuvre des anciens Marseillais ; elle fut continuée
par Olivier, Dumarsais, l'abbé Barthélemy, Della-

Maria, Féraud, Guys et Lantier ; elle n'est point tombée de nos jours en des mains inhabiles, car nous offrons avec orgueil, à Paris et aux autres grandes villes, les noms de messieurs Pastoret, Gozlan, Thiers, Capefigue, Méry et Barthélemy, Autran, Mlle Favier, et Chanuel.

D'autres talents pleins de sève viennent chaque jour accuser que les intelligences ne sont pas oisives parmi nous ; ils ne demandent pour grandir qu'un peu moins d'indifférence de la part de notre société industrielle ; ayons pour eux des paroles d'encouragement et de sympathie ; saluons-les du geste et de la voix ; crions-leur : *Macte animo, generose puer!* Qu'ils ne se méfient point de notre intérêt, de notre reconnaissance, et Marseille marchera, comme autrefois, à la tête des villes amantes des beaux-arts.

Puis, qu'on nous permette quelques conseils à nos jeunes écrivains ; un homme très-inhabile dans la pratique peut donner de bons conseils de théorie. Nous leur dirons donc : Défiez-vous du siècle et de ses prétentions absurdes à l'innovation ; ce n'est pas innover que ressusciter Ronsard et Dubartas, en n'imitant que leurs défauts ; ne sacrifiez point ce que le Ciel vous a départi de saine intelligence à un système exclusif ; suivez tout simplement vos inspirations, sans songer à Boileau ni à Victor Hugo, sans vous demander s'il exista jamais deux écoles rivales ; rappelez-vous bien que ces mots, *classique* et *romantique*, sont vides de sens, et que l'on commence à en faire justice ; que chez toutes les nations, à toutes les époques, dans tous les genres, le bon fut toujours bon, le mauvais toujours mauvais, dans quelque catégorie que des rhéteurs aient voulu les placer. Et ne soyons pas si fiers surtout, nous, hommes du 19me siècle, car que pouvons-nous opposer aux siècles précédents? Un nom, un nom seul: Chateaubriand! Le mérite de ceux qui *lui doivent leurs lyres*, selon l'expression de Béranger, peut être grand, mais, certes, il ne contrebalance point ces noms sacrés par le génie, la gloire et le temps: Corneille, Molière, Racine, Pascal, Bossuet, Montesquieu, Voltaire, J. J. Rousseau! Croyez-moi, nous sommes bien heureux d'avoir Chateaubriand; nous lui devons de n'être pas écrasés de la gloire de nos pères, et de pouvoir la regarder en face.

Il ne nous reste plus qu'à faire des vœux pour que nos paroles soient écoutées, car elles sont inspirées par la plus intime conviction. Marseille renferme assez d'éléments pour porter défi à la capitale; que l'outrecuidance du siècle n'égare pas nos jeunes talents, qu'ils ne prennent pour règles inviolables que la nature, le bon sens et la vérité; qu'ils continuent d'aimer cette patrie qu'ils peuvent illustrer un jour, et nos annales ne seront point terminées.

FIN.

TABLE.

FIN DE LA TABLE.

www.ingramcontent.com/pod-product-compliance
Lightning Source LLC
Chambersburg PA
CBHW050320030726
47505CB00003B/788